百草心梦

夏沛永 著

中国文联出版社
http://www.clapnet.cn

图书在版编目（CIP）数据

百草心梦 / 夏沛永著 . — 北京：中国文联出版社，
2016.9（2021.1重印）
ISBN 978-7-5190-2013-2

Ⅰ . 百心… Ⅱ .①夏… Ⅲ .①传记小说－中国－当代
Ⅳ .① I247.5

中国版本图书馆 CIP 数据核字（2016）第 225233 号

百草心梦

著　　者：夏沛永	
出 版 人：朱　庆	
终 审 人：金　文	复 审 人：王　军
责任编辑：郭　锋	责任校对：王洪强
封面设计：凤凰树文化	责任印制：陈　晨

出版发行：中国文联出版社
地　　址：北京市朝阳区农展馆南里 10 号，100125
电　　话：010-85923033（咨询）85923000（编务）85923020（邮购）
传　　真：010-85923000（总编室）　010-85923020（发行部）
网　　址：http://www.clapnet.cn　　http://www.claplus.cn
E-mail：clap@clapnet.cn　　　　guof@clapnet.cn

印　　刷：三河市宏顺兴印刷有限公司
装　　订：三河市宏顺兴印刷有限公司
法律顾问：北京天驰君泰律师事务所徐波律师
本书如有破损、缺页、装订错误，请与本社联系调换

开　　本：700×1000	1/16	
字　　数：309 千字	印　张：16	
版　　次：2017 年 3 月第 1 版	印　次：2021 年 1 月第 2 次印刷	
书　　号：ISBN 978-7-5190-2013-2		
定　　价：68.00 元		

2006 年莫兆钦与时任宋任穷秘书的史玉信（左）在中南海宋任穷家合影

莫兆钦（左）与中纪委驻国家工业和信息化部纪检组长刘利华（右）在南宁青秀山合影留念

时任全国人大副委员长顾秀莲（右）给长期关爱妇女事业的源安堂药业董事长莫兆钦（左）颁发获奖荣誉证书

时任全国政协副主席万国权（中）在北京人民大会堂，亲切接见源安堂药业董事长莫兆钦（左）的情景

2008 年莫兆钦与时任广西壮族自治区主席，现任中央委员、全国政协副主席马飚（右）在广西人民大会堂合影

时任国家卫生部副部长王陇德（右）给源安堂药业董事长莫兆钦（左）颁发特别贡献奖

莫兆钦（右）陪同时任广西副主席、现任全国人大常委会委员、教科文卫委员会副主任委员吴恒（左）在源安堂药业进行调研

莫兆钦（右二）与时任贵港市委书记黄延南（右一）、市长梁胜利（左二）、桂平市长江福秀（左一）陪同时任广西区党委书记曹伯纯（中）视察源安堂药业总部

　　莫兆钦（左二）陪同时任广西军区副司令员满元刚少将（中）视察中沙镇上国村新农村建设

　　1998 年秋季，123 师师长刘粤军（左一）、政委岳世鑫（右一）率时任贵港市委书记黄延南（左二）、市长梁胜利（左三），向时任源安堂药业人民武装部部长莫兆钦（右二）对长江抗洪抢险所作出的重大贡献表示感谢，予以慰问并请功表彰。（刘粤军现任兰州军区司令员、上将军衔，岳世鑫现任驻港部队政委、中将军衔）

2015 年秋季，莫兆钦（右）与时任广西自治区人民政府主席陈武（左）一起合影留念

2002 年厂庆 10 周年之际全体 14 个股东合影留念

序

早已期盼的《百草心梦》（莫兆钦传）一书，终于付梓。

这本书从多个侧面，诠释莫兆钦的人生之路和他创立的广西源安堂药业有限公司（以下简称"源安堂"），弘扬一种精神，彰显一种理念。

源安堂，源于大容山茫茫茅蒿之中，最终升腾为全国药企星空中一颗炫目的行星。想真正了解源安堂的成因，就需要从它的起点，追溯它的成长之路，而这一切又需要从一个人说起，这个人就是源安堂的缔造者和掌舵人、公司董事长莫兆钦。

由于工作关系我与莫兆钦有着一些断断续续的交往。据我所知，他出生于桂东南大容山区的一个农民家庭，在这样的环境中创业，必然要比别人多一份艰苦与磨难，在几十年的风雨旅程中，他虽然遇到无数难以想象的困难，但他总能尽全力克服，这里似有一种"神力"助推着他。后来，我终于感悟到，哪来"神力"，只有梦想。我一直认为，梦想才是走向成功的希望之源。

有梦想的人生才有价值，追求梦想也是许多有志之士成功的秘诀。一个人年轻时有什么样的梦想，他日后就会成长为什么样的人。连梦想也没有的人，生活是苍白的。为了梦想，莫兆钦确立了战略目标，找准了自己创业的突破口，选定了价值链上的一个重要环节，去建立自己的产业帝国。经过充分调查和精心运筹，他看准了市场的一个空白点和事业的一方领地。

应该看到，一个人仅有梦想还不够，还要有足够的自信力。自信是对社会价值的自我评估，是开启人生事业之门的钥匙。"自信人生二百年，会当水击三千里"，一个自信的人是无畏的。他能在穷困潦倒的境况中，一边行走，一边欣赏路边的风景。这种特质，只有优秀的男人才能够具备，此外，成功的企业家还得具备一个必要条件，他要为梦想，殚精竭虑拼搏，莫兆钦获得祖传验方，进入临床验证，办理行业准入手续时，遇到了无法逾越的难关和鸿沟，但他从未退缩。

他认真做每件事，调动所有的储备和资源，寻求一切可能的帮助，甚至在陷入绝境的时候，仍不气馁。能在逆境中给自己打气鼓劲的人，即使不是一个成功者，也绝对不是一个懦夫。一个失败者。这一点，足以成为青年一代创业者的楷模。那些不甘庸碌混世的有志青年，不妨学一下莫兆钦，趁早练练这种内功吧。

不仅是青年创业者，行走于人生丛林中的每一个人，均须记住一个普世的认知：如果你正在遭受困苦和磨难，这并不完全是坏事。"天将降大任于斯人也，必先苦其心志，劳其筋骨，饿其体肤，空乏其身，行拂乱其所为。"上帝要把重任交给你，必先磨炼和考验你！孙悟空在升任齐天大圣之前，还要在太上老君的八卦炉中熏炼七七四十九天呢。

企业的进步必然离不开科学发展观的引导。我国目前正处于工业化和城市化急速膨胀的阶段。人口增长、资源消耗和环境承载能力的矛盾不断加剧，如何推进可持续发展战略，走出一条科技含量高、经济效益好、能源消耗低、环境污染少的科学发展之路，源安堂提供了可借鉴的范例。

经验告诉我们，一个企业要想成为长盛不衰的百年老店，就必须辩证地认识和处理好人与自然的关系，转变单纯地利用自然和征服自然的观念。中外绩优企业有一个共同特点，那就是既懂得尊重经济规律，更注意遵循自然规律。重视发展循环经济，改善经济增长的质量和效益，实现经济增长方式由"高消耗、高污染、低效益"向"低消耗、低污染、高效益"方面转变。这是企业可持续发展要遵循的。

有的"企业家"死抱着"企业家的使命就是实现利益最大化"的信条，认为办企业无非是制订规划、组建团队、实施战略、配置资源，等等。这些信条和管理的内容，当然是必要的和必需的，但却永远是表层的。在这些表层结构的背后，应拥有一种由理想信念、精神情操、价值观念等构成的文化内核。没有企业文化旗帜引导的企业，是无法实现有效管理和利益最大化的。老子在《道德经》里说："天下万物无生于有，有生于无。"企业文化是无形的、内隐的，但又是无处不在、无时不有的。企业文化虽然无形，但却有无穷的力量，能够以无形之功，制有形之术。一切物化的东西总有枯竭之时，唯有企业文化之树才能永葆青春。

我们看到了，在中外业界优秀的企业文化与具有天赋的优秀企业家结合在一起的时候，奇迹就产生了。在转型期的社会格局中，由于作为社会经济形态的生产要素发生了根本性的变化，复合型人才的作用已越来越凸显出来。知识已代替资本跃升为经济社会发展中起主导作用的生产要素，资本的本身没有生命力，只有与人结合才能创造出价值。作为资本的替代物，知识及其载体的人才，也就成为社会经济发展稀缺的资源。莫兆钦就是立足于桂东南大容山利用自然资源创造财富、促进经济与社会和谐发展的一个人才标本。

这一点，不仅是基于他曾经从事过教书育人的事业和笃守了中医药悬壶济世的祖训，也不仅是因为他在经历了凤凰涅槃的阵痛获得成功之后才有着震撼人心的壮美，而是在于他有着"看准目标、永不放弃"的信念力量和生存智慧。我们知道，未来是一个变量的概念，市场有许多看不到的风险。这就决定了企业家的经营行为随时都伴随着风险。任何优秀的企业家在创业之初都不可能预见到他的将来。莫兆钦当然也不例外。

强调企业家个人素质的同时，并不否认外因条件的作用。莫兆钦欣逢盛世，改革开放给古老的中国大地提供了良好的发展机遇；计划经济向市场经济转轨的市场变革，给万马齐喑的传统农业社会注入了新的生机。假如没有这些大的时代背景，即使有再多优秀的天才企业家，都有可能被埋没掉。莫兆钦当然也不会有成功的机会。所谓"时势造英雄"，"一方水土、养一方人"，就是这个道理。也不可能人人都成为企业家。可谓企业家是社会的一种稀缺资源。

优秀企业家的脱颖而出，必然是人的先天禀赋被后天的某种环境"情绪"激发出来的结果。这只是企业家素质的重要组成部分，但不是全部。

一般来说，一个成功的企业家，除了具备善良的品性、诚实的品质和博大的情怀以外，还应具备超强的能力，如统筹决策能力、资产运营能力、资源整合能力以及应对挑战和变革的能力，尤其需要创新能力。

创新，包括制度创新、科技创新和品牌创新。在技术创新和品牌创新方面，莫兆钦倾其功力，打造核心的技术团队，组织技术攻关，以"质量第一、用户至上"为理念，树立了"源安堂"的企业品牌和"肤阴洁"产品品牌两座丰碑，并将它们推上了驰名品牌的高度。驰名品牌是企业的名片，是质量和信誉的证书，它以其独特的文化内涵影响着企业的社会荣誉，彰显着企业的综合实力。可以说，莫兆钦的创业历程，就是依靠科学技术的进步因素，实施品牌战略，并一以贯之的过程。

在体制创新方面，源安堂药业通过理顺股权关系，引入竞争机制和制衡机制，调整产业结构、产品结构和组织结构，强化营销体系和服务体系，建立和完善现代企业制度，为提高社会效益与经济效益奠定基础。

源安堂在追求经济效益快速增长的同时，没有忘记承担更多的社会责任和人文关怀。创业期间，莫兆钦不遗余力地投资架桥、修路、扶困、助学、救灾、拥军等社会公益和慈善事业，在老少边穷地区和通向特困户的山径上总能看到他忙碌的身影。莫兆钦把慈善事业的触角伸向四面八方，全然没有"救世主"的矫情，也没有向别人施舍的虚意，他眼睛里透着亲切和温暖，脸上洋溢着真诚和笑容。唯有一颗浸润着大爱的种子，才会在健康的心田里生长出人性的根芽。他做善事虽然没有知名慈善家投入的金额大，但他的珍爱之意绵延不断，他的体恤之举立竿见影，而且带动了他身边一批普通公民都能向善恤贫。

我们看到在新的历史时期成长起来的企业家，尤其是扎根在农村的企业家，担负着为建设社会主义新农村贡献力量的历史使命。作为一名共产党员，莫兆钦在建设新型企业、服务"三农"等方面做了可贵的尝试和探索，对不同时期党的"三农"政策都有很好地理解和贯彻，赢得了社会的尊重和肯定。2009年秋，莫兆钦荣获"全国三农模范"称号。时任农业部部长孙政才向莫兆钦发来贺信："值此新中国成立60周年之际，您荣获'全国三农模范'人物荣誉称号，谨代表农业部并以我个人的名义向您表示诚挚祝贺！同时对您为三农事业做出的突出贡献致以崇高的敬意！"

莫兆钦带领广大员工积极开展慈善事业，不仅有益于社会，也涵养了企业本身。源安堂的社会公益和慈善活动已成为与企业共生共荣的一项光彩事业。履行社会责任的结果是获得广泛的认同感和美誉度，反过来又成为企业持续、快速、健康发展的强大推动力。

莫兆钦不满足于乐善好施，他站在时代的前沿，为推动社会公平、正义做贡献。当发现少数官员与社会黑暗势力勾结，拦路设卡，敛财分赃时，他不顾个人安危，挺身而出，以正压邪，终于战胜了邪恶，保护了一方百姓。在面对诈骗、遭到诬告时，他同样拿起法律武器，让罪犯受到法律的制裁，有效地捍卫了企业的权益与自身的人格尊严。

在他看来，自己无论从事企业经营还是调任领导干部，都要依法办事。每一个人，无论贫、富、尊、卑，都是社会的共同体，在法律面前人人平等。个人永远无法游离于社会之外。社会出了问题，大家都无法自由呼吸。人间正能量的推动，不只依赖于国家机器，也不能仅寄希望于体制改造和社会正义，还在于我们日常行动的点点滴滴。

需要特别指出的是，源安堂在建立现代企业制度、引入创新机制的过程中，还设置了人民武装机构，这是一项改革的创举和有益的尝试。源安堂在上级军事机关党委的严格审批下，建制了广西源安堂药业人民武装部，并任命莫兆钦为武装部部长。事实证明，军企一体，以武促企，以企养武，二者并行不悖，相生相融。商场如战场，员工即战将。将古今军事理论、用兵法则和战略战术引入企业生产、经营和日常管理，在企业界没有先例。

实践证明，莫兆钦此举十分灵验，且成效显著，企业建立人民武装，有利于协同公安部门维护社会的安定和谐，有利于配合地方政府和正规军执行抢险救灾、防范外患、巩固边防等应急任务。通过国防教育和军事训练，对于深化企业的法纪观念、引入自我约束机制，提升整体素质，也能起到一定的借鉴作用。

纵览莫兆钦的人生轨迹，无论是执教鞭，办企业，还是入官场，他从家乡上国村的热土上走出去，人生轨迹画了一个大圆圈，退休后又回到老家宅院。在命运的起承转合中，上天恰当地安排了适合他的位置，而他在每个位置上都能把自己的胆识、才智运用到极致。正如孟子说的"可以仕则仕，可以士则士"。从政，则政通人和；兴企，则人财两旺。他廉洁入世，清淡出尘，一路上收获的是"清官""好人"的口碑。

莫兆钦恋故土，重乡情，老而愈炽。他以"大容山之子"自喻自豪。莽莽大容山不仅孕育了他的生命，塑造了他的灵魂，也给了他诗的灵感。他伫立在书房里，透过飘逸的窗帘，望着屋前开满鲜花的田埂，双目微闭，低吟起自己的诗作。诗云：

浔州古郡，今日桂平。襟三江而带八景，抱名山而控江峡。南疆重镇，数江交汇之滨。物产丰饶，山川竞秀，诸多胜景宜人。古往今来，名流显要，观光创业纷纭。锦绣河山，孕育出仁人志士，际会风云。

这是莫兆钦与文友的唱和之作，渗入了他对乡间风物和乡亲邻里的挚爱之情。字里行间富含汉魏风骨、宋元余韵。吟诵之余，似有敲金戛玉之声在崖壁间回响，珠联璧合之彩在林海中舞动。

诗言志，韵传情。他像一棵大容山沃野的草木，长大成才后，反哺山乡父老。

"源于草木，安在苍生"。莫兆钦立定的源安堂创业"八字箴言"，正是他人生事业的传神写照。

黄汉儒

2016 年 8 月 18 日

（序作者系：中国民族医药学会副会长、广西民族医药协会终身名誉会长、桂派中医大师、博士生导师、主任医师、教授、第八届全国人大代表）

目　录

第一章

第一节　根系杏林

祖父莫显宗是闻名乡里的中医药师。老人一生没给子孙留下分文财产，只留下一纸药方和一条遗嘱。遗嘱说，药方是他大半辈子的结晶，希望长孙莫兆钦将来继承莫家中医药事业，立足杏林，报效桑梓，光宗耀祖。

祖父的遗嘱成了莫兆钦毕生追求的事业。

广西壮族自治区桂平市中沙镇上国村，在放大 1000 万倍比例尺的中国地图上找不到它的地标。走遍中华大地山山水水，也无人知晓它的名字，但这丝毫不影响它的古朴、厚重与清幽。这里原属玉林地区管辖，区划几经沿变，现划归贵港地区。

莫兆钦原始创业初期，带领 5 个股东艰苦创业时吃、住的小屋

县府所在地桂平，是一座历史文化古城，扼桂东南之咽喉，守粤西北之要塞，历来为兵家必争之地，当年洪秀全领导的太平天国农民起义的火炬就从这里点燃。

坐落在贵港与玉林结合部的中沙镇，集东南之形胜，融山水之灵秀，大容山与天堂山交会，黔江与郁水汇合，北回归线贯穿全境，南中国海遥遥在望。

上国村是中沙镇的一个自然村。五百余户人家散居在深山幽坳里，世代以农耕为业。绿树村边合，青山廓外斜。自给自足的自然经济，也涵养了他们草木一样纯朴的品德和岩石般坚忍的性格。

"青山遮不住，毕竟东流去"。青山绿树掩盖不住村民们生活的困窘和精神的苦闷。大河小溪流不尽苦难人家的血汗和眼泪。我们的寻梦人就生活在这样的环境里，他的名字叫莫兆钦。

莫兆钦出生于一九五四年二月十九日。童年时期，他没有天真烂漫的时光，别的孩子依偎在母亲怀抱里撒娇的岁月，他就担负着砍柴、养猪、臼米等琐碎的家务，帮助父母支撑着年复一年缺吃少穿的日子。他是家里的长子，还有三个弟弟和一个妹妹。祖父行医谋生，父母种粮糊口。家里除了一台医案，几只药匣，没有一件值钱的家具。在这种境况下，父母还经常接济过往逃荒要饭的灾民，祖父也对几个困难的老病号送医送药，少收或者减免他们的医药费。

莫兆钦的祖父莫显宗是远近有名的中医。上溯至曾祖父也是耕读传承，行医治病，堪称中医世家。在封闭古板的上国村，家家户户冷冷清清，莫显宗家倒是显得有几分热气。每天都有远近患者前来求诊，简陋的诊室里挂满了"华佗再世""妙手回春"之类的牌匾。莫显宗端坐在医案前，一边问诊号脉，一边开处方，应接不暇。除了常见病、多发病外，莫显宗还热衷于钻研各种疑难杂症，对淋病、梅毒和花柳病等男女性病尤有心得。莫显宗配置的偏方，主要成分依然是中草药为主。一般常见病，他几副药下去，都能收到药到病除的功效。

辨证论治是中医疗治的基本方法，含有朴素的唯物辩证法的内核。根据患者的年龄、性别和不同症状，对症下药，如配伍药材的成分多少、药剂大小、服用时间长短均做不同的处理，不搞一刀切，不用"一方治百病"，即使同类病症，不同年龄段的患者，在不同季节，也要施以不同的方法。莫显宗当然也不例外，只是他在药方钻研上不同凡响。对疑难杂症，他反复推敲，多方求证；对传统药方，他敢于向权威挑战，推陈出新。

每当太阳西坠，薄暮降临时，莫显宗把所有病号伺候熨帖了，他端坐在门前的石阶上，松针点火，草药煎茶，浅斟慢酌，这是老人一天中最清闲的片刻光阴。

除医道医德名扬四方外，莫显宗对男女性病中药制剂的研制尤有心得。他在屋后的山上辟了一块荒地，种植草本，大部分是清血祛毒之类的特效药材。如淋病、花柳病等危重患者，往往出现皮肤溃烂流脓，痛苦不堪，许多医生望而兴叹。莫显宗所做的是，安顿好患者，就地取材，现场配置，内服与外敷结合，两个疗程下来，妙手回春。几十年间，以一颗慈善的心，救死扶伤，经他从死神手中夺回生命者多不胜数。节令循环，春去秋来，时光催生了白发，爱心挥写着华章。

除种植草药外，每隔几天，莫显宗还要进山采一次草药。进山的时候，莫兆钦常常跟在身后，乐此不疲。时间久了，对常见的中草药材，居然能辨认不少。莫显宗见孙子对中医药有天赋，料定自己的事业后继有人，自然满心喜欢。临终时，老人立下遗嘱，嘱云："长孙兆钦将来如能继承莫家祖传的中医药事业，做一名好医生，好药师，我愿足矣。即赴九泉，亦当含笑也。"

在莫兆钦成长的道路上，祖父用温暖的双手托举着他稚嫩的翅膀，飞翔在风雨如晦的天空里。如果没有亲情的点燃，日后，他生命之火不会如此旺盛。也许会熄灭在现实生活的冰水之中。你不得不相信，不少成功人物，在初始阶段，其潜力的挖掘，灵性的点燃，得益于天伦的昭示。莫兆钦就是鲜明的例证。几十年前，谁也不会想到，莫显宗的希望果然变为现实。老人果真灵魂得慰，笑傲于九泉。

第二节　山乡寻梦

　　这是一片神奇的土地，这是一个梦幻的世界。

　　20世纪70年代末期，改革的春风唤醒了千年沉寂的大容山，也吹开了一个年轻人的心扉。能不能乘上这股春风，改变家乡一穷二白的面貌，摘掉家人和乡亲们头上贫困落后的帽子？莫兆钦思考着，追求着，寻找着自己的梦。

　　转眼到了1971年春。那一年，莫兆钦已满17岁。这时候，摆在他面前有两种选择：上高中继续读书，还是报名参军。机缘是奇怪的不可捉摸的东西，平日风平浪静，有时却争挤着找上门来。记得那是一个盛夏的日子，满山的野栗子刚刚挂上刺绒绒的果球，知了爬上桉树顶，不知疲倦地鸣唱着，乡邮递员抹着热汗，把一份高中录取通知书送到莫兆钦家中。几乎同时，征兵站也进驻公社和大队，应征青年报名参军十分红火。这两条路都是莫兆钦想走的，但只能选择其中的一条。他征求家人的意见，父母希望他上学深造。父亲坐在门槛上，一边吸着土烟一边说："就是勒紧裤腰带，也要供你念完高中。"又说了些"你自己的事，大主意你自己拿，想当兵入伍也不阻拦你"之类的话。这让莫兆钦有些犯难。

　　他想了整整一夜，最终选定了参军入伍这条路。当一名中国人民解放军战士是他梦寐以求的志愿。他把入学通知书往抽屉里一塞，赶到公社征兵站报了名。遗憾的是，由于身材瘦弱，体检时体重没有达到指标要求。再加上他还不到18岁，为了入伍，谎报了年龄。但体重还差了几斤，这是瞒不过去的。莫兆钦急了，在征兵站又是求情，又是耍赖，但都无济于事。莫兆钦当兵的梦想从此破灭了。

　　莫兆钦怏怏回到家里，茶不思，饭不香，坐在村边的"龙冠石"上大哭了一场。哭罢，他一抹眼泪，从堂屋里操起一把锄头，沿着村头那条坑坑洼洼的土路，下地干活去了。

源安堂药业公司总部及药品现代化生产基地

那些日子，莫兆钦就像一条倔牛，一天到晚闷着头下地挣工分，似乎想用汗水冲刷掉内心的憋屈。

生产队队长吹响工间歇哨，大家围在一块儿吸旱烟，或说些没油没盐的段子。只有莫兆钦一个人坐在长满茅草的田埂上，眼睛无意识地盯着自己的鞋尖，像是钻研着一部深奥的经文。谁也不知道，他脑海里像开了锅一样翻滚不停。他思量着，那天在称体重之前，如果多吃几块木薯，或在衣兜里揣个石头，也许就能蒙混过关。一旦当了兵，穿上绿军装，在村里，在沙坡甚至在公社走一趟，那多威风呀。几年后，复员回来，也会受到重用呀。现如今，不仅没当成兵，连上高中的机会也失去了。七月的太阳炙如火，莫兆钦的心冷如冰。他眯缝着眼睛看世界，没一处不让他感到失落。脚下是伸向荆棘丛中弯弯曲曲的小路，小路旁边是簸箕大小的梯田，梯田里是稀稀落落耷拉着脑袋的稻禾。

失去了到部队锻炼和学校读书的机会，就不能实现脱贫致富的梦想和目标吗？难道命运注定要循着莫家祖宗的足迹在这闭锁的山区永无止境地循环往复吗？他在问天，问地，又仿佛在叩问自己。他捏碎了手中的一块土坷垃，猛地站起来对自己说，不，决不能向命运低头，决不让美丽的梦想化为泡影。他一边务农，一边关注信息，寻找机会和门道。农闲季节，他积极参加各项社会活动和政治运动。

1971年夏秋之交的一天，莫兆钦被通知参加一次全公社活学活用毛主席著作的讲用会。每个与会者都要谈自己学"毛著"的心得体会。别人都是照着起草好的讲稿念，莫兆钦却脱稿讲用。他的发言主题突出，层次分明，表述清楚，给听众留下了深刻的印象。他讲用的篇目是毛主席的《为人民服务》。毛主席在文章中写道："人总是要死的，但死的意义有不同。或重于泰山，或轻于鸿毛。张思德是为人民利益而死的，他的死比泰山还重。"他老人家还说，每一个人都应当"做一个高尚的人，一个纯粹的人，一个有道德的人，一个脱离了低级趣味的人，一个有益于人民的人。"

为了"活学活用"，莫兆钦列举了现实生活中的许多例子，来印证和突出"全心全意为人民服务，做一个有益于人民的人"的观点。他讲完以后，引起了一阵啧啧称赞声。主持讲用会的一位公社副主任把他的名字记在随身的笔记本上。几天后，莫兆钦就被安排当上了大队民办老师。在家人和亲戚的心目中，老师是很有脸面的职业，要到上国大队小学任教，没有百里挑一的本事，是上不去的。但在莫兆钦看来，当小学老师并非人生的终极目标。俗话说，"家有三斗粮，不做孩子王。"他之所以同意去，一是拗不过倔强的父母；二是看中了民办教师每月有14元现活钱，这比在生产队挣工分强；三是这项工作是公社领导点名安排的，不去的话，等于得罪了领导，下次再有机会就很难轮上自己了；四是搞教学工作毕竟与自己的目标接近了一步，至少不会荒废文化，一个人没有知识水平，即使有一天运程降临了，自己却不能胜任，那多没意思呀。

从那时起，他放下锄头，走上了三尺讲台。

第三节　蓄势待发

天蓝蓝的，清澄如碧；风柔柔的，和煦多情；孩子们的笑声脆脆的，像林中的小鸟，山村小学无不透出闲适和恬淡。然而，闲适的背后是繁杂。

这是仅有一名教职工的学校。他既是老师，又兼任校长、伙夫和保安。他白天承担4个复式班的教学，晚间自修医学典籍。他心存大志，蓄势待发。

他的梦不在讲台，而在杏坛。

从 1971 年至 1972 年，莫兆钦先后辗转在上国、六南等村校之间。白天，一根教鞭，三尺讲台。夜里，一盏油灯，几叠作业，还有一大摞医书。那时候的教材、教法也很特别：语文课讲读毛主席语录和"老三篇"，算术课就是结合农业学大寨自编乡土教材，每星期还要安排学军、学农、学工的课程。学军，就是让学生扛木枪操练；学农，就是带领学生帮生产队干农活；学工，社队没有工厂，就只有安排同学们在校园里自由活动了。

1972 年下学期，莫兆钦被调到离家十多里的山塘小学任教。山塘小学悬在偏远的山腰上，全校只有 24 名学生，分成四个教学班。这四个不同年级的教学班还得挤在唯一的一间教室里上课。莫兆钦既是教员，又是校长，还兼任门卫和伙夫。教学事务繁忙可想而知，生活待遇也很差。莫兆钦每月薪酬 14 元，只能勉强支付生活费用。他常常因没能力拿钱回家孝敬父母、帮衬家用而愧疚。每次回到家里，看到父亲那张愁苦的脸和母亲穿的那件缀满补丁的衣裳，他就会心痛。在吃大锅饭的日子里，父亲是队里的壮劳力，每天能挣 10 个工分。即使出满勤，一年下来也不过 200元收入。1973 年年终结算时，莫兆钦跟着父亲来到生产队，会计把算盘拨的噼啪响，指着算珠无奈地说："天寿哥，你的社员往来账上，累计超支600 元，扣除今年的收入，还欠下 400 多元。"400 多元，这是卖掉自家三间老祖屋也还不起的巨债呀！莫天寿感到天旋地转，他捂住脸，跌跌撞撞往回走，老泪从那双枯树皮般的指缝中涌出，散落在陡峭的村路上。

这件事深深刺痛了莫兆钦的心。他感到，作为长子，不能把父母从沉重的债务和精神负担中解脱出来，是最大的不孝。这一幕让他终生难忘，成为他日后立志创业的一个助推器。

校园里的墙角下有几丛罗汉竹，竹梢上的叶子绿了，转眼又黄了。在比竹叶还多的日子里，莫兆钦周而复始地忙碌着，耕耘着。教学工作虽然给他带来了快乐和安定，但也很单调和孤寂。尤其到了晚上，孩子们放学回家了，万籁俱寂的校园成了莫兆钦一个人的世界。

每当夜幕初降，莫兆钦就开始批改学生作业。作业改完了，就备课，课备完了，就研读医书以度过漫漫长夜。他涉猎的医书范围很广，凡是能买到的、借到的，他都设法弄到手。那个年代风行的《中医针灸》《农村赤脚医生手册》《民兵野外训练伤员急救常识》等应用类书籍，他都爱不释手。他还克服了文化底子薄、古文基础差的困难，一边查阅词典，一边苦啃大学中医药教材和古今医药经典。《中草药学》《本草纲目》《中医外科学》《中医方剂学》《金匮要略》等，都是他攻读的重点书目。

中药学是博大精深的学问，必须下定铁杵磨针的功夫，不可能一蹴而就。莫兆钦深谙此道。他读书的方法是通览、默读与吟诵相结合，重点地方还要背诵，还要做眉批尾批，做笔记，写心得。有时，兴之所至，洋洋洒洒，动辄千言。他在研读医药典籍的过程中，不仅学到了配药治病的原理，更找到了处世之道和人生愿景。他的眼前常常闪现出祖父那张慈祥的脸、明净的额和深切期望的眼睛，耳边不时回响起老祖宗的谆谆教导。他的心，穿过村校低矮的檩椽，飞向广阔天地，飞向他的自由王国。

然而，理想与现实之间总是隔着一堵厚厚的墙，让人无法穿越。

1974年，国家政治运动频繁，批林批孔，反击右倾翻案风的矛头直指邓小平同志。连小学教材里也充斥着"砸烂孔家店"的内容。天地之大，放不下一张平静的书桌。

正在莫兆钦彷徨烦闷之际，他忽然收到县里来的一封信函。拆开一看，

广西源安堂药业现代化的生产大楼

是一纸录取通知书，通知他到桂平师范报到上学。到了学校他才明白，县教育局为了增强师资力量，从民办教师中挑选一批年轻有培养前途的到县师范深造，毕业后转为公办老师，充实中教队伍。那一年，沙坡一带只有两个民办老师有幸上"桂师"，一个是上国村的莫兆钦，一个叫韦裕平，太平村人。

桂平师范是桂平县培养教师的"航母"，无论师资力量还是教学设备在玉林地区都是屈指可数的。在这里读书无疑是天之骄子。因为这里是他们栖息灵魂的场所，是漂泊人生的驿站。

宁静的校园，没有世事繁杂琐屑，没有生活磨难坎坷。学校生活是清贫的，平淡的，也是快乐的。如海绵吸水般采撷着知识的花朵，同学们尽情享受着最单纯淳朴的美丽。黄卷青灯，让年轻的心无拘无束地飞翔于大师们的思想才情里；寒窗听讲，秋雨迷蒙，把同学们引入清泉滴石的意境中。

每逢星期假日，约上同窗三五，或流连西山美景，或徜徉于郁漓水乡。或沉醉于急管繁弦，舞袖翩跹的艺术氛围中。

夜深沉，月朦胧，毕业前夕的两个晚上，莫兆钦毫无睡意，浮想联翩。他取出了那把伴随了自己多年的二胡，来到校园外面的山坡上，让自己沉醉在艺术的旋律里。刘天华的《光明行》、瞎子阿炳的《二泉映月》是他最熟悉和喜爱的曲谱。这两支曲子他拉了一遍又一遍，叮咚的山泉，为他伴唱，呼啸的松涛为他击节。他噙着泪，灵魂进入忘我与净化的境界，只有悠扬的琴声在峭崖幽谷间久久回荡。

1976年夏，毕业分配时，全班24人，有21人被分配到各乡镇中学任教。莫兆钦和另两个男生被抽调充实到乡下驻队工作组，县委任命莫兆钦为工作组组长。在安排驻地之前，莫兆钦找到时任县委书记说："书记，请你把我安排到中沙镇，那里是我老家，情况熟悉，便于开展工作。"书记一听乐了，拍着莫兆钦的肩膀说："太好了，你的想法正合我意。我相信你回到家乡工作能够独当一面。"

第二章

第四节　辞教下海

　　放下教鞭，当起了果贩子，大家都以为他疯了。当他从外边的市场回到村里，亮出一叠"大团结"时，人们改口说这小子能蹦跶；当他拿出这笔钱投资做生意，让利给果农，村民们的衣袋也都鼓起来的时候，大伙对他刮目相看，再也不说他是疯子，而恭为财神了。山里人就这么现实。其实，此举不过是在社会大变革之初，一个农村青年同传统观念决裂的一次"演习"而已。

　　1978 年，是一个历史性的年代。这年的春天，党的十一届三中全会做出了改革开放和社会主义现代化建设的战略决策。这个决策，像一股春风，吹遍了祖国各地，也吹进了东南边陲，惊醒了大容山千年沉睡的酣梦。不到两年时间，桂平乃至整个广西农村全面推行了家庭联产承包责任制。广大农村、亿万农民告别了"一大二公""一平二调""三级所有、队为基础"的所有制形式，告别了"大呼隆"的管理模式和"大锅饭"的分配方式，调动了劳动生产的积极性，焕发出了前所未有的生机与活力。

　　敏感的莫兆钦意识到，大中国已时来运转，曙光就在前头。他的双腿就像装上了发条，上山下坡铆足了劲，停歇不下来。莫兆钦利用课余时间和寒暑假深入村镇和庄户，了解、感受经济体制改革给农村、农业和农民带来的深刻变化。据他的调查，以前，中沙镇农业人口人均年收入不到100 元，且 90% 来自于粮食和林果业。1978 年底，镇里公布，当年全镇人均纯收入达到了 440 元。1979 年，桂平市中沙镇出台新的改革措施，推行因地制宜，自主经营的农业政策，全镇 10 个行政村改变了"以粮为纲"

的产业结构。桂平以及毗邻的北流、平南、容县等地，充分利用山区资源，兴办集体和个体企业，实行以农、林、水为主体，以多种经营和农副产品加工为两翼的产业布局，政府还拿出贴息贷款，鼓励农民兴办运输、餐饮等第二、三产业。

长期束缚农民手脚的"井田制"也被打得落花流水。往昔的"投机倒把分子"和"二道贩子"成了山村里的红人，过去被看作"资本主义尾巴"的小商小贩又活跃在街头巷尾，祖祖辈辈单靠在土里刨食的庄户人被解放出来。他们腰袋鼓了，手头活了，开始走出家门，到外边的世界去开眼界、长见识。从未迈出过家门槛的老嫂子、小媳妇约上三姑四姨，北上柳州，南下玉林，到大市场里游逛，在地摊上选购时髦的衣服和洋气的饰品，回到村寨免不了要炫耀一番。

莫兆钦从农村所有制结构和农民精神面貌的变化中看到了希望，看到了经济和社会发展的广阔前景。他为自己设计的人生"路线图"也渐次清晰起来。

1980 年下学期结束时，莫兆钦将一纸申请书递交给领导，暂时停薪留职，回到家里待机创业。他的这个举动，在周围人的眼里，是瞎胡闹。

2006 年 6 月 18 日莫兆钦受广西区党委组织部邀请给广西厅级干部授课

消息很快就像长了翅膀，在村里传开了。一时间，人们议论纷纷。"端稳了的铁饭碗为何又要砸掉？兆钦这后生是不是中邪了？"，"八成是犯了错误，被开除回家了。"莫兆钦的父亲莫天寿见儿子卷着铺盖回来了，又听了村里那些闲言碎语，更是气不打一处来。他用手指敲着莫兆钦的脑门扯开嗓子一顿臭骂，骂他昏了头，骂他不争气，骂他没出息。骂累了，就往墙角一蹲，捂着脑袋直叹气。面对社会上的非议和父母的责备，莫兆钦只是用沉默来面对，他尽量避开人群，每天忙碌在自家的责任田里，日出而作，日落而息。

但无论如何也躲不开家人。莫天寿见儿子在眼前晃来晃去，心如汤煮。他感到儿子跟自己的心越隔越远，越过越陌生。他不明白儿子为什么非要跟自己唱对台戏，已经到嘴的肥肉为什么又要掏出来呢？开始几天，他一进屋就忍不住骂几句，喃一阵。时间一长，见责骂也无用，说教也无效，就不再说什么了。

节令循环，春去夏来，一转眼，半年过去了。莫兆钦辞职的事渐渐被人们淡忘，但莫兆钦自己却没有淡忘。从辞职回乡的那一天起，他始终对未来满怀着憧憬和希望。

秋天到了。秋风像一双无形的魔手，给梯田披一身金袄，给果园穿一套黄袍。秋天是大容山的节日，是庄稼人的节日。家家户户除了粮食获得丰产外，经济作物也有望获得好收成。你看，山岗上，坡地旁，房前屋后，水果压弯了腰，八角咧开了嘴，各种香瓜蜜柚，争相挺出浑圆的肚子，宛若十月怀胎的孕妇。更可喜的是，满山遍野的罗汉果，一个个从绿油油的叶丛中露出笑脸，争待主人采摘。

这些日子，莫天寿一刻也闲不下来，每天一大早就要到自己承包的山地里采摘罗汉果。季节一到，就要及时采摘，不然就会被风刮落或熟透自然掉下来，坠地果最容易烂掉。

1981年中秋节刚过，莫天寿就将场院打扫干净，开始晾晒新采的罗汉果。由于风调雨顺，又有农技员指导，结出的果子个大色佳。莫老汉务作了大半辈子水稻和果木，从没见过这么好的年成。他掐着指头盘算，按照往年的收购价，他家的罗汉果，往少里说，也能收入千儿八百哩。他越想越舒坦，那张布满皱纹的脸上笑成了一朵丝菊花。

站在一旁的莫兆钦看着满院满山的罗汉果若有所思。这么多的果子，换回1000元就能让父亲心满意足？光劳动成本也不止这些钱呀？显然，年轻人的野心比他的父辈要大得多。

罗汉果是上好的中药材，晾干后能直接入药，具有清热解毒、润肺祛痰的功能，对肺热咳嗽、火燥便秘等症有上佳的辅助疗效。生活在两广一带的城乡居民都有饮用罗汉果凉茶的习惯，夏日饮用，既清甜可口，又能起到止渴生津、消暑降温的保健作用。

莫天寿一边哼着戏曲儿，一边拨弄他的宝贝罗汉果。他对莫兆钦说，再过三五个日子，等到罗汉果表皮水气晾干后，你给我当个帮手，装上大板车拉到沙坡供销社卖现钱。多少年来，罗汉果是国家统购物资，只能由供销部门统一收购。可是，莫天寿尚未意识到，往日那种大包大揽、统购统销的计划经济已开始土崩瓦解了。

寒露那天，莫天寿起了个大早，装车上路。当父子俩把一大车罗汉果送到供销社的时候，供销社物资收购部门前已排起了长龙。门市部铁门紧锁，有几个识字的人盯着一张告示愣了神。告示的内容是停止收购罗汉果。落款是公社供销社收购组。这张告示让大伙的希望变成了失望。果农们有的捶着铁门骂娘，有的蹲在一旁生闷气，还有两个村干部铁青着脸说了一些要找供销社主任论理、要到公社书记那里告状之类的狠话。

人们之所以这么焦躁，是急于把果子换成现钱，家里还等着花销呢。大伙还担心果子囤在家里，时间长了会变色，成色不好就卖不出好价钱；更担心遇上连阴雨天气，罗汉果回潮霉烂。一旦到了那个地步，果农们将欲哭无泪。

第五节　独闯江湖

敢问路在何方？路在脚下。他背着一袋罗汉果样品，奔走于桂、粤、豫、闽之间，以一股"喝令三山五岳开道，我来了"的闯劲和不撞南墙不回头的倔劲，推销他的山货。

上帝眷顾有志青年。困难重重，他不泄气；道路坎坷，他不停步。多一点自信，多一点坚毅，世界将向他微笑。

眼前的情景让莫兆钦的脑子里萌生出一个新的闪念：供销社改变历年的做法，停止收购罗汉果，肯定是收购资金出现了困难和问题。过去的收购资金是按计划由农村信用社统一划拨，现在要靠市场调节来解决卖果难的问题了。供销社不收购，不等于国家不需要罗汉果了，说不定一些饮料企业、制药企业和药材商正在等米下锅，为原材料供应问题发愁呢。如果能直接把罗汉果销售给生产厂家或商家，减少供销社的中间环节，何尝不是一件好事。说不定既能为家乡父老解除燃眉之急，自己还可以从中赚上一笔钱呢。

莫兆钦把自己想到城里推销罗汉果的念头说给父亲听，征求老人的意见。莫天寿认为儿子的想法是异想天开。他指望供销社开门收购，他不相信堂堂的公社供销社拿不出钱来收果子。但又觉得老等下去也不是办法。再拖个十天半月的，堆在屋里的罗汉果就会霉烂。到那时，烧香叩头也卖不出去了。莫天寿无奈，同意儿子拿上两袋罗汉果做样品，出门碰运气。莫兆钦打听到广东湛江有两家生产中成药的企业，邀上弟弟莫兆松做伴，登上南下的列车，直抵湛江。他们来到一家名气稍大的中药材加工企业，与厂长面谈。厂长亲自验收了货样，很满意。厂长是个爽快人，说加工生产多年罗汉果，从没见过这么个大色亮的果子。双方谈妥了价格，并签订了批量购销合同。

兄弟俩揣上合同书，火速返回上国村。莫兆钦卖掉家里两头肥猪作本钱，让弟弟莫兆松当帮手，挨家挨户收购罗汉果。他们的收购价是每只 0.45元，卖到厂家是 0.5 元，这一次推销了 20 万只罗汉果。

回到家里，兄弟俩算了一笔细账，除去两个人乘车住店和零星花销，这笔生意净赚了 570 元。当他俩把一大沓红绿票子送到老母亲手里的时候，那股高兴劲和成就感是无法形容的。

春华秋实又一年，转眼到了第二年秋天，秋天是收获的季节。自从第一笔生意做成功以后，莫兆钦推销罗汉果的兴致更高，信心更足了。他提着货物样品走南闯北，但这次却没有那么幸运。首先在柳州、桂林两地就碰了钉子。有的国营企业把价钱压得太低，加上运输成本高，结果生意没做成。有的厂家见莫兆钦衣着破旧，一副狼狈相，连门也不让他进。遇到这种人，莫兆钦并不乞求，转身就走。几天后，他又辗转到广西永福和河南郑州。永福是罗汉果集散地，但那里的零售价比莫兆钦在上国村的收购价还低，这里的零售市场也很冷清，价格也上不来。处处令他失望，只得无功而返。

在郑州的一家企业，他刚开口谈及推销罗汉果的事，对方就把他看成江湖骗子推出厂门。莫兆钦人地生疏，在街巷里乱走。饿了，就买馒头啃，累了，就找一家便宜旅社住下。他在旅社值班室地上捡来几张报纸打发无聊时光。在一份过期多时的《中国商报》上，莫兆钦盯着其中的一条消息发愣。这条消息说，福建省福州市一家饮料厂生产罗汉果冲剂，需要进购大批量原料，按质论价，现货现款。第二天一早，莫兆钦揣上报纸立即启程，

莫兆钦（右）与时任广西自治区党委书记曹伯纯（中）、时任
南宁市市长黄方方（左）在自治区人民代表大会上的合影

直奔福州。他按照报纸上注明的地址，找到了这家饮料厂。经过一番讨价还价，厂方同意以每只 4 角钱的价格，一次性收购 40 万只罗汉果。莫兆钦又马不停蹄赶回上国村，挨家挨户收购。村里一些找不到销路正发愁的果农，一听到高价收购的消息，东家请，西家接，把莫兆钦奉为活财神。

全国妇女手工编织协会副会长、源安堂药业公司董事长莫兆钦（中）在北京出席协会首届成立大会

这笔生意做下来以后，上国村的果农家家获利，户户赚钱。当然，莫兆钦是最大的赢家，这次他纯赚了一万元，成了上国村第一个万元户。

人们谈及莫兆钦马到成功的原因时，他手头破报纸上另一条短评可借用来做出诠释。短评说，拿破仑的军队为什么能打胜仗？是因为他的军队在战场上马不停蹄，行军速度每分钟 130 步，而其他将帅所率军队每分钟行军只有 70 步。这 60 步，就是拿破仑横扫欧洲大陆，成为常胜将军的秘诀。结论是，只有动作快才能抢占先机，赢得天下。一个人，一家企业乃至一笔生意的成败也应同理。

第三章

第六节　初试锋芒

在路旁一间小土屋里，莫兆钦带领5户农民以原始的生产方式办起了饮料厂。这是山村有史以来的第一家企业。然而，政府部门却挥起了管卡压的权杖，把这个刚刚出生的婴儿扼杀在摇篮里。于是，小作坊里的创业者以他们特有的方式进行着顽强的抗争。

有了一段在江湖上闯荡和与各色人等交往的经历，莫兆钦的胆子更大了，心更野了。他已经不满足于东奔西跑当"二道贩子"，也不打算赚点小钱就回家享清福。他对自己有更高的要求。他的大脑常常处在兴奋状态，他与同龄人以及老农们不同的地方就是总在琢磨着一些什么，总想鼓捣些什么。

记得春节前在福州推销罗汉果的时候，莫兆钦发现这家企业虽然规模不大，但产品销量很好。以罗汉果为主要原料的各种饮品，不仅在南方沿海地区抢手，还远销东南亚。而福州地区并不盛产罗汉果，每逢旺季，要从广东、广西大量购进。在运输成本大幅增加的情况下，企业仍然能获利，这说明办饮料企业是有前途的。他山之石，可以攻玉。莫兆钦从剖析这些细节中得到启示：大容山是罗汉果集中产区，与其千里迢迢把原料运到福建加工生产，为何不就地取材，自己牵头创办一家罗汉果饮料厂呢？

说干就干，一刻也不能等。办厂的第一步是办理执照。他买了两条大前门牌香烟，搭上汽车到县工商局申办执照。主管审批执照的领导像个笑菩萨，态度蛮好，就是拖着不肯签字盖章。很可能是嫌两条名牌香烟的见

2015年11月时任贵港市市长、现任贵港市委书记李新元到源安堂药业考察调研，公司董事长莫兆钦向李新元书记一行汇报生产经营情况

面礼太少，还想钓大鱼。莫兆钦最瞧不起这种官僚，不可能送上大礼。他既失望，又无奈，站起身抬脚就走。却被那个领导喊住了，他瞅瞅莫兆钦，又望了一眼桌上的两条烟，脸上挤出几条笑纹，朝莫兆钦点了点头。莫兆钦认定，他点头就意味着办饮料厂的事得到了口头许可。一回到家，莫兆钦就开始筹划办厂事宜。他在村口的公路边租了两间土坯屋，挂起了"大容山饮料厂"的招牌。莫兆钦自任厂长，与他的胞弟莫兆松、村民杨第海、杨忠海、莫天华等人合伙，聘请技术人员，购置加工设备，选定良辰吉日，开工投产。

时年，因工作需要，莫兆钦慧眼识人，安排杨第海主抓职工思想政治工作，任源安堂党支部书记，全面负责党团工作，在当时稳定职工队伍、理顺思想情绪、鼓足大家的干劲、把创业工作做好起到了积极的作用。

20世纪80年代初期，个体创业办厂在方圆几百里的大容山还是新生事物，即使开一家手工作坊，办一个小卖部，也会成为当地的热门话题。莫兆钦创办饮料厂的举动很快引起了桂平县委县政府的重视。副县长张九先亲赴上国村，对大容山饮料厂给予鼓励和支持。

厂房为土坯瓦房，面积不足10平方米，几个人日夜蹲在里面烟熏火燎。但没办法，只得一把鼻涕一把汗地苦熬，大伙不知道啥时能熬出头。

出头之日似乎就要到来了。大容山饮料厂创办的第一年，生产的产品罗汉果露就开始在市场上崭露头角，随着企业规模的扩大，加工的饮料品种也不断增加。由单一的罗汉果露发展到板蓝根冲剂、鱼腥草冲剂和罗汉果冲剂等多个品种。这些产品不仅行销本省，还打进了广东、海南和北京的市场。1985年，大容山饮料厂完成产值150万元，获纯利润45万元，上交财税10万元。这一年的年底，有关部门为他们补办了工商营业执照，并获得了生产文号和注册商标。工商部门的人怪得很，当时莫兆钦按正常程序上门办理企业执照时，他们故意拖着不办，现在厂子办红火了，县政府肯定了，他们就主动上门补办手续。

为何不在办厂之初一次把执照手续办妥呢？办厂时间长了，跟政府职能部门打交道多了，莫兆钦渐渐看出了一些官场上的门道。县里的那些局长、副局长，见了县委、县政府领导，免不了点头哈腰，阿谀奉承，很是滑稽可笑。而对老百姓，又是一副嘴脸。有的工商、税务等职能部门，他们手中的权力不是用来为老百姓办实事的，而是用来管卡压，为个人捞取好处的。对这类官僚，莫兆钦打心眼瞧不起。但是，让莫兆钦不明白的是他所厌恶的官僚们，给他带来更大的麻烦还在后头呢。

大容山饮料厂虽然把企业建在大山沟里，远避尘世，但还是吸引了记者们的眼球。企业红火了，更成为媒体追捧的焦点。不仅小报，连广西日报、广西电台这些主流媒体，也找上门来采访报道。有一家地方报纸刊发了题为"五户农民办药厂，二元赚了十元钱"的消息，不但没给大容山饮料厂添光彩，反而惹来了不小的麻烦。广西卫生厅的一位官员看了报道后，不问青红皂白，下发一纸文件，以"县以下企业不允许办药厂"为由，责令大容山饮料厂停产转业并处以3万元罚款。对此，饮料厂的职工大为不解。自己明明办的是饮料厂，官方报纸为何硬说是办药厂呢？不实报道给企业带来了麻烦，又为何没有人出面予以澄清呢？卫生厅的官员既不派员咨询用户，又不深入到厂里来调查核实，就武断地封杀一家合法经营的企业，这种行为本身是既不合情，也不合理，更不合法的。

几个合伙人提出要到南宁找报社、找卫生厅说理，或者上法院打官司，被莫兆钦阻止了。他说："咱们是农民，对方是政府部门，你上门说理，有谁睬你？至于跟政府打官司，输赢全凭当官的一句话。跟有权人作对等于鸡蛋碰石头。即使证据摆在那儿，输赢也很难说。更何况还得花钱、费力、耗时间，咱们赔不起。退一步说，即使打赢了官司，恢复了生产，我们往后免不了还得求他们办事，到时，说不定还会遭到打击报复。"

他接着分析说："在最近两三年时间里，从北市到沙坡、中和再到罗秀，几十里的公路线上，前前后后冒出了20多家保健饮料厂，一些作坊式小厂以低劣产品和采取不正当竞争手段，压价推销他们的产品，还以次充优，以假乱真，把饮料市场搞得乱七八糟，也把我们这些正当经营的企业给坑苦了，照这样下去，迟早有一天大家一起完蛋。眼下，我们的处境十分不利，得想个法子把风头避过去。上边不是勒令我们停业整顿吗？不如趁此关头来一个金蝉脱壳，溜之大吉。卫生厅勒令我们关门歇业，我们就乖乖听话，关门歇业。但关门并不意味着束手就擒，我们利用这个间隙，再寻门路，另起炉灶。"

莫兆钦的鬼点子多，分析得有理有据，大伙一边听，一边点头表示赞同。

第七节　再上台阶

由普通卫生纸转产药物卫生纸，完全是被逼出来的。虽然是一字之差，却有质的区别。更重要的是，产品的创新逼出了他们追赶时代文明的思维创新。这说明，创新是一种可以积蓄和迸发的能力，它潜在于每一个人的生命之中。

在饮料厂停办，大伙苦苦寻求新的创业门路的时候，听说中沙镇有一家县办造纸厂因资不抵债濒临倒闭，亟待转让。莫兆钦跟大家一合计，决定租赁下来，转办卫生纸厂。

卫生纸厂经营没多长时间，纸业市场发生了剧烈变化。两广地区生产卫生纸的主要原材料是甘蔗渣和烧碱。烧碱进价由原来的每吨 1400 元飞涨到 2000 元，甘蔗渣由原来每吨 100 元狂涨到 150 元，而卫生纸的销售价格却没有上升。这意味着他们做的是赔本生意，生产越多就亏损越多。

莫兆钦等个人发明专利证书展示

在厂部办公室里，莫兆钦召集几位合伙人商讨对策。屋子里烟雾缭绕，会议气氛十分热烈。有人说："眼下企业走上了陡坎，既不能上，也不能下。又不能改换别的门道，改换门道，还得投入本金和周转资金。"有人说："造纸的机器设备是现成的，索性收拾这个烂摊子，继续办纸厂。眼下只有背水一战，死马当活马医，等市场情况好转了，总会有出头之日。"莫兆松站起来插话说："不能吃人家嚼过的馍，等也不是个办法，谁也不能预料纸业市场什么时候会好转。我的意见是在原来基础上搞点创新，能不能在卫生纸的花色品种上做点文章，从提高产品附加值方面入手增加收益。"这时，弟弟莫兆松继续经营饮料厂，他鼓励哥哥莫兆钦朝着认定的目标干下去。

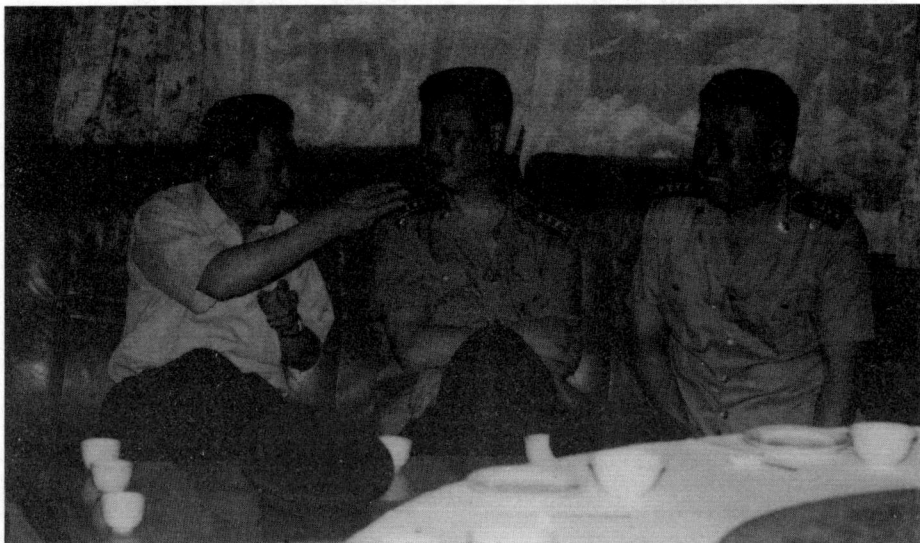

1998年长江抗洪抢险胜利凯旋回来后，原任123师政委、时任驻港部队司令员岳世鑫中将（中），贵港军分区司令员陈定远（右）与莫兆钦（左）一起座谈交流

大家你一言，我一语，事理越挑越明。莫兆钦一边听，一边琢磨，还不时在本子上记上几笔。他接过莫兆松的话茬说："对，从改进工艺方面入手，找到突破点，搞你无我有的产品，提高附加值，企业才能冲破困境。卫生纸是老百姓不可缺少的生活用品，但经营卫生纸的企业多如牛毛，如果跟在别人后头亦步亦趋，生产出来的产品一点特色也没有，一点竞争力也没有，那只有死路一条。我看能不能在质量和品种上动点脑筋，能不能研制生产一种对皮肤病有点辅助治疗作用，甚至对尤其是妇科常见病有一定消毒杀菌作用的药物卫生纸？如果能用药物卫生纸取代普通卫生纸，就

是创新。拿得出创新的产品，企业才有出路。到那时，死马不但能活起来，还能扬蹄奔跑呢。"灯越拨越亮，莫兆钦的话越说越明，如同注入了兴奋剂，把合伙人的劲头鼓起来了。在这个不眠之夜，沉寂已久的山村又传出一阵阵爽朗的笑声。

找到了目标以后，他们请来技术人员，加紧研制药物卫生纸的配方，设计生产工艺。生产药物卫生纸，除了甘蔗渣、烧碱等基础原料外，还需要蛇床子、地肤子、斑鸠樟、满山香等中草药药材。几个合伙人都是土生土长的山里人，对这几味中药材并不陌生，他们带着干粮，沿着大容山的余脉，攀岩过谷，风餐露宿，终于采回了所需的草药原料。

能不能加工生产出具有医疗保健功能的药物卫生纸，最初研制的"山寨"配方是否可靠，大家心里都没有底。只有经过正规医疗科研机构的科学实验，获得确凿的参数，再经临床证明，才能获批生产许可。

莫兆钦带上中草药，来到广西中医药研究所。所领导受理了他的课题，并指定陈运育、邓强、黄初贵等专家给予悉心指导。经过咨询和协商，药研所同意将药物卫生纸的实验列入科研计划，由陈运育等人开展课题攻关。为了筹集实验经费，莫兆钦卖掉了厂里的小汽车，又设法筹措了点，凑足10万元，使药物实验得以正常开展。经过紧张艰苦的工作，在原来的基础上配比出生产药物卫生纸的合理配方，并获准投入批量生产。投产之前，企业申办了更名手续，将"桂平造纸厂"更名为"桂平卫生保健品厂"，同时拿到了生产批文。

1988年9月，桂平卫生保健品厂药物卫生纸正式投产。产品出厂后，送给村民试用，厂里派出几名员工分片到周边地区试销，一边试用试销一边征求用户意见。同时送到卫生院、所，寻求反馈意见。经过一段时间试用，从各方面收集来的反馈信息说，这种药物卫生纸对妇女滴虫病、细菌性霉菌性阴道炎等妇科常见病有很好的辅助治疗作用。

企业据此增加产量，扩大营销范围。产品质量的提高和市场份额的增加，进而使企业知名度和美誉度不断提高。有关权威部门评价说，桂平卫生保健品厂生产的药物卫生纸，以其独具特色的配方和个性化的功能不但受到广大用户，尤其是女性消费者的青睐，还填补了南方地区卫生纸市场的一项空白。1988年底，产品在广西的一些县市热销并打入广东、海南、河南等省区，1989 年完成产值达到了 43 万元，获利 5 万元，基本上扭转了企业亏损的局面。更重要的是使大家看到了希望，增强了信心。

第八节　新的腾跃

在计划经济向市场经济转轨，旧观念与新思潮发生碰撞的拐点上，他目光四射，力图在纷乱的现实生活中，探寻实现人生奋斗目标新的发展路径。

莫兆钦依据一篇"东南沿海地区性病、皮肤病病毒感染传播"的报道，立定"必先救死扶伤、而后自救"之志，寻求人生函数的解。

在对男女性病、皮肤病频发的现象进行定性、定量分析后，他瞄准了一条简捷的生财之道。事实证明，这个世界并不缺少财富，而是缺少发现财富的眼睛。

1989 年的春天，是个不同寻常的春天。往年春分时节，岭南桂东一带雨脚如麻，不见天日。可是这年春季是个例外，天空万里无云，降雨不到往年同期的一半。莫兆钦的心情也如这湛蓝的天空一样，格外晴朗。那天一大早，他亲自运送一批药物卫生纸赶到广州参加医疗器械暨产品展销活动。会议之余，他偶然从地摊的一本杂志上看到一篇"有关广东沿海地区性病、皮肤病蔓延的调查报告"，这篇文章引起了他的深思。

文章写道："我国改革开放的大潮，带来了举世瞩目的成就，但也难免泥沙俱下，沉渣泛起。男女性病、皮肤病等病毒在东南沿海地区有蔓延的趋势。据载，性病来势猖獗，全国患者已逾百万，也许这是个保守的数字。客观上，在广东、海南、福建等沿海开放城市，性病这个可怕的瘟疫，还在加速蔓延。几年时间，沿海城市梅毒、淋病、花柳病等性病的发病率相当于全国过去几十年的总和。"

回到下榻的旅馆，莫兆钦翻来覆去睡不着。性病患者超过 100 万，多么触目惊心的数字！他想象着，在东南沿海地区，一些滋生性病、皮肤病等传染性疾病的不良环境和社会土壤死灰复燃，眼前浮现出那些患上了性病、传染病后，一张张痛苦的脸和无奈无助的表情。

性病，包括淋病、尖锐湿疣、淋巴肉芽肿、软下疳、生殖器疱疹、梅毒等男女生殖器病毒性传染病，其特点是蔓延快，危害大，如果不加遏制，任其泛滥，患者就会以几何级数增加，给人类健康和社会经济发展带来灾难性后果。一些利欲熏心的巫医、药贩和江湖郎中则乘人之危，在厕所、电杆、车站码头张贴小广告，用"专治性病，一剂见效""家传秘方，药到病除"之类的词语蛊惑人心，诱使那些无知的患者病急乱投医。一旦上当受骗，轻则破财，重则殃及生命。

莫兆钦2002年荣获"感冒脐疗中药及其生产方法"世界专利，并授予牌匾

莫兆钦寻思：江湖骗子之所以屡屡得手，是因为医疗界还没有找到根治性病的灵丹妙药。如果能研制发明一种方剂，解除患者痛苦，该是一件多么有意义的事情啊。而现在卫生保健品厂生产的药物卫生纸，只能杀菌，不能灭毒，对疗救患者根治性病无济于事。因此，这个领域里存在着广阔的发展空间。

在展销会进入高潮的时候，各地厂家争相展示自己的拳头产品和最新成果。交易大厅琳琅满目，看客接踵，人流涌动。莫兆钦的摊点被挤在一个角落里，顾客想找到这里也难。尽管如此，仍不时有客商来观摩咨询。有一位年轻的女客户似乎对药物卫生纸产生了兴趣，她一边察看，一边提问。莫兆钦迎上去热情跟她攀谈。从交谈中得知，这位女客户名叫郑郁葱，从第一军医大学毕业后，分配到一家部队医院妇产科当医生。她对男女性病，尤其是妇科传染病的防治有独到的见解。在"下海"潮流盛行的时候，

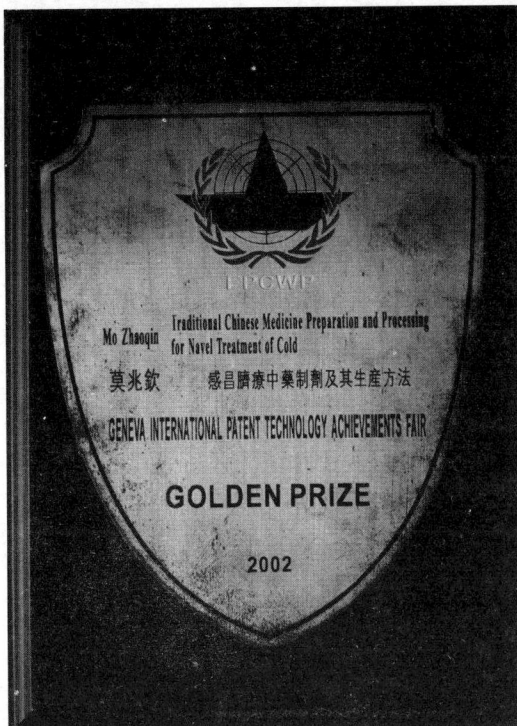

她不想在医院里吃大锅饭，有志于自主创业。她毅然辞去医院的工作，到顺德一家乡镇医疗器械企业应聘，当了一名产品推销员。

为了获得市场信息，郑郁葱经常跑会展看产品，寻求合作机会。在这次展销会上，莫兆钦的药物卫生纸引起了她的关注。她对莫兆钦说，生产药物卫生纸的企业目前虽然不多，但这类产品顶多只有三五年的市场。由于药物卫生纸的生产过程只是把药液涂渗在普通卫生纸上，工艺简单，别人容易仿制。从长计议，不如生产医药类产品，尤其是专利性的药物。专利性药物一经研制投产，其生命周期可延续 10 年，20 年，甚至更长。不法分子造假也有难度。莫兆钦觉得郑郁葱对医药产品开发和市场分析很在理，在医药产品如何适应市场并与之对接这方面算得上是行家里手。这次与郑郁葱的偶然相遇，使莫兆钦受益匪浅。

他把自己立志研制一种治疗性病的新药，以解除患者痛苦作为企业奋斗方向的设想原原本本地讲给郑郁葱听，并征求她的意见。郑郁葱听后，十分赞同。她还建议把生产药物卫生纸的处方与治疗性病的中草药进行综合分析研究，提炼出有效的成分，直接作用于患处，使其疗效在传统治疗性病的中草药验方基础上再提升一步，这样就有可能推出一个全新的药品，调动所有资源在这个点上用力，使之能对症施治，从而达到理想的疗效。

"把药物卫生纸改进为高效药液！"莫兆钦脑子一闪，脱口而出。经郑郁葱的点拨和提示，莫兆钦的思路更加清晰，目标更加明确，志向更加坚定了。这次展销会上虽然与客户签下的订单数额不大，却有了意外的收获，这就是明确了下一步奋斗的方向与企业发展的路径。

第四章

第九节　苗寨探宝

　　他从祖父遗留的一纸验方中发现了价值和商机。他迈开双腿，奔走壮乡苗寨，搜求散落在民间的性病验方。他要汇天下之精华，熔炼琼浆玉液，疗救在病魔浸淫下的痛苦呻吟的百姓苍生。

　　展销会刚结束，莫兆钦便匆匆赶回家。他从后屋一只红漆斑驳的老木箱里取出祖父遗留下来的一帖偏方。在发黄的纸页中细细寻觅，终于找到了其中一组治疗淋病、梅毒和花柳病的秘方。捧读药方，莫兆钦热血沸腾，泪如泉涌。这一行一行用毛笔誊写得工工整整的蝇头小楷，不是普通单个药名的排列与组合，而是祖父毕生心血的结晶，闪耀着一位乡村老中医智慧和人性的光芒，是一笔宝贵的财富。睹物思人，祖父的音容笑貌宛在眼前。祖父去世时，莫兆钦只有6岁，而往事却记忆犹新。尤其是祖父给患者望闻问切时那认真的神态，为穷苦人看完病后分文不收的诚挚的笑容，在莫兆钦的脑子里打上了很深的烙印。而此时此刻，他仿佛又一次聆听到祖父盼望他从事医药事业的遗嘱，他更加怀念祖父。他要把这种思念之情转化为人生的动力，继承遗志，成就事业，光宗耀祖。

　　莫兆钦从沉思中抬起头，凝视窗外。

　　南国之夏，"太阳神"和"雷雨神"交替掌管着制空权。农历五月初四，也就是端午节的前夜，一场连阴雨刚过，长空如洗，远山如黛。大自然多像变化无穷的魔术师啊。其实，世间的事物，哪一样不是像自然界一样，时刻变化着、运动着、发展着呢？就拿自己手中这份祖传秘方来说吧，经过老人家多年摸索探求，具有无可置疑的临床性和实践性。但由于历史条件和地理环境的限制，不可能引入高新技术的元素加以提炼和升级，难以经受现代医学科学的验证。因而，无论在制作工艺上和治疗效果上，都不可避免地有其局限性。时代在进步，中医药事业在不断发展。对传统的中草药秘方、偏方，既要继承发扬，又要推陈出新，不可能一成不变地永远沿用下去，这才是对非物质文化遗产，包括列祖列宗传承下来的中医药事业最好的继承。

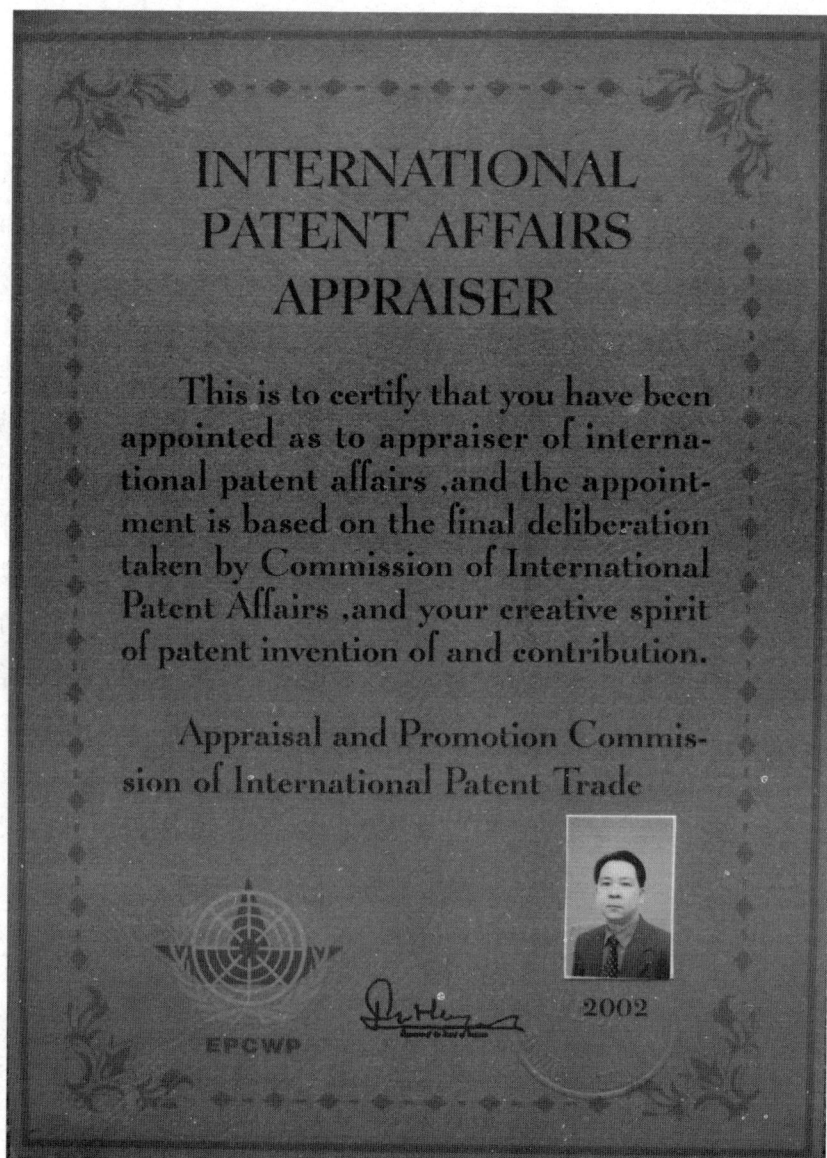

莫兆钦 2002 年荣获"感冒脐疗中药及其生产方法"世界专利，并授予专利证书

莫兆钦将祖父的秘方誊写了一份，收藏好底本，打算去南宁药研所征求专家意见。那时候，人们手里的祖传秘方，是不会轻易拿出来展示的，主要是担心别人偷走了秘方。因此，只好藏于密室，不见天日。莫兆钦认为，与其压在箱底烂掉，不如早一点拿出来为人类健康事业做一点贡献。

在自治区中药研究所，专家组对秘方配伍的合理性和药用价值给予了充分肯定。专家们认为，这是一例治疗男女性病针对性很强的秘方。在封闭落后、缺医少药的大容山区，能研制出这个秘方，十分不易。即使在医药事业高度发达，而性病病毒发生变异的当代，对治疗性病仍有很好的疗效，可谓功德无量。他们建议，由于性病病毒出现变异性加剧的特点，在此秘方基础上，还应该吸收多家民间单方、偏方，进行综合分析，合理配置，为日后课题研究提供充分的素材。然而，仅做到了这一点，仍然是不够的。还须在完成课题、核准药方的基础上，运用现代技术提炼加工，再进入权威机构的临床实践，才可能推出有效杀灭病毒、治疗男女性病的良药。要完成这些程序，还需要走很长的一段路程，不可能一蹴而就。

不积跬步无以至千里。在药研所开展课题合作中，莫兆钦承担了搜集民间单验方的艰巨任务。他既非医药从业人员，又无熟人关系，只有靠笨办法，迈开双脚走村串户，遍访民医，四处搜寻单方偏方。在桂平、贵港、玉林等地，他先后拜访了10多名老医师、老药师。由于莫兆钦待人诚恳，处事低调，所到之处都受到了欢迎，还结交了几个憨厚的青年朋友。这一趟，他一共收集到了10种治疗花柳病、尖锐湿疣等性病的单方。

在打算返程回家时，莫兆钦又遇到了热心人。一位老药师介绍说，融安县有一位名叫杨升贵的苗族老医生，治疗妇科性病、传染病有绝招。他手中有神药，治病用神方。你不妨去找找他。为了尽快找到"神方""神药"，莫兆钦搭乘长途客车，辗转200多公里，赶到黔桂交界的融安县雅瑶乡深山苗寨，登门拜访杨升贵。一见面，莫兆钦就把自己寻医问药的过程和想法，一五一十地说给杨升贵听。杨升贵一边听，一边打量着对方。眼前这个年轻人衣着朴素，谈吐平实，又略知中医药知识，尤其是对传承中医药事业的执着和热忱，值得信赖与扶持。

杨升贵让莫兆钦住在自己家里，酒肉款待，面授机宜。他不但让莫兆钦抄录了自己的偏方，还按偏方上的药名，亲自带他上山一一认采。杨升贵年过七旬，仙风道骨，鹤发童颜，腿脚也很硬朗，翻山越岭，如履平地。莫兆钦在后边手脚并用艰难攀爬，不一会便累得汗流浃背，气喘吁吁。他们爬上900多米的白石岭，攀过深不见底的鹰嘴崖，在长满棘藤的灌木丛中，在布满青苔的溪涧旁，在刀劈斧砍般的崖缝里，采集了两大筐治疗性病、皮肤病的中草药，当然也采回了一些珍稀补品。这次苗寨之行使莫兆钦眼界大开。对有关的中草药材的识别常识、采集方法及药理毒理知识、临床急救常识等方面都有较大长进。

第十节　"神药"出世

中医药蕴含着天人合一的东方智慧。一经发掘并融入现代科技，必将闪烁出夺目的光彩。莫兆钦将祖传的以及来自壮乡苗寨的秘方拿到科研机构孵化。十月怀胎，一朝分娩，新药"肤阴洁"在一个良辰吉日呱呱坠地了。

告别杨升贵，返回上国村。莫兆钦将祖父的秘方、杨升贵的偏方以及在前不久寻访的10个民间单方及草药样品一起送到广西中医药研究所。

广西中医药研究所是自治区最具权威性、也是唯一的中医药科学研究机构。全区中成药药品前期的研究和论证，无不出自这里。虽然是中医药权威部门，但那里的研究人员和专家教授都很平易近人。即使遇到乡下人，他们也从不摆架子，平等对待，不像一些行政干部那么势利。莫兆钦这次来到研究所，如沐春风，有宾至如归的感觉，陈运育、邓强和黄初贵几位专家与以前一样，对他呵护有加，热情不减。经过专家论证，确定了以莫氏祖传秘方为基础，从杨升贵及几个民间医方里选取几味草药，共同配伍。经过反复筛选、比对，进行药理、毒理、适应证和功效的试验，新药终于配制成功。但这只是迈出整个试验全程的第一步。一种新药的研制成功，往往要经历一个复杂的过程，需要联合一批医药界权威人士协同作战，还需要权威的医疗单位配合开展临床验证。根据药研所专家的提议和介绍，莫兆钦先后到广州拜访了中山医科大学梅卓贤教授、第一军医大学孙居坚教授，到南昌拜访了第一医院杨建葆教授。

这几位与共和国一同成长起来的技术权威，具有高尚的职业道德和典型中国知识分子的风骨。他们以出世的态度做人，以入世的态度做事。他们经历了"文革"和各种政治运动，在铁血与阴森的地狱中淬炼过，对世道人生有深刻的体验和顿悟。他们与同时代的知识分子一样，把身外事物看淡，豁达，忧天下之先，乐天下之后。同时，对社会上日益泛滥的不正之风，如利用职务之便捞浮财、收红包之类的行为深恶痛绝。他们为老百姓服务从不收好处费，对课题以外的工作从不计酬劳，也不喜欢搞拉拉扯扯、阿谀奉承那一套。他们中的一些人生就一双像古时竹林七贤那样的"青白眼"，对弱者贫者倾注无限同情，愿意为山区、贫困地区办药厂倾力相助，不计得失。

因此，当莫兆钦说明来意，提出请求后，几位专家不假思索，一一应允。当然，这几位专家都是单位的顶梁柱，请他们"出山"并非易事，还得经过领导批准才行。好在领导也出身科班，在通常情况下，对专家自主参与的科研活动，也很重视，从不设置门槛，横加干涉。几天后，莫兆钦得到消息，几位专家的意见得到了领导的批准，可以正式"立项"了。

药研工作按照专家们的意见紧锣密鼓地开展起来。

源安堂商标—中国驰名商标

经过多次协商，成立了由梅卓贤、孙居坚、杨建葆等资深性病研究专家、广西中医药研究所以及厂方代表莫兆钦联合组成的"中草药治疗性病研究课题小组"。

由于专家们的共同努力和通力合作，课题研究进展顺利，几个月时间就取得了阶段性成果。一种治疗男女性病的新药科学配方终于被孵化出来了。这是一种直接作用于病灶的中草药药液。当这种药液第一次从试管里缓缓流出时，人们都以虔诚的心，像迎接新生婴儿一样激动不已。药液有天然的香味，又有清纯剔透的色泽。因主治女性外阴，专家定名为"肤阴洁"。

"肤阴洁"脱胎于寻常百姓家，根植于深山旷野。没想到诞生后却获得了一个脱俗雅致的名字。"肤阴洁"，莫兆钦轻声呼唤着她的名字，满心欢喜。"肤阴洁"，顾名思义，将成为男女生殖器官传染病毒的宿敌。"肤阴洁"三个字，就是对新药的医疗功能和药用品质的通俗概括。肤，意指治疗范围在外科，在皮肤；阴，意指更具体、更集中，即男女生殖器部位；洁，意指有祛毒灭菌洁身爽心的含义。"肤阴洁"三个字的组合，音节和谐，朗朗上口，富有韵律感，消费者容易记住也容易理解。

新药的定性、定名，意味着实验室的初试告一段落，为今后临床实验奠定了良好的基础。

肤阴洁配方、研制获得成功，对妇科和性病治疗具有革命性的意义。面对五花八门的洗液和"专治性病"的街头广告，研制妇科洗液迫在眉睫。在当时的背景下，肤阴洁应运而生，具有划时代的意义。

医学界普遍认为，女性阴道内寄生着多种细菌，包括有益菌和有害菌，这些细菌维持着弱酸性的微生态环境。在正常情况下，阴道酸碱度保持平衡，有益菌占绝对优势，然而，一旦误用了抗生素或碱性较强的药物洗液以后，体内的平衡就会遭到破坏，有害菌和有益菌同时被杀灭，体内酸碱平衡势必被打破，而平衡一旦被破坏，疾病就会乘虚而入。在这种情况下，使用肤阴洁清洗患部，就能够有效杀灭病菌，清除毒素，解除痛苦。即使没有病菌，经常使用肤阴洁洗液，也可以起到防病和洁身的作用。因此，肤阴洁是适应市场需要的及时雨，一旦获准生产进入市场，将是一件功德无量的事情。摆在面前最紧迫的问题是如何通过临床检验这一关。

莫兆钦和他合伙人在期待着、祈祷着。

第十一节　山穷水复

莫兆钦怀着一颗滚烫的心上下求索，寻求新药临床试验的机会。没有临床结论，就不可能获得生产批文。没想到等待他的却是一双双势利的眼睛和一张张冷漠的面孔。他感到悲凉与无助，但没有气馁，没有停下追寻的脚步。

莫兆钦利用短暂的休息时间整理了平日收集的有关性病防治问题的资料。在专家指导下，撰写了一篇题为《惩治灯红酒绿下的魔鬼——关于性病问题的探索》随笔感想的文章。他把初稿送给几个朋友看过后，大家都认为文章观点鲜明，论据充分，内容翔实。他自己也认为写得不错。于是一稿多投，指望在权威报刊上发表，但都泥牛入海，杳无音讯。没料到两个月后，这篇稿件在江西一家知名度不高的报纸全文刊发出来了，出人意料的是，这篇稿件受到了医学界的关注，也受到社会读者的好评。

广西源安堂药业有限公司　　肤阴洁
Guangxi Yuanantang Pharmaceutical Co.,Ltd　Fuyinjie

中国驰名商标
Well-Known Trademark of China

中华人民共和国国家工商行政管理总局商标局认定
Approved by Trademark Office of State Administration for Industry and Commerce of People' sRepublic of China

广西壮族自治区工商行政管理局制
Made by Guangxi Administration for Industry and Commerce

肤阴洁商标—中国驰名商标

广西源安堂药业长期关注全国下岗、贫困女职工的健康与保健

转眼到了1989年冬，莫兆钦计划在翌年春季转产治疗性病药液的想法眼看就要实现了。经过了解才知道，事情并不是想象的那么简单。每一种新药的问世，首先必须经过多家具有权威性的大医院反复进行临床验证，确认其疗效，再将验证结果提交国家医药行政管理部门审核备案。在获得了准许批量生产的官方文件后，才能正式投产。

在一系列的程序中，临床验证是最重要、最琐碎而又是最关键的工作。临床验证需要在好几家权威医院同时进行。具体确定哪几家权威医院，得由企业方面自己物色，一家一家上门商谈落实。谁不知道，人医院门槛高，医生架子大，上门求他很难，明显是剃头挑子一头热的事。有的医生和院领导，不给他大红包是不会帮忙的。但明知是吃力不讨好的事，还不得不硬着头皮求他们。医院也是垄断行业，舍此没有别的路可走。一些医药企业的人员往往抱着希望而去，带着委屈而归。那些大牌医院就像官府衙门，让人望而生畏。背后没有过硬的后台，手中没有沉甸甸的钱袋，休想进这个门。何况莫兆钦经营的这家山沟里的民营小厂呢。

莫兆钦决定硬着头皮去碰碰运气。1990年元旦刚过，他就带着几瓶肤阴洁样品出门了。

第一站选定广州。费了不少周折，总算找到一家医院办公室，莫兆钦笑容可掬，医院的干部却满脸冰霜。一张年轻热情的脸却对着人家的冷屁股，想想是啥滋味儿。遇到这种人，你给他磕头也没门。无奈他只好到别的医院碰碰运气。他从天河区跑到越秀区，找到第二中医院以及另两家名气较大的医院。这几家医院更邪，干脆把他挡在外边，连门也不让进。

第二站在桂林。他站在医院院长面前，好话说了一箩筐，院长坐在椅子上像一尊金刚菩萨，目不斜视，面无表情，一声不吭。莫兆钦无奈，只得悻悻而退。

第三站到了武汉。他先后走访了同济、协和等几家知名度高的综合性医院，那些头头们像吃了摇头丸，带着九分傲慢、十二分偏见把他打发走人。

第四站他风尘仆仆赶到长沙，找到一家大医院的负责人。负责人脖粗脸胖，脾气暴躁。莫兆钦刚坐下来说明来意，那位负责人就不耐烦了。可能看到面前这个衣着褴褛、头发蓬乱的乡下人，居然说什么要办药厂，就断定他是骗子。口口声声要他"滚蛋"，莫兆钦争辩了几句，竟被扭送到公安派出所。幸亏那家派出所所长听出这个"嫌疑人"说话带着是广西玉林的口音，跟他是老乡，才把他放了。

这一次"走麦城"使莫兆钦十分恼怒，又有些失望。他感觉到，像自己这样灰头土脸的乡巴佬，到城里求人办事，没有人会买账的。这几天跑医院，就让自己损了人格，伤了自尊。他回到厂里对几位合伙人说："你们推选一个人去跑路子吧，求医院的事我没能力办了。"几个合伙人你看着我，我瞅着你，都蔫了。这几个合伙人都是洗脚上岸的农民，文化水平低，又没见过大世面，遇到一个地方小官就打哆嗦，怎敢进城见大院长呢？大伙推来推去，这棘手的事还是落在莫兆钦身上了。

莫兆钦感到自己已是黔驴技穷了。但如果就此止步，意味着以前的努力将付诸东流，今后也不会有这么好的机遇了。"行百里而半九十"，无论如何也不能打退堂鼓。后退是没有出路的。不管前边的路上还有多少艰难险阻，多少风霜雨雪，莫兆钦已置身度外，决计横下一条心，硬着头皮向前冲。

第十二节　柳暗花明

创业路上云雷电，坎坷泥泞，但"阳光总在风雨后"。第一缕"阳光"来自南昌第一人民医院，也来自他的心中。在进退维谷之时，他遇到贵人相助；在功亏一篑之际，他急中生智，以一出自导自演的街头喜剧挽救了企业的危局。

世上的事情很奇妙，有时候走到绝境的时候，反而会逼出一条路来。莫兆钦的境况就是如此。

当大家把公关的希望全部寄托在他身上的时候，莫兆钦感到责无旁贷，心情反而平静下来了。他转念想，俗话说，人上一百，形形色色。在这个世界上，自己也遇到过不少好人。例如梅卓贤、孙居坚、杨建葆和陈运育这些知识分子，待人平易谦虚，又不势利。何不找他们出出主意，说不定他们愿意帮忙推荐几家医院呢。

行到水穷处，柳绿又一村。好消息是在一个雨后初晴的下午传来的。由于杨建葆的力荐，南昌市第一人民医院接受了对肤阴洁进行临床验证的请求。在广东，梅卓贤、孙居坚两位教授所在的广州中山医科大学附属医院和第一军医大学附属医院，也先后同意为肤阴洁作临床验证。接二连三的喜讯，高兴得莫兆钦差点跳起舞来。

但按照惯例，仅有三家医院作临床验证是不够的，必须有多家有资质的医院同时进行，并且要求在同一个时间段内完成临床病例总数不少于1000例。这是一项相当烦琐而庞杂的系统"工程"，即使完工，也并不意味着验证就已大功告成，还得把这1000例临床实验记录分类归档。最后送交权威部门验收，并出示验收报告。在这个过程中，凶多吉少的结果是经常出现的。例如，临床总有效率如不能达到规定的要求，许多人的辛苦劳动就会付诸东流，新药生产入市的希望将化为泡影。

对同一种药物，要在同一时间完成上千例临床试验，在医药企业创业之初，几乎人人谈虎色变。然而，在年轻的莫兆钦眼里，似乎并非如此。可能是"无知者无畏"的缘故吧。在那些日子里，他每天早上起床的第一件事，就是往一家一家大医院里跑。他还要说服几家大医院里的头头脑脑，点头同意加入新药临床验证的行列。这成了莫兆钦面临的最紧迫的而且是必须尽快解决的问题。他开始了新一轮奔走游说。一连几天，他奔东家，走西家，任凭他踏破了门槛，磨破了嘴皮，仍无人问津。人家大医院凭什么帮你一个乡巴佬搞药物试验？

世界品牌实验室权威机构评定，"源安堂"目前品牌总价值为 74.58 亿元人民币。这是 2016 年颁发的中国 500 最具价值品牌证书。

CERTIFICATE
CHINA'S 500 MOST VALUABLE BRANDS
中国500最具价值品牌证书

编号(NO)：WBL2016399

兹证明：肤阴洁（广西源安堂药业有限公司）被世界品牌实

THIS IS TO CERTIFY THAT FUYINJIE HAS BEEN AWARDED THE 13th CHINA'S 500

验室及其独立的评测委员会评测为"2016年（第十三届）中国

MOST VALUABLE BRANDS 2016, WHICH BRAND VALUE IS 5.181 BILLION RMB. STATUS

500最具价值品牌"，品牌价值评估为51.81亿元人民币。特此证明。

FOLLOWING A STRICT SELECTION PROCESS BY THE WORLD BRAND LABORATORY.

有效期至：2017年6月21日　　　发证日期：2016年6月22日
DATE OF EXPIRY: 21JUN 2017　　DATE OF ISSUE: 22JUN 2016

Signature of the Chairman: Professor Robert A. Mundell
罗伯特·蒙代尔 主席 签名
世界品牌实验室 World Brand Laboratory
世界企业家集团 World Executive Group

主办机构：　　　　　　　　　　合办机构：

世界品牌实验室权威机构评定，"肤阴洁"目前品牌总价值为 51.81 亿元人民币。这是 2016 年颁发的中国 500 最具价值品牌证书。

　　他漫无目的地在街上乱逛。广州，中国的南大门，改革开放的前沿阵地，国际性大都市。灯红酒绿，气势恢宏。街头人潮涌动，巷尾霓虹闪烁，汽车的喧嚣声、市井的嘈杂声以及贩子的叫卖声，不绝于耳。他摸摸口袋，没得几个子儿了，没钱搭车，他只有一站一站地走，在偌大的广州城里步行，犹如一条小鱼在大海里游弋。来到黄埔大道路口，莫兆钦在一个卖老鼠药的地摊前驻足观看。卖老鼠药的是一个外地人，一张塑料布上摊放着一些用废报纸包装的小包老鼠药。摊主手拿扩音器，朝着过往行人，怪声怪调重复吟唱着："大老鼠，小老鼠，大小老鼠一扫除。"声若洪钟，调门怪异。一些行人被陆续吸引过来，大部分人是来看热闹的，一拨行人过来瞅一会儿，走了，又有一拨人围上来。大家只是随口问问价钱和药饵使用方法，便匆匆离去，偶尔也有人掏钱买药。付完钱，把药往随身的提包里一塞，转身融入滚滚人流中。

莫兆钦在摊前足足站了半个钟头。他一边观察，一边寻思，他似乎有所感悟。"叫卖！"街头叫卖能吸引散客。贩子能行，我为什么就不能如法炮制？他灵机一动，计上心来。回到旅店，就靠在床头上筹划街头售货招来顾客的方案。他想以此来个"曲线救国"，打通医院的门道。

第二天，他拿上 20 瓶肤阴洁试剂，在街边选择一个合适的场所摆上地摊，卖起"狗皮膏药"来。他没钱买扩音器，就举起药瓶，扯开嗓子对着路人喊道：

"我叫莫兆钦，家住广西桂平中沙上国村，是生产肤阴洁这种药的企业法人代表，如果哪位女士、哪位先生、哪位游客或亲戚朋友患上了性病或者皮肤病，需要住院治疗的，我愿意免费供药，还提供治疗费用；在家是精壮劳力的女性患者，如患了炎症、湿疣和别的性病，除免费治疗外，在治病期间，另外每人每天发给 100 元误工补助。"

不一会儿，莫兆钦的地摊前就聚集了一大群看热闹的行人，人们见惯了摊贩油滑的嘴脸，听惯了背书一样的叫卖吆喝声，却从没见过眼前这个摊主，甘愿把自己的药品拿到医院无偿送给患者治病，还要发给误工补助款，世上哪有这样傻的药贩子。人们从莫兆钦的语气神态里看出他全然不像那些口舌如簧的油子痞子，更不是骗子。有几个农民模样的患者当场就答应跟随莫兆钦到医院住院治疗。当天，先后有十几名患者被送进了医院病房。医院方面见有人送来成批的住院病号，很欢迎，住院部的医生护士对这种上门生意自然是求之不得的。他们可以从中分得一杯羹，何乐而不为？当莫兆钦又一次找医院领导谈临床问题时，同样是那位领导，这次脸上的气候由阴转晴，笑容可掬。就这样莫兆钦通过利益输送的方式，先后将广州市第一人民医院、广州妇婴医院、广州空军后勤医院拉进了肤阴洁临床验证的行列。其中的两家医院为了争夺住院患者，还主动将每位患者的临床观察费由 100 元下降到 50 元。

第五章

第十三节　岔路惊魂

　　创业路上往来奔波，付出的除汗水、泪水外，还有淋漓的鲜血。滚滚车轮，差点把他送上黄泉路。所幸每次都是有惊无险。

　　面对死神，他淡然一笑，带着伤痛，继续奔赴征程。

　　在他看来，意外事故也是成就事业的必经之路和人生课堂。

　　临床验证工作告一段落，有关方面通知莫兆钦让他耐心等待各家医院的临床结果。莫兆钦轻轻舒了一口气，打算趁这段空闲时间回一趟中沙，一些零碎的家事和厂里遗留下来的事务性工作需要他亲自处理。

　　莫兆钦是个急性人，回到家里没几天，手头的事情没处理落实，又惦记起广州那边新药临床验证的事情了。作为临床科研小组成员，全权代表企业一方参与其中，其肩负的责任可想而知。万一临床验证中出现什么问题需要找他，而他不在，那很可能会耽误大事。他越想越急，丢下家里一大堆琐事，火速赶往广州。那段时间，他经常在中沙和广州两地来回奔跑，恨不得有分身之术。

　　后来，他索性租了一部小汽车，穿梭于医院和企业之间。飞转的车轮，有几次差点把他送进阴曹地府。

　　1990年刚跨过春节的门槛，莫兆钦就收到广州第一军医大学附属医院的急件。信中要求他速去协调药物临床中的相关问题。莫兆钦不敢耽搁，带领两名职工从上国村急急上路。当三人乘坐的小车行驶到桂粤交界林区的一处盘山道时，突然遇到一群民工正在一处险段上施工。为了避开急弯上的两个民工，司机狂打方向盘，小车在惯性作用下，翻到路坎下3米多深的壕沟里。修路民工见状蜂拥而至，跳下沟坎救人。没等人们把小车抬上路面，只见莫兆钦就从车窗里探出头，慢慢爬出来。他活动了一下手脚，拍拍身上的泥土，居然毫发未损，脸上也看不出发生车祸的恐惧和沮丧。一会儿，两名随员也先后被救出来，也只受了一些轻微的擦伤。莫兆钦安排这两人留下来处理损坏的车子，自己搭乘顺道的客车继续赶路。

　　另一次险情同样发生在从中沙去往广州的路上。莫兆钦、莫兆松兄弟俩驾车往东南方向行驶，那天天气很好，路上没有泥泞，坑洼也被填平，兄弟俩心情不错，他们一边开车一边听收音机里播放的二胡独奏曲。由于公路上车流较多，车速时快时慢，在一段狭窄的弯道上，小车不慎被一辆大卡车追尾，翻到公路外边的田坎下。兄弟俩受到惊吓，半晌没缓过神来。当他们翻身起来互相帮助爬出车门后，扭扭脖颈，伸伸腿脚，发现并无大碍。但他们抬头看到，在不远的地方，横七竖八躺着不少伤员。原来那辆追尾的大卡车后来又撞翻了一辆迎面开来的长途客车，酿成死伤20多人的重大交通事故。

桂平市中沙镇党委邀请源安堂董事长莫兆钦（左二）参加家乡第十二次党员代表大会

　　还有一次，莫兆钦一行乘坐小车从粤桂高速公路上转道玉林返回中沙，小车行驶到区间公路的一个拐弯处，发现有一个行人横穿公路，眼看就要被小车撞上。危急关头，司机急打方向盘，避让行人，不料与旁边的一辆货车顶了一下，小车跌跌歪歪冲向路边，眼看翻向路边的陡崖。当车身侧翻时，幸好被田坎下的一棵树挡了一下，不仅减缓了翻滚的速度，也改变了方向。莫兆钦又一次逃过了鬼门关，车上其他几个人也都躲过了一劫。只是车子由于惯力碰倒了一个站在路边看热闹的当地村民。那人膝盖和臀部受了轻伤。莫兆钦他们正要拦车送伤者去医院治疗，却被闻讯赶来的一群村民围在公路上，脱不了身。那些村民不问青红皂白，开口就骂，动手就打。莫兆钦一行人个个挨了拳脚，有的被打得鼻青脸肿，直喊救命。在一片混乱中，不知是莫兆武还是谁大声嚷道："别打了，我们赔钱！"这才平息了事态。对方见钱眼开，停止了打骂，莫兆钦将一摞现金交给对方的一个管事的人后，带领一行人消失在茫茫暮色中。

莫兆钦陪同广西党政军领导一起参加源安堂药业成立 10 周年的庆典活动

莫兆钦遭遇几次车祸事故，在他的老家上国村被传得神乎其神。在这个闭锁的小山村盛行封建迷信，任何时候一有风吹草动，都会掀起三尺浪头。莫兆钦发生了几次交通事故后，就有人说，莫兆钦料事如神，那天出门之前，他事先就知道办事不顺利或有灾祸，就悄悄在自己车座周围放满了卫生纸防灾避祸，果然，那天就发生了翻车撞车事故。莫兆钦坐在副驾驶的位置上，如果不是有卫生纸挡着不知会摔成什么样子哩。在场的人反问道："跟他在一起出差的人没有在座椅旁放卫生纸，为何同样没有受伤？再说，假如莫老兄真能神机妙算，出远差为何不避开那个不吉利的日子？"一席话把那人问得哑口无言。

又有老者说，莫兆钦命大福大，是因为他家祖坟占了好风水，遇到危险，有神灵庇护，为他消灾灭祸。这话也有人不服，抬杠说："以前他家年年倒霉，事事不顺，祖宗为何不出来显灵呢？"那位老者一时也被噎得涨红了脸，无言以对。

这些"神话"有时也传到莫兆钦的耳朵里。他听了以后，常哑然失笑。他说，自己一个凡夫俗子、血肉之躯，哪有什么神灵保佑？只不过是侥幸而已。出了几次事故后，我也很后怕。谁能说得准日后出门不发生交通事故？我怎敢保证自己还会有那么侥幸？

不知是那几次车祸真的把他吓胆小了，还是听了好心人的规劝，此

莫兆钦（前左）陪同时任贵港军分区司令员陈定远大校（前右）检查源安堂药业人民武装部工作

后，莫兆钦在办理急事或乘车出差变得谨慎多了。例如，在广州市"跑医院"或在家乡办事，要么步行要么搭乘公交车，尽量降低发生交通事故的概率。

第十四节　卧薪尝胆

他乡遇故知，是人生一大幸事。儿时朋友倾力相助，让他在茫茫人海中有了避难之所，又一次增强了他坚守的力量。无论条件多么艰苦，目标多么渺茫，他决不放弃。他要用百分之百的努力换回百分之一可能的成功。他笃守着一个朴素的道理：成功往往存在于再坚持一下的努力之中。

在肤阴洁临床验证进行到关键阶段时，莫兆钦安排莫天华、莫兆松负责企业的日常管理工作，自己驻守广州，盯在临床上，一旦医院方面有事找他，能随叫随到。

莫兆钦（中）陪同中国人民武装警察部队贵港支队领导视察营区

由于新药临床耗资巨大，桂平卫生保健品厂花光了所有的积累，还欠下了不少外债。所有的人不得不勒紧腰带过日子。莫兆钦，这位曾经风光一时的企业老总，如今已被逼到了穷途末路上。

他踯躅在广州街头，心里有说不尽的酸楚。广州，富人的天堂，穷人的地狱。在这个拥有近一千万人口的"窗口"城市里，居然没有莫兆钦的栖身立锥之地。开始，他住了几天便宜旅社，每天吃素米粉、喝青菜汤。后来，连这种伙食也支撑不下去了。一天，他漫无目的地走到外环路的大学城一带，忽然记起一个人：李一文。李一文也是中沙人，是莫兆钦儿时的朋友。记得在挣工分的时候，他跟几个人闲谈，无意中提起儿时的朋友李一文。这才得知，听说，李一文在广州第一军医大学工作，已结婚生子，单位还为他分配了一套住房。何不找他帮忙渡过眼前的难关，在外靠朋友嘛。

莫兆钦（右）与时任桂平市委书记李奕权（中）、市长胡潮汛（左）在桂平撤县建市10周年庆典之际合影留念

莫兆钦费了些周折找到了李一文的家。李一文夫妻俩热情接待了他，对他目前的境况深表同情。李一文全家住在一室一厅的底楼，三口之家还过得去，来了客人就有些尴尬了。但夫妻俩还是在客厅里搭了个床铺，安

顿他住下。莫兆钦自然是感激不尽的。他每天早出晚归探听消息，巴望医院方面临床验证的事早点有个结论。

李一文长期在广州工作，无暇回中沙老家，但有很深的家乡情结。在外边待久了，见到乡邻，激动之情溢于言表。即使听到几句乡音，也倍感亲切。这几年农村发生了很大变化，他对家乡的人和事很有兴趣。每天下班回家，就向莫兆钦打听家乡的新鲜事。莫兆钦坐在床边的靠椅上，一边吸烟，一边向他细细道叙。话题无非是哪家砌了楼，哪家办了店，哪家当了官，哪家人丁兴旺，哪家子女不孝，哪家年轻媳妇跟了城里的包工头，等等。陈谷子烂芝麻，黄的黑的，无拘无束。说到兴头上，俩人都禁不住开怀大笑。当然也谈及人生事业、世态人情等等，当回忆起儿时那些率真有趣的故事，又互相瞅瞅对方脸上的皱纹，不禁感慨系之。真是沧海桑田，人生苦短啊。到了星期天，李一文备上酒菜，两人在家里举杯对饮。酒酣人静时，秉烛夜谈，常常谈着谈着，不觉东方天色已白。

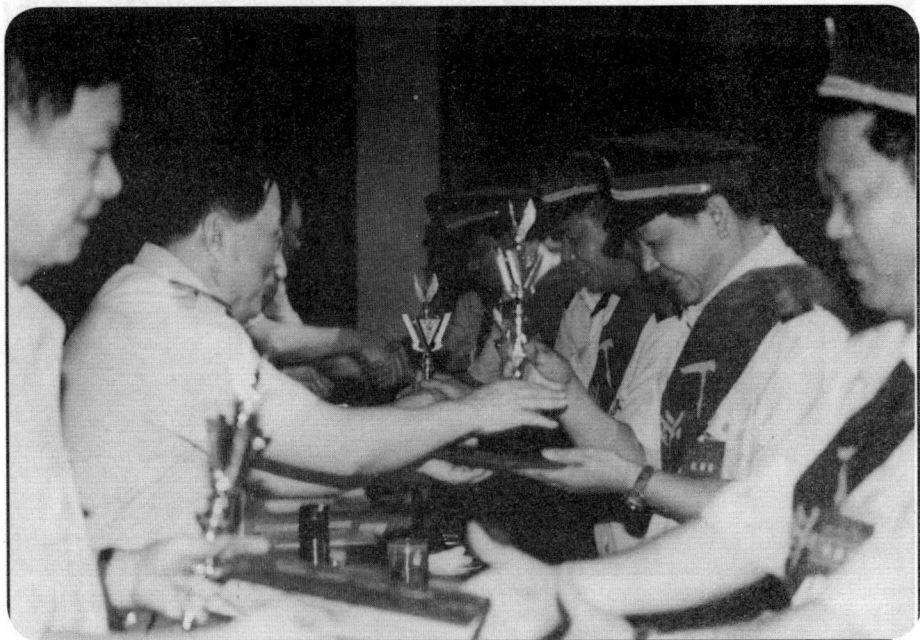

广州军区首长给"广州军区人武之星"莫兆钦（右二）颁奖

在李一文家住了10余天，莫兆钦感到十分过意不去。新药验证工作究竟何时才能结束，自己心里也没底，这么住下去也不是办法。尤其是这暑热天气，打赤膊露腿的，不太雅观。他把另找住处的想法跟李一文说了。

李一文夫妇都劝他说，这里吃住条件不好，你就将就着过，等医院正事完成了，你要走，我们也不强留。再说眼下这大热天，你上哪找住宿地呀？莫兆钦说什么也不愿再给他们添麻烦了。提出了在他家六楼楼顶平台上搭个窝棚作为栖身之所的想法。李一文说，这栋宿舍楼是医学院的公房，即使住露天楼顶，也要请示领导同意才行。经过李一文说合，总算得到了准许。南方的8月，极端气温达到了40多度，亚热带的太阳直射下来，把平台上的水泥隔温板炙烤得像一口大煎锅。莫兆钦顾不上这些，找来砖头和破牛毡，在平台拐角处搭了个简易窝棚，铺上一张凉席，就在这里安顿了下来。只是，他每天要在公园外边的长椅上乘几个小时凉，等到深夜降温后，才能回"家"歇息，但无论如何也比流落街头或码头车站被警察撵来撵去强多了。

楼顶的窝棚成了莫兆钦一个人的自由王国。渴了，就咕咚咕咚猛灌一通自来水；饿了，衣兜里备有馒头，啃上几口就可以充饥；闷了，就哼几段山歌或流行小调；在毡棚里待久了憋得慌，就光着膀子在平台上踱方步。风清月白，万籁俱寂，十分惬意。他甚至可以扯开裤子随地撒尿。但也有不"自由"的时候，南方的8月是暑季，也是雨季，遇到雷电交加的雨夜，他不但怕被雨淋，还怕遭雷劈。每次遇到夜半风雨来袭，他只能蜷缩在墙角落，熬到天亮。

那段时间，莫兆钦被折磨得变了形，颧骨突出，眼窝深陷，活像一个山顶洞人。30多岁的壮汉，消瘦得体重不到100斤。

第十五节　秋夜乡思

中秋之夜，星空灿烂。天何其浩瀚，人何其渺小。离乡之愁，思亲之痛，在这花好月圆的节日之夜一齐袭来。他像一颗沙砾被狂澜冲刷在远处的一隅，谁也不会关注一个小人物的存在。怎不让人黯然神伤？然而，他心中有憧憬，脚下有目标，他相信会有美好的明天。

　　漫长的酷暑终于过去了。风乍起，吹皱珠江秋水。莫兆钦的心里也透进了一丝凉意。

　　这一天广州公共汽车收班比平时早，大街上呈现出少有的宁静，社区民居阳台上的灯光，把楼栋装扮得像一座座水晶宫，从家家户户的厨房里、餐桌上飘来阵阵饭菜的香味，让人垂涎欲滴。莫兆钦忽然想起今天是农历八月十五，中国传统节日：中秋节。

时任自治区人大代表莫兆钦（右一）与广西自治区领导覃
远通（中）等，深入广西梧州地区进行国防调研

　　中秋之夜，是阖家团圆、把酒话桑麻的日子。无论城市乡村，家家户户团聚在一起，吃月饼，话家常。在这个神秘的夜晚，老人领着孩子，步出户外，望着头顶上的一轮明月，讲述着"吴刚伐桂、嫦娥奔月"的故事。不禁逸兴遄飞，化为美梦。而莫兆钦呢，他四顾无人，形影相吊，原来自己仍然流落异乡为异客。落寞、孤寂、酸楚，一齐向他袭来。思乡之情油然而生。他头枕双手，眼睛透过窝棚的缝隙，仰望星空。星是那么的亮，月是那么的圆，天空是那么的湛蓝。浩瀚无涯、运转无休的宇宙之神呀，你能否体察到人世间的酸甜苦辣、悲欢离合？能不能捎去一个远方游子对家乡和亲人们的思念？

莫兆钦的思绪飞进了桂东南大容山区上国村的老家。

他思念含辛茹苦的父母，思念善良贤惠的妻子、活泼可爱的儿子以及过早辍学的弟妹。作为长子、丈夫、父亲和大哥，他有责任让全家人过上好日子。要过好日子就得有钱，"钱是王八蛋，没有就不好办！"——他在心里咒骂道。这其实是说自己没能力给家人提供最基本生活保障的自责的话。尤其是老父老母，辛辛苦苦一辈子。如今老迈年高，理当给他们每人制备一个带盖的瓷杯，每天为他们泡上人参茶、天麻汤，熨熨他们的头昏病，也不让他们下地干农活，叫二老在家享清福。自己当年贩罗汉果，后来办饮料厂、卫生纸厂、卫生保健品厂以及现在搞肤阴洁试验，图的什么？一个字，钱。有了钱，才可以做出人头地、光宗耀祖的事。还有，自己早就立志要帮人脱贫致富，扶危济困，不做到这一点，也得让自己的家先富裕起来。

马克思说过："无产阶级如果不能解放自己，就不能解放全人类。"可现在倒好，自己不但没有做成一件事，反倒牵累了全家人。他记得当初承包桂平造纸厂的时候，妻子韦月霞、弟弟莫兆松曾极力劝阻过他，莫兆松甚至跟他争吵，不愿跟他合伙办厂，要另起炉灶。当时对他们的劝告，莫兆钦一句也听不进去，而是硬着头皮乱闯。自己一个人四处借钱揽下了这个烂摊子，结果借来的钱打了水漂。后来改产药物卫生纸，光景稍好一些，然而好景不长，接下来搞肤阴洁药物试验又捅下了一个不小的债窟窿。借债时尽拿好话哄人，到了还债的日期，却一分钱也拿不出来。欠债还钱，天经地义。债主进门，肯定没好事，弄不好还会吃拳脚，自己在外地算是躲过了风头。但老躲在这里也不是个事，躲得了初一，躲不过十五。还会连累妻儿老小一家人担惊受怕。

前不久，从上国村传来口信说，几个债主天天上门逼债，见莫兆钦不在，就拿韦月霞出气，逼着她还钱，还说了不少要"摆平""抽筋"之类的狠话。月霞受了惊吓，白天不敢见人，夜里经常发癫惊梦。老父母也整日担惊受怕，债主上门，虽然没逼他们，但他们也感到没脸面，在村里抬不起头来。莫兆钦想到这里，愧疚难言，心急如焚。他想到这里，不觉一声长叹，热泪纵横。

1990年深秋，羊城街头的木棉花开得如火如荼的时候，莫兆钦新药临床试验工作终于宣告结束。报告书上出示的实验数据全部合格，专家组获得通过。莫兆钦闻听这个喜讯，高兴得差点晕过去。那天，他洗了头，擦了澡，准备回家。他真的是归心似箭，有点"漫卷诗书喜欲狂"的感觉。但"漫卷"的不是诗书，而是一大捆验证材料。他把那捆宝贝资料包扎牢实，装进随身的皮箱里，匆匆下楼，打算连日赶回广西。

下楼时，他回头瞥了一眼住了半年的"顶层别墅"，不禁哑然失笑。他下到一楼，向李一文夫妇道别。李一文留他吃一顿"离别饭"，莫兆钦欣然同意，酒足饭饱后，他一抹嘴巴，匆匆往车站赶去。到了长途汽车站，莫兆钦一摸口袋，空空的，一个子儿也没有了。他想找李一文借，但又不想走回头路，也开不了这个口。"将身投虎易，开口求人难"。他有钱愿意借给别人，而且出手很大方，但自己在危急时想借钱，却羞于启齿。莫兆钦一咬牙，打算将手中的真皮密码箱卖掉。他在车站外的场地上叫卖，很快就有人争购。他卖的价钱很低，只换回了买车票的钱。莫兆钦把资料装进一个大尼龙袋里，赶回南宁。

时任广西自治区食品药品监督管理局局长谭明杰（左五）、贵港市局局长李文健（右三）等一行，与源安堂公司董事长莫兆钦（右四）等领导，在源安堂总部考察工作后的合影留念

莫兆钦（右二）、莫兆松（左二）与桂林警备区司令员钟俊权
大校（右一）等领导合影留念

　　莫兆钦在长途车上一觉醒来，天已大明，车子也缓缓驶入了南宁市区。下车后，莫兆钦饭不吃，水不喝，直奔广西卫生厅科技处办公室。

　　"你有什么事吗？"看到莫兆钦一头乱蓬蓬的长发，像个叫花子，处长一下子愣住了，半天才认出他来。"怎么弄成这个样子？"

　　"总算熬出头了。"莫兆钦似是而非地回答了一句。他把尼龙袋往桌上一放，说："我这里头装的全是金子。"

　　莫兆钦掏出临床验证资料，交给处长。处长亲自过目，一一清点，并开具清单收条。他把收条往兜里一揣。说了句："拜托您早点给我核发许可证。"便转身赶往车站，搭乘开往玉林的班车，再转道短途，与家人团聚。

第六章

第十六节　最后关卡

肤阴洁就像十月怀胎的婴儿一样，在即将呱呱坠地的当口，却被一纸红头文件给卡住了。

万般无奈之时，莫兆钦接到了参加自治区乡镇企业大会的通知。这又让他看到了一线曙光。他要好好利用和把握这个机会。在"最危险的时刻，发出最后的吼声"。

经过半年多时间的努力，在各大医院专家和医护人员的密切合作下，肤阴洁临床验证工作终于圆满结束。广西中药研究所做出的关于药理毒理的最终研究成果和参与医院汇总的 1800 例临床资料表明，纯中药制剂肤阴洁具有天然强力消毒杀菌功效，对多种常见妇科疾病、皮肤病、性病具有显著疗效，无任何毒副作用。肤阴洁的配方与制作工艺优于国内同类型药品，其总有效率和安全性均居领先水平。

中医药专家认定，肤阴洁不仅能快速杀灭多种致病毒菌，也能有效保护有益菌的生存，使人体最终达到免疫自洁的状态。他们说，中医药蕴涵着"天人合一"的古老东方智慧，内病外治作为中医的一个重要理论和方法，从春秋战国时代就已经出现并沿用至今。肤阴洁强调内病外治的健康理念，不仅是对洗液消费观念的一种引导，也是对中医诊疗和保健养生的继承和发扬。肤阴洁从原料采集、生产加工到成药出炉的全过程，体现了具有悠久历史的中医药理论与现代科学技术的有机融合，贯穿了质量第一、健康至上的理念，其疗效自然也就不同凡响了。

2005年五一前夕，莫兆钦（右二）出席全国劳动模范和先进工作表彰大会，广西带队领导杨道喜（中）与广西获表彰人员在北京人民大会堂一起合影留念

从本草的历史看，明代万历年间出版的《本草纲目》沿用的是《神农本草经》和宋代唐慎微修订的《证类本草》。据清人撰著的《李时珍传》记载，李时珍走遍鄂湘山水，广泛搜集民方，又身体力行亲自采集草本，进行形态辨析，格物穷理，使药物功效臻于至善。莫兆钦研制发明肤阴洁的方法也同此理。他不仅提供了原始验方，还收集新方，采集草本样品。这说明，肤阴洁的成药过程，既有理论支持，又有实践依据。这就决定其草本药物的使用价值和市场品格也达到了"臻于至善"的境地。

1990年12月，肤阴洁正式通过省级技术鉴定，这是企业插上现代科学技术翅膀扶摇直上的起点，也是莫兆钦跨上人生事业的第一个台阶。

省级技术鉴定顺利通过以后，还必须拿到肤阴洁的生产批文，至此，企业才能组织生产。莫兆钦揣着技术鉴定资料和研究报告，兴致勃勃地跑到玉林地区医药局申办生产批文。不知何故，医药局一位副局长看了材料后，锁紧的眉毛像打上了两个大问号。他找出一份红头文件，在莫兆钦面前晃了几下，打官腔说："自治区明文规定，县级以下单位不得生产经营医药产品，你的申请不能批准。"莫兆钦见副局长那副德行，知道跟他说情论理都没意义，当场发了几句牢骚，带着一肚子怨气无功而返。

所有的铺垫工作都做到位了，只剩下最后一哆嗦了。自己精心孕育的肤阴洁就像十月怀胎的婴儿一样，在即将呱呱坠地的时候，却被一纸所谓的红头文件给卡住了，你说气不气人？难道上级的文件是用来打压乡下老百姓自主创业的吗？莫兆钦百思不得其解。

1991年2月中旬传来一个消息，广西乡镇企业工作会议在自治区首府南宁召开。这是自第十一届三中全会以来，全区乡镇企业界的一次盛况空前的大会。自治区党委、政府主管领导将出席并主持会议。会议的主题是解放思想，实事求是，为把全区乡镇企业引入改革开放和现代化建设的快车道。莫兆钦作为桂平市乡镇企业代表应邀出席。接到会议通知时，他就有一种直觉：人生的机遇伴随着时代的春天即将来到了。

开会之前，莫兆钦就着手收集资料，撰写发言稿。既然是与会代表，就不能当哑巴，也不能当聋子耳朵成为摆设。他要争取在大会发言那天，登上主席台放一炮，火力就集中在"县级以下单位不准许办药厂"这项束缚改革者手脚的土政策上。对他来说，如果不发表自己的意见，不发出自己的声音，去开那个会有什么意义？

大会如期举行。与会人员依次步入会场，会场隆重热烈，庄重肃静。开幕式当天，主席台上，自治区党政领导当中就座，各地市州要员分列两旁。莫兆钦被安排坐在全场倒数第五排的过道旁。他环顾坐在他身旁的那些应邀参会与会代表，有的衣着打扮真让人大开眼界。有两个个体暴发户代表，很是炫目，他们衣着光鲜，肚圆气壮。手里提着砖头一样的"大哥大"，脖子上挂着手指粗的金链子。他夹在这几个"大企业家"中间，显得又土俗，又寒酸，自有三分窘态。他没有太在意这些，闷头办理自己该办的事。何况来开会的人大部分仍属草根之列。莫兆钦将事先打印好的发言稿，分发给各地的代表，希望引起人们的关注。小组讨论时，莫兆钦抢着发言，别人发言时，他也不时插话，发表自己的见解。而那些肠肥脑满的大款们在讨论会上像哑巴一样一言不发，只会机械地举手表态。莫兆钦一下子成了焦点人物。结果他被推荐安排在大会上发言。

第十七节　炮轰府衙

　　莫兆钦的发言像一声惊雷，在会场上炸开了。他因此成了焦点人物。一个私企业主，竟敢如实高调大胆地炮轰自治区领导和政府的红头文件，在广西史无前例。

　　但他抨击的是公权力的滥用，矛头指向的是阻挡改革的"顶门杠"，他的发言符合党心民意，代表了社会良知。

　　只有来自内心深处的呐喊，才能震醒大地，让迎春花钻出冰层自由绽放。

莫兆钦（中）出席广西自治区第十届人大会时审议区人民政府工作报告

　　大会发言安排了一整天时间。来自各县市的代表一个接一个上台发言。会议主持人规定，每人发言时间不得超过5分钟。发言的代表都拿出事先准备好的讲稿，小学生读课文一样在台上念一遍。念完了，会场上像走过场一样响起一阵稀稀落落的掌声，接着安排下一位发言。莫兆钦坐在台下，心里紧张得咚咚跳，别人发言的内容他基本没入脑，只听见大家千篇一律的开场白。每位上台的人都说："今天我很高兴，又很惭愧，高兴的是我能代表全县参加这个大会，惭愧的是，我没有做出什么成绩……"

"没做出什么成绩上台做什么典型发言？这不是废话吗？"莫兆钦从心里骂了一句。正在他有点纳闷地那一会儿，轮到他上台发言了。他缓步走上主席台，抬眼扫了一下会场，然后清了清嗓子，刚讲了一句："各位领导"。可能是嗓门太高，或者说话时距离麦克风太近，会场四周扩音器里，发出一声刺耳的啸声。会务人员赶快上来，对着麦克风吹了几口气，又用手敲了几下，发现是正常的，就让莫兆钦继续讲下去。莫兆钦的讲话被打断了将近一分钟。接着他放低声调，放慢语速，用他的沙坡方言夹杂着生涩的普通话，照着讲稿边念边发挥：

"我为了办成一家制药厂，闯过了九九八十一道难关，经过6家大医院对1800名患者的临床试验，终于把治疗男女性病的中草药肤阴洁研制成功了。经过专家论证，肤阴洁的总有效率达到了99%。1990年冬通过了省级技术鉴定。对于这种新药，患者愿意买，医院愿意用，疗效又很好，可就是不准生产，不能投入市场。岂非咄咄怪事？我讲的不是天方夜谭，而是实事。"

说到这里，5分钟时间快到了。主持人正要上前催他下台，主席台上的一位领导在他耳边说了几句什么话，主持人宣布破例给莫兆钦延长半个钟头时间。莫兆钦说了声谢谢，把讲稿往旁边一放，提高声调慷慨陈词：

"说起这里头的原因，就是由于不知什么时候、不知是谁定下的那么一条规矩，'县级以下的企业不能创办制药厂'。这条规矩简直就是唐僧给孙悟空念的紧箍咒。我听说过有一出话剧叫《不准出生的孩子》，演的是一位年轻的乡下母亲怀胎十月，即将分娩，一个地方官得知此事，就下判词道，此女乃卑微之辈，没有生育的资格，即使怀孕，也不准生产。

我想，如今的这份'县级以下单位不准办药厂'的文件与那个昏官的判词不是如出一辙吗？我辛辛苦苦研制的新药肤阴洁，就像个即将出生的孩子，怀胎十月却不准出生。我实在没有办法，就只好把它当作香皂、护肤霜、花露水一类的日用卫生品出售，令人啼笑皆非。我相信，在广西，遭遇到此类情况的不止我们一家。我愿借此机会请求自治区领导及有关职能部门，尽快研究出台新政策，取消计划经济时期的条条框框，给全区乡镇企业和个体私营企业松松绑，排排忧，解解困。过去的老规矩是人定的，但随着形势的发展，也可以由人去修改嘛。

我看到最近报纸上有个专家发表的文章，说当前改革出现了阻力，这阻力不在上头党中央，也不在底下老百姓，而在省市县这几级。文章中有一句话我认为对广西很有针对性。他说：'上边放，下边放，中间有个顶门杠'。依我看，自治区的那份'县级以下单位不准办药厂'的红头文件，就是一个又粗又大的顶门杠。如果有一天，这根顶门杠去掉了，我给你们烧高香。我有个小小的建议，请自治区领导到广东去看看，广东的乡镇企业就没有那么多的条条框框。我们这里之所以至今还有人抱着老黄历不放，我看是因为我们的思想观念比人家落后。我的意见对不对，请领导参考，望大家三思。"

他说完，把讲稿往衣兜里一揣，转身"咚咚咚"走下讲台，径自回到自己座位上，会场上的空气似乎顿时凝固起来。

第十八节　凤凰涅槃

人们总以为，世间的温暖全来自太阳。实际上，脚下的大地也储存着令人惊异的热量。

自治区领导以前所未有的政治激情和工作力度，解决落实了乡企大会提出的问题，极"左"思潮得到清算，管卡压积弊得到纠正。干部积极性空前高涨。八桂大地，春意盎然；邕江水暖，千帆竞发。

莫兆钦的发言，一石激起千层浪，引起了强烈的反应。有人指责他目无领导，狂妄自大；有人攻击他"公开向大会发难，向政府叫板，是别有用心的"；有人以此断言，莫兆钦得罪的是自治区重量级人物，他的祸惹大了，不仅要断送企业的前途，还会给他本人带来麻烦。当然，更多的代表支持莫兆钦的观点，赞赏他敢于直谏的勇气和坚持实事求是的作风。

　　回到招待所，莫兆钦一个人坐在床铺上，一根接一根抽闷烟。这时候，他脑子里翻腾得厉害。在这么高规格的正式场合公开发表自己的观点和见解，他有生以来还是第一次，这让他十分欣慰，但也感到不安和惶恐。他想起自己在愤慨时脱口而出的一些话，带有很浓的火药味，可能刺伤了某些当权者。但愿这些尖锐言论不会给企业和他本人带来灾难性的后果。他甚至都不明白自己怎么就敢于在这种场合当了个出头橼子。不管怎样，自己的动机是纯正的，自己的发言不是存心跟政府唱对台戏。他相信领导会理解自己的一番苦心，不会给自己打棍子，抓辫子，穿小鞋。他还记得大会结束时他随着散会的人群往外走的时候，有个老领导挤过来对他说，你这个发言要是放在1957年反右运动和1966年"文革"时期，马上就会被戴上右派和现行反革命的帽子，被踏上千万只脚，叫你永世不得翻身。而现在不仅不会给你小鞋穿，还欢迎鼓励你提出意见和建议，毕竟时代不同了嘛。

　　莫兆钦想到这一层，心理慰帖、踏实了许多。他丢下烟蒂，打开窗户，从外面透进来一股新鲜的空气，临窗的柳枝已吐出新芽，春天来到了。

　　果然，等待莫兆钦的不是苦果而是佳音。他发言中提及的问题引起了自治区政府的重视。自治区党委、政府听取了全区乡镇企业工作会议的汇报。明确指示，会议代表提出的"上边放，下边放，中间有根顶门杠"和"不准出生的孩子"的管卡压极"左"思潮要彻底清除，对乡镇村创办企业要一路绿灯，把为乡镇、个私企业排忧解难列入党委议事日程。把包括莫兆钦办药厂在内的几个具体事项解决好，落实好。接着，主管医疗卫生事业和企业的副主席召开专门会议，逐一落实代表们提出的问题。对于莫兆钦提出的意见，责成自治区卫生厅、自治区医药管理局、自治区工商行政管理局等几个部门组成联合工作组，利用7个工作日集中现场办公，落实莫兆钦创办制药厂的营业执照及生产许可等具体事宜。

　　这位德高望重的副主席对上述职能部门负责人说："县级以下单位不准办制药厂的政策，是管卡压的土政策，是计划经济的产物，要顺应改革大势，坚决予以纠正。当然，这里头还有个思想观念的问题，不是一两句话就能解决的，要有一个过程，需要召开专门会议研究落实。在新的政策尚未出台以前，是否可以变通一下，我的建议是让这家企业挂上'广西'

的头衔，给一个区属企业的名义，不属桂平县管辖，也不归玉林地区管辖，连手续也不在下边办，这不就顺理成章了吗？莫兆钦提出的问题，不是个别现象，据我了解，这个现象在全区具有普遍性。因此，不能拖，也不能等，要迅速地、稳妥地逐一解决。"

"肤阴洁"这个"不准出生的孩子"，在自治区领导的直接过问下终于领到了"准生证"。1991年9月，广西壮族自治区医药管理局发文，将"桂平卫生保健品厂"更名为"广西源安堂制药厂"，工商部门核发了营业执照和"药品生产合格证"。同年12月，广西卫生厅为他们办理了"药品生产许可证"及肤阴洁特许生产的批文。

从这时开始，"源安堂"这个名字就与她的创始人莫兆钦紧紧连在一起了。关于"源安堂"三个字的含义，莫兆钦解释说："源安堂三个字是不可分割的整体。顾名思义，源，就是源远流长、饮水思源；安，就是安民济世、国泰民安；堂，就是堂堂正正地创办企业、造福人类，疗救苍生。这也是我创办这家企业的宗旨和指导思想。"

出席 2005 年全国劳动模范和先进工作者表彰大会的广西获奖代表在北京合影

　　源安堂制药厂办理完登记注册、生产许可证等各种手续以后，莫兆钦选定一个良辰吉日，摆了几桌酒席，款待全村乡亲和各方宾朋。席上觥筹交错，谈笑风生，好不热闹。酒过三巡，莫兆钦站起来说："我代表源安堂制药厂敬大家一杯！"说罢，端起酒杯，一饮而尽。他用手抹了一下嘴角接着说："源安堂制药厂不是我一个人的，也不是几个合伙人的，而要把它看作是我们上国村的、中沙镇的。大家都要关心她，爱护她，共同抚养她成长。"他一边说，一边端起旁边一位客人的酒杯，一仰脖子，又干了。这时，几位创业合伙人齐刷刷站过来向莫兆钦敬酒。他们带着半是恭维、半是激动的口气说："厂长啊，多亏你有胆气、有能耐在自治区放了那个响炮，把头儿们都镇住了，不然，我们还不知要熬到什么时候呢。来，我们为您敬上一杯庆功酒！"在这种场合大家都很激动，有人说话声音哽咽，还有一个人背过脸去抹了一把眼泪。莫兆钦听了这些恭维话，自然满心喜欢。他频频举杯，连连应酬，酒酣人醉，杯盘狼藉。这场酒席，从日下西山喝到月上栏杆。

　　接下来几天，莫兆钦每天一大早来到厂部办公室，召集莫兆松、杨第海、莫天华、李崇彬等人开会，共同草拟企业章程，制订经营规划，商讨管理事宜。他们还要完成一项重要任务，就是按股份制形式建立企业的最高权力机构。由于办厂经费困难，需要吸收一批新职工入股，新入股的成员必须交纳一定额度的股金。

　　在自愿报名的基础上，由几个合伙人集中审核，举手表决。按照大家拟定的标准，经过磋商、筛选，源安堂第一批股东成员终于落实。他们是莫兆钦、莫兆松、莫兆武、莫兆光、杨第海、李崇彬、杨铭、莫天华、莫天和、莫辉、陈江容、莫天活，共12人。他们都是土生土长的上国村农民，是一群敢闯敢干的创业者。

第七章

第十九节　好风借力

　　1992 年 12 月 8 日，广西源安堂制药厂正式挂牌成立。在筹建的峥嵘岁月里，她伴随着邓小平南巡的足迹一路走来。每一步都抢得改革开放风气之先。

　　当"邓旋风"吹进大容山的时候，莫兆钦敏感地捕捉到了时代转折的信号。他说："南巡讲话对源安堂的影响将是深远而恒久的，是企业的基石、路标和灯塔。"

　　源安堂制药厂刚刚起步的时候，遇上"好风凭借力，送我上青云"的好时势。1992 年春，刮起了邓小平南行的旋风。从那时起，源安堂伴随着邓小平南巡的脚步一路走来。从这点来看，源安堂的成功是得风气之先，顺应了历史潮流。虽然莫兆钦不会预见有"邓旋风"出现，却能感受到，时势的转变，新旧的交替，牵动着社会的每一根神经，决定着每一个社会细胞组织的成活。

　　历史唯物主义的命题是时势造英雄。英雄又具有反作用于时势的能动性，20 世纪 90 年代的英雄人物当属邓小平。1992 年初春，一元复始，万象更新。这年的 1 月 9 日，农历腊月十五，正好是一个星期天。早上 8 点钟，一轮红日从南中国海地平线上升起，大海的碧波用它那轻柔的节律拍打着深圳黄冈口岸大堤。一阵阵清风拂过，飘起了早已婷立在口岸入口两旁的 24 位礼仪小姐的长发。广东省委书记谢非、深圳市委书记李灏西装革履，伫立一旁，静候着一位世纪伟人的到来。8 点半钟，一辆中型丰田车载着邓小平和他的家人缓缓驶过一条长长的红地毯，进入桂园别墅式宾馆。

桂园里花木葱翠，春光耀眼。邓小平稍事歇息，便跨出园门，信步行走在大街上。这位88岁的老人，脱下绒帽，露出斑白的短发。他一边走，一边与随行的谢非等人交谈。这天，邓小平的心情很好，红光满面，谈兴甚浓，浓重的四川乡音在混杂着粉尘的气流中震荡。

邓小平说："八年前，我在这里题词，'深圳的发展和经验证明，我们建设经济特区的政策是正确的。'"

他接着说："现在，我还要讲，不坚持社会主义，不发展经济，不改善人民生活，只能是死路一条。基本路线要一百年不动摇。只有坚持这条路线，人民才会相信你，拥护你。谁要改变三中全会以来的路线、方针、政策，老百姓不答应，谁就会被打倒。"

晌午时分，谢非陪同邓小平看了两家外资企业。看完以后，老人感慨地说："有人认为，多一份外资，就多一份资本主义。三资企业多了，就是发展资本主义。这些人连基本常识也没有。"邓小平的这些话，是触景生情、有感而发的，没有作任何的准备。随行的人员都听得出老人对于那些仍抱残守缺、坚持极"左"路线的人有一股怒气。

1月10日上午9点钟，邓小平登上深圳国贸大厦53层的旋转餐厅，他面窗而坐，随着转盘的缓缓旋转，仔细地俯瞰着深圳全貌。

9点50分，邓小平在国贸大厦听取了深圳市委书记李灏的汇报。李灏说："深圳的经济发展很快，人民生活有了很大提高，1984年，人均收入为600元，现在是2000元。"

邓小平听后很高兴，他说："深圳的经验就是敢闯。改革开放胆子要大一些，不能像小脚女人一样。看准了的，就大胆地试，大胆地闯。"

邓小平望着窗外，接着说："改革开放迈不开步子，不敢闯，说来说去，就是怕资本主义的东西多了。要害的问题就是姓'资'还是姓'社'？判断的标准要看是否有利于发展社会主义的生产力，是否有利于提高人民的生活水平。"在场的人听了，无不精神振奋，深受鼓舞。

邓小平的这些言论被随行人员记录整理出来，见诸报端以后，被称为"南巡讲话"。一时间，南巡讲话在全党全国引起了极大的感慨。理论界认为，邓小平的南巡讲话对长期争论不休的姓"社"姓"资"的问题做出了科学的论断，是中共十四大关于"加快改革开放和现代化建设步伐"重大决策的理论指导。

当这股"邓旋风"吹进大容山沟的时候，莫兆钦第一个领略到了这股旋风，对经济社会发展以及企业发展前途的不同寻常的价值。他放下建厂初期的一切事务性工作，召集企业班子成员学习领会南巡讲话精神，决定抓住机遇，加快步伐，乘势而上。

莫兆钦说："源安堂制药厂的起点踩着了改革开放的鼓点。今后的每一步都要合着南巡精神的节拍，才不会走弯路。因此，邓公的南巡讲话对源安堂的影响是深远而恒久的，它是企业的基石、路标和灯塔。"

2008 北京奥运火炬手莫兆钦在广西百色革命老区传递奥运圣火

经过紧锣密鼓的筹备，1992 年 12 月 28 日，广西源安堂制药厂正式挂牌成立。制药厂成立庆祝大会在源安堂药厂举行，出席大会的有地方领导、行业负责人和业界宾朋。为了助兴，还请来了吹鼓手和戏班子。

文艺晚会上，人头攒动，接踵摩肩。整个厂区灯火通明，如同白昼。激越的唢呐和深厚的弦乐交响生辉，群舞与独唱相映成趣。莫兆钦按捺不住内心的激动，上台演奏了二胡独奏曲《金蛇狂舞》和《洪湖主题畅想曲》。琴声婉约而不伤感，高亢而不轻狂。演奏者把自己的感情融入音乐所蕴含的意境中，寄托了自己的生活理想和对未来的信念，引起了广大听众的联想和共鸣。

第二十节 一锤定音

天时不如地利。制药厂建在哪里才能得到长足的发展？选定厂址对一家新兴企业来说，也是一项重要的战略决策。在两种意见相持不下时，莫兆钦拍板决定，把药厂建在家乡的青山绿水间。

落子无悔，说干就干。不久，源安堂药业"现代化药城"拔地而起。这是一条新的起跑线，这是一座前无古人的历史丰碑。

制药厂挂牌成立以后，莫兆钦主持召开了第一次股东大会。有人提出疑问，厂址问题早该确定下来，为何偏偏拖到企业挂牌成立以后才研究考虑呢？

莫兆钦（前排一）与贵港塔山英雄部队广西军区岳政委等领导交流工作

人们有所不知，这家企业的"厂情"与别的厂家不同。源安堂有 12 个股东，对厂址问题他们中的"进城派"与"进村派"两种对立意见一直争论不休，没有定论。随着形势的发展和企业规模的扩大，厂址选定和基础设施建设的问题提到了议事日程。股东大会就此事进行磋商。会议气氛活跃，两种不同意见发生了激烈交锋。

一种意见认为，我们办的是股份制乡镇企业，小本经营，上不了台面，只能在乡下办。厂址最好选在上国村，如果心太野，想一口吃成胖子，把厂子建在城市里，别的问题且不说，那些工商税务、质检部门隔三岔五上门，巧立名目要钱，不但企业承受不了，还会把人气得半死。那些人只会捏软柿子，欺压我们这些乡巴佬。把企业办在咱家门口，他们奈何不了咱们。再说，在本村建厂，还可以就地安排村民进厂务工，早出晚归，食宿问题自己解决，这样职工满意，企业也省事。另一种意见认为，在山沟里建制药厂，历史上没有先例。在山村办厂，信息闭塞，交通不便，运输成本高。把厂址选在大城市，有利于打开销售市场，办企业不能不考虑长远利益和市场竞争，不然就达不到利益最大化的目的。

两种意见相持不下的时候，大家把目光聚集在莫兆钦的脸上。莫兆钦点燃一支香烟，深深吸了一口，吐出烟雾，慢慢拉开了话匣子。他说，我是赞成把厂址选定在上国村的地盘上。至于理由是什么，安排剩余劳力只是一个方面，更重要的是考虑到我们的家门口就是一座天然的中药材资源仓库。这个条件，在大城市是望尘莫及的。生产肤阴洁所需要的原料，大容山里很丰富，象岗松、满山香、蛇床子、黄柏等应有尽有。尤其是满山香这种名贵中药材，虽然别的地方也有，但只有大容山的满山香，最符合肤阴洁入药配伍的要求。还有一条请记住，生产肤阴洁的工艺和技术是采摘新鲜药材进行加工提炼，在城市办厂有这个得天独厚的条件吗？把工厂建在大城市固然有它优越的一面，就是便利营销，降低运输成本，提高利润率。但交通问题也要相对地看。中沙距离南宁、广州是远了点，距离上海、北京更远，但距离玉林、贵港和湛江都不算远，百十公里的路程，这些城市又都有铁路直通全国各地。从现代大交通的角度看，过不了几年就会实现"天涯若比邻""天堑变通途"。

莫兆钦环视了一下会场，对持不同意见的几位股东说："我们把生产车间建在山沟里，并不意味着与大都市脱节，将来产量增加了，药品品类扩大了，质量提高了，可以在广州、南宁甚至在北京、上海建立办事处、销售中心，销售渠道畅通了，市场份额扩大了，一切次要矛盾都会迎刃而解。不然，即使把厂建在北京的王府井、上海的南京路，销售不出去，我们这些人拿什么分红，广大职工凭什么养活全家老小？"

莫兆钦在一大截烟屁股上接着点上一支烟继续说："我关心的焦点问题是产品质量。请大家不要忽略，我们办的是制药企业，关系到人类健康。药品生产最忌环境污染，大城市是产生废气、废水、粉尘、烟尘和一氧化碳的污染源。因此，我的结论是，在哪里办厂有利于确保质量，我们就把厂址选在哪里。高质量的药品既是企业取之不尽的财富源泉，也是我们的生存之源、生命之源。"

莫兆钦的这番话，既详尽分析了各种利弊得失，又抓住了主要矛盾和矛盾的主要方面，既具有深刻的穿透性，又有广阔的视野和大局观。那些持有"城市建厂说"的人也被他说得心悦诚服。源安堂制药厂选址问题就这样一锤定音了。

新厂房基地选定在上国村一条狭长的山沟里。他们按照现代医药企业的标准和世界卫生组织的要求开展总体设计，分期施工。一期工程计划建成拥有4条流水线的生产车间、科研基地、质检中心以及行政办公大楼和储运仓库。二、三期工程完成职工宿舍、专家楼以及职工食堂、幼教中心、体育活动场地等相关的配套工程。厂区占地面积50余亩，建筑面积5万平方米，基建工程总投资3200万元。按照设计方案和企业的承载能力，可望建成年生产能力10亿元、年销售收入5亿元规模的环保型、科技型中药制药生产企业。

第二十一节　邪不压正

大规模基建工程上马之际，嗅觉灵敏的建筑商、包工头蜂拥而至。有个包工头使出"美人计"，诱使莫兆钦就范，以达到包揽基建工程大发横财的目的。

当人性遭到邪欲戕杀的时候，莫兆钦没有醉倒在温柔之乡里。他巧妙周旋，以善良之心和正义之举，终使受害者逃脱魔爪。

在厂房基建设计图纸尚未完成的时候，一些建筑施工单位就纷纷上门要求承包工程。从玉林、贵港、桂平甚至更远的地方来的一些国营、民营建筑队、个体包工头几乎踏破了莫兆钦的家门槛儿。这些人来的时候都不空手，有的送好烟好酒，有的送工艺品，有的干脆提着钱袋子。对这些钱物，莫兆钦一个子儿也不动，一律退回。他耐心地解释说，对于基建工程发包问题，厂里要研究一套具体方案，到时候成立一个专班，照章办理，我不能一个人说了算。尽管他磨破了嘴皮，但人家不信。还是不断有人上门纠缠，弄得他全家人不得安宁。他只好悄悄跑到贵港，一方面他有点事要办，另一方面可以躲避包工头的纠缠。

莫兆钦（右）与时任全国人大副委员长、中央慰问团团长顾秀莲（左）在湖北省大别山慰问革命老区时的合影

贵港，桂东南重镇，曾经是个县城，改革开放以后，从玉林辖区脱胎出来，建制成为中等城市，管辖港南、港北、覃塘三区和桂平、平南二县，区县人口约计250万人，是一座新兴的工业化城市。贵港市区有一条东西走向的河流，把老城、新城拦腰隔断，形成南北行政区划的自然分界线。莫兆钦在老城区一个不起眼的地方找了一家国营招待所住下来，这片地段

他一个熟人也没有。但他的行动还是没有躲过那些比蚊子还精灵的包工头和建筑商。一位姓邓的老板找到莫兆钦的房间，满脸堆笑，有一搭没一搭地找话茬套近乎。莫兆钦跟这位邓老板曾有过一面之交，知道他是一个有资质的建筑商，近几年靠承包工程捞了不少油水。

莫兆钦明白，邓老板找他，一定是冲着承包工程来的。他应酬了一阵子后，问对方有什么事，邓老板笑着说没事。然后转个话题说："你堂堂的大厂长怎么住在这么寒酸的地方？我在花都大酒店包了个豪华套间，是专门为你安排的。"说着就要动手帮莫兆钦收拾行李。莫兆钦执意不肯去。邓老板又要拉莫兆钦去吃饭，说要找个既高档又清静的地方哥俩好好聊聊，但也被莫兆钦婉言谢绝了。

邓老板自知没趣，只好告退，但他还不死心。

入夜，莫兆钦靠在床头翻阅报纸，忽然听到有人敲门。开门一看，一位年轻女孩站在外面。这女孩长得眉清目秀，脸上露出忧郁和恐惧的神态。莫兆钦请她进屋。一打听，才得知这女孩是四川广元人，19 岁，是一名高二学生。暑假期间，被人以打工赚钱为名，骗到贵港，"转让"给了邓老板。邓老板自己把女孩玷污了不说，还利用她施美人计，逼她接客，并且日夜派手下人监视她。女孩由于涉世不深，以致轻信坏人的花言巧语，上当受骗。那天晚上，邓老板连哄带逼，要她来陪莫兆钦过夜。从谈吐中莫兆钦感到，这个女孩不像社会上那些堕落的风尘女子。如果不设法帮她跳出魔窟，后果不堪设想。

莫兆钦从提包里拿出 2000 元现金，送给她作为回家的路费和继续读书的学费，催她连夜离开贵港。女孩见有人给她这么多钱，呆在那里发愣。这些日子，她被邓老板骗来骗去，受尽了痛苦和侮辱，流落到广西近 1 个月了，没见到几个正经男人。她日夜思念父母和家人，但被坏人控制，身无分文无法逃脱，整日以泪洗面。她见眼前这位大叔言行举止又憨厚又善良，很感动，但又不敢相信世上竟有这样的好人。她噙着泪，恳求大叔救她。莫兆钦把钱往她手里一塞，领着她避开了监视的耳目，拐弯抹角走到车站，送她乘上返程的列车。

当邓老板得知自己精心策划的美人计失败以后，他很明白自己想承包源安堂工程的幻想也随之破灭了。他气得暴跳如雷，在背后大骂莫兆钦"不识抬举"。

过了几天，莫兆钦从贵港回到源安堂，连日召开会议，落实工程施工方案，最后确定由董事会成员莫天活全权负责厂区工程施工。在莫天活的组织下，请来正规的建筑单位、监理单位和施工队伍，进驻工地，投入施工。

经过一年多时间的紧张施工，厂区一、二、三期工程先后完工。新落成的厂房坐落在两条山脉之间的谷地。沟通玉林与桂平之间南北走向的公路和一条小河在厂房门前蜿蜒而过。主体建筑造型别致，古雅壮观，既彰显了现代建筑雄浑摩登的气派，又富含着典雅、清幽的民族风情。其他的楼群按照生产、生活、科研和行政办公等不同功能有序分布，形成了错落有致的"药业一条街"格局。万绿丛中的"药业一条街"，拔地而起的现代化"药城"，是一种文化理念的物化成果，体现了创业者的匠心和远见。

公司董事长莫兆钦在广西区人民政府接受凤凰卫视中文台记者专访

1992年12月，制药厂如孕育多时的婴儿，终于呱呱落地。在制药厂成立和庆祝大会上，高朋满座，青山含情。前国家卫生部部长陈敏章亲笔题写的"广西源安堂制药厂"的招牌十分醒目，厂区墙上"悬壶济世、源远流长、堂堂正正、造福人类"的企业理念，在骄阳下，熠熠生辉。

第八章

第二十二节　求贤若渴

人才是企业的灵魂，人才是第一生产力的载体。企业如何在实现劳动力联合的同时，实现资本和科技技术的联合？源安堂的答案是：目光四射，广揽贤才，不为所有，但为所用。

莫兆钦早年提出的"四个留人"：即"感情留人、待遇留人、环境留人、事业留人"的人才政策，吸引了许多优秀人才加盟源安堂。在这里，每一个渴望成功的年轻知识分子，都能找到展示才华的舞台和挥写青春的空间。

新盖的厂房沿玉桂公路从南至北一字儿排开，办公大楼、职工宿舍楼、职工食堂、运动场、生产车间、药材仓库、储藏室、专家楼、幼教中心一应俱全。

莫兆钦坐在办公室，面对群山，思绪联翩。

厂房建起来了，但人才奇缺。制药行业没有一批专业人才就寸步难行。源安堂股东大部分是洗脚上岸的农民，他们有吃苦耐劳、勤俭节约和憨厚淳朴的品质。但文化水平不高，视野不开阔，传统的小农经济思想影响较深，尤其是缺乏现代社会基本价值观的熏陶。在创办药业企业的过程中，由于不懂业务和技术，而又占据高管职位，在企业管理运行过程中，免不了会暴露出心胸狭隘、目光短浅以及难以摆脱的家长制作风等问题；在研究市场决策时，往往以盲目冲动、好大喜功以及短视行为取代宏观战略思考；在日常管理中，采取拍脑袋、拍胸口的大老粗作风，代替科学化、规范化、程序化管理。

因此，人才问题是源安堂制药厂亟待解决的瓶颈问题。对于人才，莫兆钦有自己的见解。他说，"企"字头上是个"人"字，下边是个"止"字，没有人才，企业就要止步了。一家科技型企业如果人才匮乏，犹如车之无轮，鸟之断翼。

莫兆钦代表广西乡镇企业局在贵州召开的"农业部农产品深加工专题会议"上作经验交流发言

求贤若渴的莫兆钦，多次到有关大专院校、科研院所物色技术人才，但效果都不很理想。有些人同意搞松散合作，不愿意长期驻守在乡下；有些人只想挂个"顾问"头衔，对重点科研项目发表意见，不参加具体课题活动。对于这种情况，莫兆钦认为，能留则留，不能留下来，就采取灵活变通的办法。古诗云："问渠哪得清如许，为有源头活水来。"只要能引来"活水"，企业就能保持清流不断。有些大专院校和科研院所的专家教授，他们本身就承担了繁重的科研课题和教学任务，要求他们丢下手中的工作到源安堂来"上班"是不现实的。但只要他们能适时为企业的技术创新出思路，为新产品研发作指导，或者抽空上门进行技术讲座、辅导，同样能发挥他们的一技之长。当我们遇到科研难题的时候，请他们来住上几天，把问题解决了再回去，"不求所有，但求所用"，这也不失为吸纳人才的一种途径。

但作为一家制药企业，不能全靠"候鸟"，必须拥有一支自己相对稳定的专业技术人才队伍，其他合作方式只能起到辅助或帮衬作用。

广西浦北"八桂天香"商贸城营销中心隆重开业

据说，二战时期，苏联红军攻克柏林以后，斯大林下达了一条密令，缴获的物资军火就地封存，但务必把德国的高科技人才全部带走。后来，这些科技人员为苏联的战后重建和经济复苏发挥了至关重要的作用。莫兆钦铭记这个故事，并从侧面感悟到"技术就是生产力"的深刻含义。

源安堂通过主流媒体发布信息，招贤纳士。对于应聘加盟的各类人才，企业为他们提供最好的创业平台，放手让他们施展拳脚。在劳动报酬和生活待遇上，实行区别对待，重点倾斜，鼓励冒尖。对有特殊贡献的科技人员实行年薪制，对科研项目带头人和技术骨干，给予数倍于原单位的月薪和高额的季度奖、年终奖和创新奖。对于获得副高以上技术职称和中层以上技术干部，每人赠送一套住房，一般技术人员和业务骨干也能享受普通居室以及劳保、医保等待遇。企业还开办了托幼班，改建了村小学，所有外来科技人员的子女，可以就地入托入学，以解除他们的后顾之忧。对考上大学的职工子女，企业还发给数目不菲的奖学金。对于大学毕业回厂工作的子弟，生活待遇与中层管理人员等同。

莫兆钦采取上述举措，是出自于一个基本认识：人才的竞争甚于产品的竞争。

对于科技人才的引进和队伍建设面临的问题，莫兆钦有自己的看法。他认为，科技人才不要多，但要精；不要求顶尖，但要求实用。对于愿意进山创业的有用人才，莫兆钦不惜代价把他"挖"过来。药师陈运育、就是他"三顾茅庐"请进来的第一位具有新产品研发攻关、新技术应用管理能力的复合型人才。

第二十三节　"三顾茅庐"

第一个进山"落草"的是药业专家陈运育。陈运育为人诚实，工作踏实，生活朴实，又有显著的科研成果，是不可多得的专业人才。

莫兆钦三顾茅庐，许以最优厚的待遇，搭建最好的平台。陈运育有感于老莫的诚意，欣然同意加盟，共谋创业大计。

陈运育，广西中医药研究所青年专家。他个子不高，但很精神，言语不多，但往往一语中的。在广西食品药品的研究领域辛勤耕耘，取得了丰硕的成果。他研制的蛤蜊系列产品、山楂系列产品、绞股蓝系列产品、复合氨基酸系列产品、威雄宝口服液等产品，在国内市场上好评如潮，购者如涌。莫兆钦在创业之初，因业务关系与之相识，逐步了解，继而深交。

陈运育的道德人品和业务能力，得到莫兆钦的赏识。莫兆钦的憨厚诚恳，也深得陈运育的好感。在前期合作中，陈运育立下了汗马功劳。为了帮助桂平卫生纸厂攻下药物卫生纸的科研课题，他同另两位专家密切合作，以科学的配方、独特的工艺，开发出国内首创的药物卫生纸，继之又推出药物卫生巾、保健产褥包、婴儿尿垫等医疗卫生用品。在研制治疗男女性病新药肤阴洁的过程中，陈运育承担了起草技术文件、设计工艺流程、制订验证方案等多项重要任务，还参与了药理、毒理的试验。他勤奋敬业的精神、严谨科学的态度和乐善无私的品德，给源安堂人留下了深刻的印象。

为了把陈运育挖过来，莫兆钦起初用试探性的口吻征求他的意见。当时，陈运育有顾虑，担心一部分对医药行业一窍不通的外行股东干预他的科研工作，出不了成果，担不起责任。老莫三顾茅庐，反复做工作。陈运育最终被他的诚意和事业心所感动，依然同意辞职上山。回到源安堂，莫兆钦召开股东大会，就有关人才事宜进行专题研究。要求大家尽量少干扰和插手科研工作，相信和尊重专家的劳动和创造，不要不懂装懂，指手画脚，乱做指示。这次股东大会就引进人才事宜达成了共识。

在会上，股东们畅所欲言，最后以举手表决的方式，落实了一项决议，以年薪50万元的报酬，聘请陈运育担任源安堂制药厂副厂长，全权掌管新药研制和技术开发工作。同时，配给一辆皇冠牌轿车，分配一套三居室住房。

有良好的平台和优厚的待遇，陈运育愉快地接受了聘请，在药研所办理了停薪留职手续，落户山寨，共谋大计。

到任以后，陈运育就带领专班人马，引进设备，落实从原材料进厂到选料、加工、包装、储运等一整套自动化硬件设施的安装与调试。按照预先的设计要求，在新设备安装过程中，充分考虑到各个环节的连续性、平衡性、协调性和安全性的要求，同时达到了无烟、无尘、无噪声、无污染的"四无"标准。在这个过程中，管理人员、科技人员和广大职工群策群力，日夜奋战，攻下了一道道难关。生产车间前期作保鲜、保洁处理的自动化生产线安装工程是一项重点工程，各个部件必须严丝合缝。陈运育亲临现场，日夜督战。每一个环节，他都与科技人员共同切磋，面对面解决问题。为了支持陈运育的工作，股东们甘愿做幕后工作，

莫兆钦（左四）代表源安堂在人民大会堂发起预防艾滋病的大型公益活动

每到关键时刻，他们及时划拨技改经费，加强后勤支持，配合一线人员顺利完成了具有国内一流水平的提取、精制、浓缩、干燥一体化的全自动生产线安装调试任务。

在这个基础上，莫兆钦按照逐步完善、稳步提高的企业经营策略，一步一步向前推进，最终形成了多元化、立体化、规模化的产品格局。除了主导产品肤阴洁洗液以外，陈运育联合厂外专家教授，共同研制与主导产品相配套的系列新产品。相继开发出肤阴洁复方黄松洗液、复方黄松湿巾等纯天然生态药品，增加了痛必安、八仙包等两个治疗妇科疾病的特效品种，还推出了一批常见病、多发病新药，如银胡感冒散、银胡抗感合剂、朱虎化瘀酊、肠胃散，等等，为日后产品升级和市场推广打下了坚实的基础。

莫兆钦（右一）陪同时任玉林军分区司令员钟俊权（左一）、政委覃醒荣（中）等领导进行调研

第二十四节　筑巢引凤

从远方飞来了两只金凤凰。一个叫郑郁葱，一个叫姜平川。一个是毕业于军医大学的主治医生，一个是国家科研机构的副研究员。一个市场挥戈，捷报频频；一个挑灯研发，硕果盈盈。

被莫兆钦请进来安家落户的人中，有一位女干将叫郑郁葱。她就是莫兆钦曾经在广州医疗器械展销会上认识的那位热情的客户。展销会后，彼此都留下了深刻的印象。后来，老莫出差到广东，与郑郁葱又有几次交往。每一次交往，莫兆钦都坚定了请她加盟的决心。他发现，这位年轻的知识女性具有强烈的事业心、使命感和较高的业务水准。郑郁葱对源安堂也一步步加深了了解。她以一个妇产科医生的职业敏感，瞅准了源安堂人走出的用中草药治疗妇科疾病这条路子。她的这种想法是当初在会展中触类旁通从药物卫生纸的市场预测中引发出来的。有人干了一辈子妇科医生也不可能有这种悟性。

当时，她向莫兆钦提议，从中草药中提炼出有效成分，进行再试验，研制出一种外用药液，直接作用于患处，这比药物卫生纸更简捷，效果可能更好。这一提议，将莫兆钦长期追求的研制出一种防治性病的新特药品的人生志向更加具体化、明朗化了，进而促成了企业产品由药物卫生纸开始向肤阴洁药品的跨越。

1992 年冬，源安堂制药厂挂牌成立时，郑郁葱专程赶来祝贺。莫兆钦再次向她发出加盟的邀请，郑郁葱满口答应。她说，在开完那次展销会回到广东后，自己就萌生了"跳槽"的念头，这次亲眼见到源安堂这么好的环境，这么兴旺的景象，她愿意为办药厂尽责出力。不久，郑郁葱从繁华的城市来到上国村，融入源安堂这支"草根"队伍中。

在股东会上，莫兆钦提出，要以入股的方式吸收郑郁葱加盟。老莫说，郑郁葱虽然没有投入股金，按惯例技术也能折股，可以按"人才"股的方式来执行。而且还要给她一个厂长助理的头衔，参与高层管理。

听说用这么大的代价请一个人加盟，几个老股东十分反感。他们说，什么人才技术股？实际上就是送给她干股，她郑郁葱又不是源安堂的"开国元勋"，凭什么跟我们平起平坐？助理可以让她当，干股不能给！

有个老股东说得更直接，"把她拉进来入股，必然要降低股权比例，减少红利，这不是明摆着来抢我们的饭碗吗？"

莫兆钦解释说："知识和技术是第一生产力，她是为企业盈利而来的，不是来拿钱吃饭的。她有知识，有技术，又有能力，这都是提升企业知名度和产品质量不可缺少的资源，当然也是提高股值的重要因素。请她入股，等于请来了财神，企业不付出一定的代价，人家肯进山加盟吗？从表面上看，郑郁葱入的是'干股'，股权比例也会相对降低一点，但股值必然会增长，股值增长了，你们说最终咱们股东的红利是增加了还是减少了？"

莫兆钦的一席话，把反对派中的几个"元老"说服了。郑郁葱入股的事在莫兆钦的据理力争下，最终在股东会上以多数票通过了。

莫兆钦（右）与美中艾滋病联盟基金会会长（左）在北京人民大会堂留影

郑郁葱正式成为一名新股东和厂长助理以后，怀着一颗感恩的心，主动请缨，进驻广州，巩固老股东李崇彬开辟的市场根据地，进一步开发肤阴洁营销市场。她带领办事处几名骨干，培训了一批青年营销人员。这批营销人员采用直销的方式，一边向患者介绍肤阴洁的功能和效果，一边耐心传授用药常识和治疗方法，很快就打开了局面。在一年多的时间内，郑郁葱在广东省各地开辟了100多个营销网点，全年销售收入相当于全厂营销总额的一半还多。郑郁葱创下的营销业绩，赢得了一片赞扬。以前反对让她入股的老股东说："莫厂长真是火眼金睛，一下就认准了这个'财神'。她一来，就把咱们的钱袋撑得更鼓了。郑郁葱这样的人才，还要多请几个，一个就抵得上千军万马。"至此，"集纳贤才，选其适者"成为源安堂管理者的共识。

不久，大容山沟里又迎进一只金凤凰，她叫姜平川。姜平川祖籍山东，大学毕业后分配到国家科研部门工作。姜平川年轻漂亮，有"清水出芙蓉，天然去雕饰"的素雅风韵，更具"上穷碧落下黄泉""不到长城非好汉"的探索精神和学识内涵。

在重点实验室里，姜平川长期从事新药研究，获得了丰富的实践经验。在源安堂制药厂进入公司化运作的重要时期，姜平川毅然放弃了优越的生活和工作环境，到源安堂就任新药开发办主任职务，主持并参与新药的研究、开发、生产、检验等方面的技术工作。专业对口，使她如鱼得水，企业老总对她的信任，她如沐春风。一到任，她就调集各方面的技术力量，猛攻质量关。为了将原来的几种药品质量提升一步，她亲自收集有关技术资料，拟定改进方案，对生产流程和制作工艺进行全面技术改造。

经过100多个昼夜的挑灯苦战，经受的许多次失败的考验，终于将肤阴洁复方黄松洗液、肤阴洁复方黄松湿巾、银胡感冒散、朱虎化瘀酊等6个产品的地方标准升格为国家药品标准，获得了具有自主知识产权的国药准字批号。产品规格的提高，无疑带来了企业品牌和知名度的提升。有鉴于此，股东会做出决定，破格吸收姜平川为新的股东成员，委以公司副总经理的重任。

姜平川把这种信任转化为责任，立志为企业做出更大的贡献。她主动请缨，承担攻克药品GMP认证这个关系企业前途命运的难关。她严格按照国家GMP的要求，对生产车间的机械电器设备进行改造和组装，对质检实验楼、质检设施进行了全面检装。

在连续加班的 400 多个日日夜夜里，姜平川主持制订操作和管理文件 800 多种，共 3000 份，分类组织轮训 3000 多人次，使厂区环境和"三废"处理也达到了最优化标准。在她的带动下，科研团队齐心协力，终于在预定时间内顺利通过了国家药品 GMP 认证。

第二十五节　抑浊扬清

源安堂把人才视为企业的第一资源，以爱才之心、识才之智、容才之量和用才之艺，对德能兼备的人才热心扶持，大胆使用。花力气挖掘整合人力资源，形成能者上、平者让、庸者下的竞争机制。

对品行不端、心怀叵测的投机者，不管来头多大，一律予以辞退，以达到"敬一贤则众贤悦、驱一恶则众恶惧"的效果。

莫兆钦说，回想创业之初，源安堂靠几个股东打拼，靠自力更生艰苦奋斗。后来，靠知名度，再后来，就得靠良好的用人机制。

他认为，办一个企业就像唱一台大戏，生旦净末丑样样都得有，吹拉弹唱一个也不能少。人才不一定都要博士、硕士、本科生，一个好保管员、一个好药检员都是人才。在使用人才上，不仅看学历，还要看能力，是人才我就敢大胆使用。

古云："十步之内必有芳草，四海之中岂无奇秀。"随着源安堂事业的节节攀升，各地人才纷至沓来。他们看中的不光是金钱，更心仪于这里宽松的创业环境，企业老总莫兆钦的民本理念、重才、容才、爱才的人格魅力。不到两年时间，从四面八方聚集到源安堂的大学毕业生和技术能手不下百人，其中不乏技艺超凡者。这些青年才俊胸怀大志，腹有诗书。人人握龙蛇之珠，个个抱荆山之玉，一齐聚于莫兆钦的麾下。源安堂对他们一是接纳，二是培养，三是因才适用。

如 1994 年毕业于湖南化工学院的杨汉祥，在源安堂工作两年后，被提拔为质检科科长，后来又挑起了质量总监的重担，最后又转战在营销工作的最前沿；毕业于热带经济作物专业的李世新，从普通工人干起，他像一块金子一样，在车间的一角闪闪发光，由于他能力冒尖、贡献突出，先后被提拔为生产科科长、生产总监和公司总部行政办公室主任。

从各地汇集来的人才给源安堂注入新鲜血液。人才资源的社会化带来了企业高层管理者的吐故纳新。能者上、庸者下的现代企业人才流动法则在这里也得到了体现。一些能力不强，不能适应现代企业发展的元老级管理者，逐步被青年才俊所取代。目前，在源安堂职工队伍中，具有大专以上文化程度的年轻人有300多人，占企业职工总人数的48.5%，获得中高级以上技术职称的有120多人，占公司管理层总人数的58.6%。

2006年莫兆钦在中南海
中央政治局常委住宅区留影

莫兆钦说，在引进人才的过程中，源安堂也曾走过一段弯路，有过一些失误，有过深刻的教训。有位社会人士以人才自居，毛遂自荐到源安堂，要求参与高层管理。他信誓旦旦地说，自己曾加盟某某企业，发挥了超凡的作用，实现企业利润连年翻番。广东"达人"的一番表白，吸住了股东们的眼球，一纸聘书让这位"达人"登上了源安堂职业经理人的宝座。

一朝权在手，便把令来行，职业经理人上任以后，就露出了庐山真面目。成天玩权术，耍花招，一心为个人捞好处，争待遇，企业经营管理搁在一边。一年下来，当初承诺的经营指标一个也没能够兑现。企业越拖越垮，人心越搞越散。股东们一怒之下，把他逐出了源安堂。

股东们看到，此人职业技能方面有自己的门路套套，脑瓜也活泛，就是心眼不正，品行不端，占着职业经理人的位置，一心想着往自己腰袋里塞票子。这样的"能人"源安堂养不起。

此后，源安堂人再也不考虑推行职业经理人制度了。在引进人才方面，严格把关，按照人品第一、能力第二的原则，引进了一批又一批实用的专业技术人才。大家心往一处想，劲往一处使，汗往一处流，不长时间，源安堂恢复了生机与活力。这些有用之才的加盟，源安堂不但给他们事业的平台，在生活上也提供了优厚的待遇。

事实证明，从五湖四海来的各类人才，只要你是诚心来创业的，你的本领越大，贡献越大，公司越欢迎，自然也不会亏待你。那些诚实为人、踏实做事的年轻人才，是企业需要引进的"财神"。反观，另外一些想钻进企业捞好处占便宜的"聪明人"，最终往往反被聪明误。经过多年摔打的企业老板，都练就了一双火眼金睛，他们至少能观察出一个人从内心散发出的踏实靠谱感，都会被视为"千里马"，任何"伯乐"都不会亏待他们的。

为了实现"打造百年老店"的战略目标，源安堂人十分注意长期培养，及时推举栋梁之材。2009年下半年，在源安堂需要自己的领军人物之际，在营销战线上滚打多年的少帅、公司股东杨铭脱颖而出。在大家一致推举下，杨铭走马上任，挑起了源安堂公司总经理的重担。营销总部"移师"南宁后的几年里，他带领新的营销团队，在医药市场竞争的大环境中，充分展示了企业领军人物的品格、胆识和谋略。

人们高兴地看到，杨铭总经理在新老交替和企业发展的关键时期挺身而出，敢于担当，善于博弈，同时探索总结出了许多切合实际、顺应医药市场营销发展的好经验和新举措。多年来，杨铭总经理以感恩、报答、奉献、进取之精神，潜心于市场营销工作，勇于改革与创新，始终保持和发扬了源安堂艰苦创业、廉洁奉公的作风和情操，把握医药市场营销发展的新常态，抢抓新机遇，勇创新佳绩，不断实现源安堂的新发展和腾飞梦。

第九章

第二十六节　开拓基地

改革开放后，广西林业产业结构的不断调整，林业政策法规的普及落实，人们终于在大自然的赏赐之下寻回了宜居的环境，也为源安堂就地建立中药材基地提供了得天独厚的条件。

在北回归线堪称"岭南绿肺"的桂东南大容山天然"药谷"，赖以研发生产出的中草药药品，无疑是天然的、生态的，因而必然也是"绿色"的。

源安堂在群山环抱之中，得天独厚。站在山寨上，呈现在眼前的是一派赏心悦目的青山绿水。从地域环境看，这里地属大容山余脉。北部山系绵延百里，挡住了内陆的寒潮；东南方的群峰植被丰厚，抵御了南海的赤潮。暖湿的南温带气候，带来了明媚的阳光和丰沛的雨水。从地理纬度看，这里正好处在北回归线中腹位置。这个区位，适合多种动植物种群生息繁衍。如此优越的自然条件，真是造物主赐给人类的一块风水宝地。

令人慨叹的是，曾几何时这里也经历过环境恶化的不堪往事。在法治空气稀薄的地方，不法分子在月黑风高的夜晚，大肆盗伐，以从中牟利。在官僚主义和无政府主义盛行的时日，贪官污吏将木材当作自己的家庭金库；昏官、懒官为了彰显政绩片面追求 GDP，大规模采伐木材，毁坏原始植被和自然生态。

种种无视法纪的行为给生态平衡和人类健康带来的威胁是巨大的，也是多方面的。水土流失，灾害频仍，给珍稀动植物种群带来灭顶之灾。单就中医药领域来说，在大容山天然的药材库中，有一部分曾载入李时珍《本草纲目》的中草药物已经不复存在；有的中草药药性随着生态环境的改变而出现退化和萎弱；有的种群虽然被保存下来，但基因已经改变，药性也有了质的变异。可见中草药与生态环境之密切。可以说，没有良好的生态环境，中药材的原生态品质和以它为原料生产加工出来的药品疗效，就无法达到理想的效果。

落实家庭联产承包责任制以后，乱砍滥伐的歪风才逐渐被刹住，林区的劫难才告结束。从 1979 年开始，政府开展综合治理，巩固封山育林成果，森林植被逐渐得到恢复。在此基础上，林区全面实行产业结构和产品结构调整，推广乔木、灌木和茅草结合，经济林、用材林、观赏林配套的营林方法，山区的莽莽林海焕发出前所未有的生机与活力，人均占有绿地面积和活立木蓄积量大幅提高。山区人民终于在大自然的赏赐之下，寻回了绿水青山的美好家园，恢复了"岭南绿肺"的生态功能。

良好的环境，客观上也为源安堂建立天然中药原材料基地提供了的得天独厚的条件。

国家林业局八角肉桂工程技术研究中心源安堂基地新产品成果体验馆
2016 年在玉林举行揭牌仪式

源安堂人根据国务院 2002 年 6 月 1 日颁布的"中药材生产质量管理规范"的文件，着手开始建立"中药材种植质量管理保证体系"。质量管理体系的一个关键内容是开拓中药材基地。

他们组织专家进行实地调研，与广西林业科学技术研究院合作，开展"岗松示范化种植研究"的课题攻关，就岗松种子质量、苗床质量、栽培与植保等项目进行论证，取得第一手资料和技术支持，然后制定保护岗松的原生林地规划和发展岗松保护基地规划。源安堂采取"企业＋农户"的经营模式，加大了保护和开发的力度。在这个过程中，要想让农民自觉自愿加入基地开发的行列，必须不断地向农民宣传种植岗松的经济价值和生态效益，引导农民调整中药林种植业结构，走上种药致富的道路。事实证明，源安堂"企业＋农户"建设中药材基地的经营模式，是一种双赢的策略，也具有较强的可操作性。通过合作，既改变了当地村民的生存状态，又保证了源安堂有充足的原材料来源。在两年多的时间里，源安堂先后在大容山区建立了近 2 万亩岗松原生林保护基地。

原料基地经营的品种根据企业生产需要来确定，开始种植主要入药的植物品种，然后逐步扩大。九里香是源安堂中药产品中的一种主要原料，必须组织先期种植。企业通过资源调查，发现九里香原生资源不足，由于以前植被破坏，导致分布疏散，有些传统的九里香原生地，如今已不复存在。在调查中还发现，生长在不同海拔和地域的药材存在较大的质量差异。因此，品种规范化改良成了当务之急。从 2003 年至 2004 年，他们开始重视并着力加强中药材 GAP 建设，承担了"九里香中药材规范化种植研究与示范"的省级课题，对原生九里香品种开展有效保护，同时对选种、育苗、栽培管理等技术开展专项研究和论证，据此在北回归线区域开辟了 3.5 万亩规范化种植区。

3 万多亩面积对不断扩展生产规模的企业来说不过杯水车薪。在正常年景种植 1 亩山地苗种，只能收获 10 吨药材，而 1 吨鲜活原材料进入车间，只能提炼出 1 小瓶精油，要能满足全年生产需要，至少得建立 5 万至 10 万亩的药材基地。

建设基地需要开发连片山场，又不能砍伐原生乔木。那种剜肉补疮的做法既违法，也违心。源安堂人就在灌木和杂草丛中开垦出一片片"簸箕地"，恰似鱼鳞，呈片状在群山间星罗棋布，远远望去，十分壮观。然而，基地越扩大，资金、劳力和技术缺口就越大。目前，他们不得不采取基地建设和入户收购"双轨制"解决原材料问题。每年春夏季节，源安堂派出专班，分赴周边县市进行"拉网式"收购。同时创造条件，逐步扩大基地建设的规模。

第二十七节　提升质量

提升质量的过程，是一个不断否定自我、挑战未来的过程；是一个不断更新观念、创新技术的过程；也是持之以恒、精耕细作的过程。当然，更是展示智慧、演绎激情的过程。

源安堂对产品质量的控制在很大程度上取决于生产工艺的推陈出新。现代科学技术的发展，使产品生产的自动化程度越来越高，比传统的手工炮制更先进，效率更高。其安全度、精细度也有了质的飞跃。从配伍、提炼到灌装工艺一系列过程，推行全面质量管理，提高制作工艺，一改过去中药生产的手工粗制的生产方式，体现了工艺技术对生产力水平提高的积极作用。

莫兆钦（右一）与中国科学院曾毅院士（中）讨论艾滋病防治课题

　　肤阴洁一改几千年中草药泡制办法，选取鲜活草药提取其精华，再进入无菌流水线加工生产。原材料取自于原生态植物，必须在每年大暑季节定时采集。采集药材有严格的要求，只能选取植物茎干上两寸的地方，多一寸不行，少一寸也不行。采集回来后，在鲜活药材尚未干蔫挥发，就立即进入生产工序，加工成半成品。半成品须在第一时间进入成品车间加工提炼，一刻也不能耽误。由于提炼的精油色香味均带有原始药材的胎记，因此，可以说源安堂在选用、处理方面具有颠覆性，因而产品的质量自然就不同凡响了。

　　在生产加工中，对消毒除菌的要求也十分苛严。从更衣室到车间，要先后经过4道关卡。除更衣室外，还要进入杀菌消毒室，最后才能进入生产车间。消毒室和生产车间采用特殊建筑材料和全封闭墙体的设计，可以保证各种机电设备和生产过程纤尘不染，又可对温光气热进行自动调节。他们对质量的控制，几乎到了苛严的地步。例如，他们在制药加工过程中的用水，也改变了一些制药单位用自来水过滤的常规取水方法，源安堂制药加工水源，是从70多米深的岩层中抽压出来，并经过净化处理的。这在国内外同行业中实属罕见。

莫兆钦在广西兴业至北市段公路开通庆典大会上发表讲话（源安堂出资修建）

关于制作工艺推陈出新，源安堂并非"第一个吃螃蟹"的人，而是由于医疗卫生事业发展需要应运而生的。早在20世纪70年代，周恩来就提出来了"中药西制"的产业努力方向。所谓中药西制，就是采用现代化学和物理方法，从中草药药材中提取单一或化合的有效成分，通过科学组方，以现代制剂手段制成剂量小、疗效高、见效快和外形美观、给药方便、高度安全的药品，避免传统制作粗放、剂量大、起效慢和卫生标准低等弊病，使中医中药事业得到光大和传播。周总理提出的努力方向和愿望，在源安堂已经变成了现实。这是工艺价值的闪光点，也是企业的亮点。对源安堂来说，也是一个新的起点。

肤阴洁的质量效应，改变了妇科外用药物市场长期短缺、疗效欠佳和假药充斥的状况，为皮肤病、性病患者带来了曙光。肤阴洁通过直接作用于病变部位的方法治疗疾病，将清热解毒、祛风燥湿、杀虫止痒、敛肿止痛的功效提升到一个新的水平。与同类外用药的不同之处在于，肤阴洁保持了植物药材的天然芳香气味，用药过后患部清爽舒适，且药效持久、显著，适应性强。肤阴洁显示出独特的魅力，受到了专家学者、医疗卫生单位及社会各界的赞誉。北京军区总医院、中国中医药大学、中山医科大学、上海皮肤病防治研究所等单位的有关专家一致认定，肤阴洁治谱广泛，对适应症的疗效十分显著，不仅对女性生殖器官炎症、男女性传染病疗效显著，对治疗顽痒性皮肤病，如湿疹、股癣、神经性皮炎、溢脂性皮炎、疥疮、手足癣等均获得了满意的疗效。

原卫生部部长、医学权威钱信忠写道："多少年来，由霉菌、真菌、淋菌、滴虫和螨虫等病原体引起的各种皮肤病、淋病和阴道炎等顽痒性妇外科疾病，长期困扰着千百万劳动大众，严重影响着人们的身心健康。人们在顽痒难忍的情况下，只能借助西药激素类止痒剂暂解燃眉之急。但这种治标不治本的诊疗方法，可能带来愈治愈烈的恶性后果。广西源安堂药业有限公司推出的肤阴洁复方黄松洗液、湿巾一枝独秀、疗效显著，给人们带来了枯木逢春般的喜悦。她涵盖广西大容山的岗松、满山香、大叶桉等清热燥湿的独特良药，可以很快解除患者瘙痒的烦恼，还你一个宁静、安逸、清爽舒适的心态和环境。该药投入市场以来，销售走势红火，深受广大医患的赞誉和欢迎。"

源安堂人没有醉倒在专家的肯定、用户的青睐中。他们知道，在市场竞争呈现白热化、药品更新换代日新月异的当今时代，任何一种药品，即使是品牌药品的质量也不可能永远停留在一个水平上，而质量问题又往往与市场有着千丝万缕的联系。因此，他们紧盯市场不放。注重从销售服务到跟踪走访等环节的信息反馈，以此作为改进技术和提升质量的依据。

首先是搞好市场服务，拉近与客户的距离。服务价值高低是衡量企业和产品品质的终极因素。药品不同于一般等价物的商品。药品的服务涵盖面很广，包括向消费者介绍其功效、性能、配方、药理、毒理、用量、用法及使用时间等等。这些内容尽管已在说明书中有简明的介绍，但消费者从货柜上购买的时候，提出的一些问题甚至是疑虑，企业的医药代表或代理商必须耐心解释，帮助消费者了解药物常识。不仅如此，还需要密切跟踪走访，吸收来自各地的市场反馈信息。这些信息从四面八方汇集到总部，为企业高层研究改进意见，及时整改提供了第一手资料。

第二十八节　创新技术

车无轮不能行使，鸟无翅不能飞翔。企业没有技术支撑，就会行而不远。源安堂在加强全面质量管理的基础上，用现代科学技术武装员工，企业之舟劈波斩浪，企业之鹰展翅翱翔。

源安堂的技术创新从改造和更新基础设施开始。从 1992 年至 1994 年间，企业累计陆续投入 3000 万元资金，在充分论证的基础上，对厂房与设备进行大规模建设与改造，按照 GMP 要求建立了一系列硬件设施管理规程。引进了中药多功能提取罐、多功能浓缩蒸发仪、自动灌装机、自动封口机、自动包装机、10 吨级空气净化机、100 吨级超净工作台等设备和高效气相色谱仪、高效液相色谱仪、薄层扫描仪、紫外分光光谱仪等精密分析仪器。完成了包括厂房扩改、空气净化、水净化、污水处理、垃圾处理、消防安全、药材净化、粉碎、提取、精制、浓缩、干燥、自动灌装、自动

莫兆钦（右一）与时任桂平市委书记刘俊（左二）陪同贵港市委书记覃远通（右二）调研新农村建设工作

封口、自动喷码等系统的装配工程。这些系统运行能力的不断提升，为加工生产高标准中药产品提供了基础条件。

然而，生产力要素中，最活跃的不是机器和厂房设备，而是人。人对机器的掌控操作能力，人在企业技术改造中的能动作用和创造力的运用。例如源安堂，有了机器和设备，生产方式和工艺水平仍处于滞后状态怎么办？除了引进技术、培训员工外，对生产方式和工艺技术进行改造也是必要的环节。他们发现，肤阴洁洗液的均质工艺和灌装技术跟不上高端市场的需要，影响了生产效率和质量标准。公司的 QC 小组和技术开发部联手对均质工艺进行开膛破肚的创新。经过半年时间的努力，均质机工艺技术得到了大幅提高，每批均质药液的数量比过去增加一倍，各项质量指标数据都达到了预定的要求。

为了提高灌装效率，时任生产科长李世新带领他的团队，主动承担了肤阴洁洗液灌装生产线的课题攻关。经过整整 3 个月的苦干加巧干，终于圆满完成任务。创新后的灌装机将劳动效率和灌装质量提高了一倍多。过去灌装剂量不够准确，药液容易溅出，造成污染和损耗。现在，跑冒滴漏现象完全得到克服，车间的班产量比过去提高了 26%。仅此一项技术，每年就为企业增加了 270 多万元经济效益。

此外，技术人员还对肤阴洁洗液的包装技术与包装材料进行了系统改造。由于肤阴洁洗液中含挥发性药物成分比较多，采用普通塑料瓶包装和普通封口技术，药物中挥发性成分容易散失，影响质量与疗效。技术人员进驻车间，按照质量考察标准，反复多次进行稳定性试验，用高密度复合材料研制药瓶，采用磁感应铝塑热封口技术进行密封，终于破解了这道技术难题。这项技改的完成，对药厂来说，意义不可低估。不仅提高了包装和封口质量，还增强了甄别能力，在封口时能自动剔出没有旋紧瓶盖和没有加盖封口的药瓶。从而避免了药品包装中的质量事故。

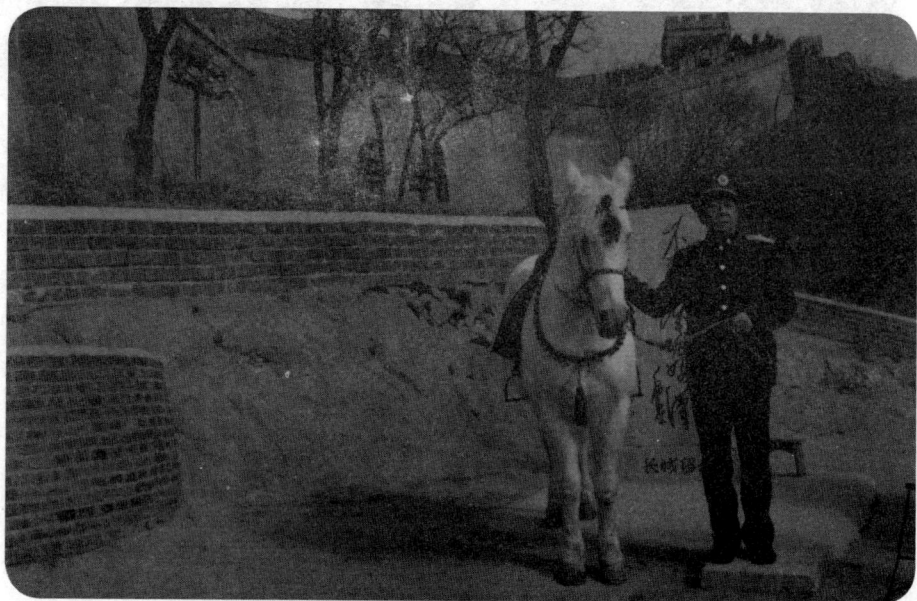

莫兆钦甲午出生，戎马一身，2014 年秋留影于北京长城

适应新形势，推出新品种，扩大治疗领域，是源安堂致力于技术创新的又一重大举措。

在源安堂系列药品获得自主知识产权以后，莫兆钦指挥他的创业团队，又从研制治疗皮肤病、男女性病等药物中闯出一条新路，把一部分注意力投入到用中草药预防和治疗艾滋病的领域中来。

艾滋病曾一度被认为只有西方资本主义国家才会有的一种疾病。其实，凡是有人类的地方，都有可能传染上这种疾病。改革开放以来，艾滋病同样开始在中国流行，并且有蔓延的趋势。

这种疾病在我国的传播途径是随着毒品的进入后开始的，先是在静脉注射的吸毒人群中发现有艾滋病毒感染者，后来又在卖血和淫乱人群中发现艾滋病毒感染者。为了防止扩散，有关部门采取严厉措施禁娼禁毒。后来又制订了《献血法》，严格管理采血机构。杜绝采制过程中因操作不当发生交叉感染。尽管如此，艾滋病不但没有被遏制，感染者反而越来越多。

来自联合国艾滋病规划署、世界卫生组织和中国卫生部的一份报告显示，20世纪末，中国的艾滋病毒感染者总数为50万人，到21世纪上半叶将会突破100多万艾滋病感染者，这就意味着，中国将成为世界上艾滋病感染者最多的国家。艾滋病以几何级数蔓延，将给人类带来一场大灾难。

从2001年开始，源安堂开始向研制艾滋病药品进军。他们花了5年时间，耗资500多万元，经过10多家科研部门求证，研制出AX抗菌洗液。这种纯天然中药制剂，能在一分钟之内100%杀灭艾滋病毒。2005年，经中国人民解放军军事医学科学院微生物流行研究所、中国人民解放军艾滋病实验室检测确认，1：10和1：20的送检样品作用一分钟，1：40送检样品作用五分钟，对HIV（艾滋病毒）的杀灭率均可达到100%，填补了国内外中草药抗艾滋病毒产品的空白，丰富了中华民族中医药宝库。这一成果迅速引起了医药学学术界的关注。

2005年6月中旬，莫兆钦应邀参加了北京2005年"世界艾滋病日"宣传周启动仪式，并与北京大学病毒研究院院长、中国性学会理事长徐天民、著名表演艺术家、全国预防艾滋病宣传员濮存昕，作客新浪网嘉宾聊天室，与广大网友共同探讨性文明与如何预防艾滋病的有关问题。

2005年11月27日，在中国首届艾滋病知识网络大赛颁奖大会上，国家卫生部副部长王陇德亲自给源安堂颁发了"特别贡献奖"，表彰源安堂药业在预防艾滋病方面所作的贡献。

一时间，人民日报、新华社、中央人民广播电台等国家级大型媒体纷纷发表专题报道，海内外主流网站争相转载。源安堂药业研制的预防艾滋病新药AX抗菌洗液给无数艾滋病患者，带来了生活的希望和生命的福音。

第十章

第二十九节　增加品类

　　源安堂遵循"人无我有、人有我优、人优我特、确保主导产品、增加花色品种"的指导思想，不断推出新品种和新剂型，形成以肤阴洁为主导、多轮驱动、众星捧月的产品格局，从而巩固和扩大了产品市场阵地。

2016年9月28日，党和国家领导人在北京人民大会堂接见全国少数民族参观团。中央政治局常委、全国政协主席俞正声等领导人与全体成员合影留念，莫兆钦全程参加了为期13天的所有活动。

　　殊荣接踵而至，源安堂人并没有躺在已有的成绩上沾沾自喜，他们没有停歇前进的脚步。

　　他们充分利用大容山这座天然的中药材宝库，不断将资源优势转化为产品优势和经济优势。继肤阴洁牌复方黄松洗液之后，又几经优选，确定了以岗松、蛇床子、九里香、艾叶、大叶桉等药材为主要原料，继续走发展生态药业和自主知识产权之路。又先后研制生产了肤阴洁牌复方黄松湿巾、源安堂牌银胡感冒散、肠胃散、朱虎化瘀酊、银胡抗感合剂等5种新药，并先后获得国家食品药品监督管理局"国药准字"的批准文号，这些产品同样具有自主知识产权，在市场推广中同样获得了成功。

　　源安堂人在研发新品种的同时，还注意在药品剂型创新上下功夫。例如，与肤阴洁牌复方黄松洗液药理相同而剂型迥异的肤阴洁牌复方黄松湿巾。湿巾是选用经过消毒的、吸水性强的无纺布作为载体，将其浸入药液中，经密封包装后制成。使用时将湿巾贴敷在病患部位或塞入腔道内，使其保持较高的药物浓度，延长药物作用时间以提高疗效。

　　肤阴洁牌复方黄松湿巾的使用范围，从妇科病、皮肤病、性病延伸到外科、产科、新生儿皮肤脓疮、婴儿湿疹、蚊虫叮咬及日常消毒等，一些地方医院还用它作为外科手术与计划生育结扎、人流手术后的消毒、预防感染的首选药品。湿巾的问世使肤阴洁的临床适应症治疗领域扩大，产品市场得以拓宽，还填补了我国外用药物的中药湿巾剂型的空白，是国家食品药品监管部门批准的首个国药准字的中药湿巾剂型品种。

　　又如，源安堂牌银胡感冒散贴剂是内病外治的一种治疗良药。治病时，将药物敷于神阙穴（肚脐）上，药物刺激穴位吸收进入血液循环，从而发挥疗救作用。这种贴剂使用方便，药效持久，其制剂工艺也有独到之处。在这种贴剂的处方中，多数药物富含挥发油成分，如果按照常规办法生产，挥发油在患者使用之前的制作、贮存过程中就会被挥发掉，因而使疗效大幅降低。源安堂通过创新工艺，将药材中的挥发油提取出来，密封于玻璃瓶内，使用时将油液滴于药包上，这就能保证药品的稳定性以提高疗效。

　　银胡感冒散贴剂采取脐部敷药的给药途径也有不同寻常之处，在感冒初发时，将药物贴敷于肚脐上，经药物的刺激作用及渗透作用，杀灭病毒，遏制感冒，使之痊愈。这种治疗方法，免除了口服和注射药物的痛苦，还减少了副作用。在非典流行时期，一些医护人员将银胡感冒散置于口罩上衣口袋里，以增强抵抗力，预防感染，也有奇效。

鉴于银胡感冒散在制剂工艺、剂型改良、使用方法等方面的创新和发明，国内外有关部门给予了一系列的荣誉。2000 年，世界生产力促进委员会专利技术开发中心授予"感冒脐疗及生产方法发明专利奖"；2002 年，世界卫生组织教科文卫部授予"科技发明特别贡献奖"；2002 获得"日内瓦国际专利技术博览会金奖"；2005 年获得国家知识产权局授予的"感冒脐疗中药制剂及其生产方法"发明专利。

第三十节　推陈出新

大众创业和万众创新是振兴经济、建设社会主义强国、实现中华民族伟大复兴的国家战略。万众创新就涵盖了绩优企业为适应日益增长的市场需求，不断推出新产品，打造新品牌。源安堂在创立了肤阴洁品牌的基础上，又推出新品"安边肉桂"，着力打造肉桂新品牌。

源安堂人认为，北回归线的肉桂是稀世珍品。这种植物特别有灵性，对人体健康大有裨益。在不久的将来，"安边肉桂"将成为企业的又一品牌，与肤阴洁一道成为源安堂的左膀右臂。

源安堂人善于引进运用科学技术的进步因素，开发本地资源，提高产品的附加值，为民造福。10 多年前，莫兆钦就指导山区农民种植八角。八角是传统的食品香料，又是中医必用的好药品，大凡病毒、瘟疫流行时节，一用八角就能遏制。但人们有所不知，八角品种五花八门，良莠悬殊。行家一致认定，中国的八角在广西，广西的八角在源安堂。源安堂所在的桂平中沙镇堪称"八角之乡"。莫兆钦在当年的桂平市长助理任上，就重视开发推广八角资源，为老百姓发家致富栽下大片八角树。一晃十余年过去了，如今，八角成了一部分村的支柱产业，八角让困难户甩掉了贫穷的帽子，称赞"莫市长"为他们栽下了"摇钱树"。

公司董事长莫兆钦在公司 20 周年华诞庆典大会上致欢迎辞

2011年，源安堂又做出一项重大决定，开发和推出新品牌"安边肉桂"。安边桂俗称肉桂，是传统的药用养生珍品。肉桂产地分布于两广与云贵高原，以桂东南地区方圆数十公里野生品种最为名优。源安堂地处桂东南北回归线的腹心地带，具有种植、生产、加工的得天独厚的条件。莫兆钦认为，发展安边桂不仅是对企业驰名品牌的补充，也将是缔造源安堂"百年老店"的一个支柱产业，对源安堂的发展将会起到不可估量的作用。

莫兆钦和源安堂的股东们之所以斥巨资开发安边桂，是建立在对它历史渊源的深刻了解和对人类健康的药用及保健价值的评估上。

医药经典记载，安边桂以其肉质细腻，色泽光润，含油丰富，功效卓著而堪称"南桂之尊"。广西大容山、西江流域 10 平方公里的植被生态圈，北回归线区划以内的亚热带原生态林区，是安边桂的理想家园。这里雨量丰沛，日照期长，昼夜温差大，土质富集磷、钾、钙等多种微量元素。因此，这一带出产的安边桂，其品质和效用是无与伦比的。

安边桂是一种珍稀树木，采集加工的药用部分在其表皮。当地人历来就有取其皮研末入药疗病的习惯。人们按节令进山采集，每年的清明、中秋前后 3 天是最佳采集期。采集后，拿去晾干，切成片，磨成粉，入药入食。

表皮刮剥下来后，树木会在数日内枯死。十年树木，一朝毙命。从这一点上看，采肉桂入药，一方面能救死扶伤，另一方面又是对自然生态的一种破坏。

然而，事实证明，安边桂对人类的贡献毕竟是利大于弊，有史可鉴。早在明清时代，它就成了宫廷的贡品，并以其独特的药用价值和养生功效流传下来许多宫廷轶事。

史料记载，乾隆常服长寿秘方，最终成为史上长寿皇帝。乾隆喜用的方剂之一，就是以安边桂和人参为材，加入白术，混研成末，炮制屠苏酒，浅酌慢饮。久之，起到益气温阳，祛风散寒，固肾强精的效用。乾隆操劳国事，常致夜不安寝，御医便以安边桂、黄连等草木熬制成膏，为乾隆敷于大椎穴，连用数日，失眠症解除，龙体大安，龙颜大悦，遂命此方为"御用金方"。

慈禧亦为大清皇宫中的长寿者，寿终74岁。她的长寿归于"益寿膏"。据传，慈禧年轻时有痛经疾患，御医用安边桂、附子研制成膏药，敷贴于腰间。同时，服用安边桂、人参精制折大补丸。久之，气血充足，精神焕发，祛病延年。

如何把昔日宫廷秘方经过公司化运作，转化成当今老百姓的福利，源安堂人感到责无旁贷，只争朝夕。经过反复论证、研讨后，形成决议，立项上马。

公司的立项上报后，很快得到批复。2011年7月6日，国家检验检疫总局批准，授予源安堂为"使用广西肉桂地理标志保护产品专用标志企业"称号，并就地建立安边桂生产科研基地。

2012年8月，"广西源安堂肉桂产业有限公司"正式挂牌成立，肉桂公司为源安堂合资子公司，注册资本1000万元。以生产加工，开发肉桂产品为主旨，集肉桂种植、研发、生产、销售为一体的产业化公司，也是国内首家全产业链肉桂专业化经营企业。建立基地，夯实基础，是他们迈出的第一步。

为了推动广西八角肉桂科研和产业的发展，加强八角肉桂资源开发的深度合作，国家林业局、自治区林业厅组织相关专家在多次深入调研、考察的基础上，与源安堂药业实行科研开发与产业发展的全面合作达成共识，签署了《广西源安堂肉桂产业有限公司与广西壮族自治区林业科学研究院合作框架协议》。2015年2月10日，由国家林业局审核通过，自治区林科院授予源安堂"国家林业局八角肉桂工程技术研究中心源安堂基地"称号，并同意源安堂在符合法律法规的范围内，利用该平台进行基地建设、产品研发、品牌打造、宣传推广和项目申报等，共同建设好国家林业局八角肉桂工程技术研究中心。这一基地的成立，将对广西肉桂地道药材保护开发、社会经济发展和造福人类健康发挥积极的作用。

广西源安堂肉桂产业有限公司生产基地位于桂东南山区，拥有2万亩自有肉桂经济林。公司传承和弘扬中医药文化，遵循科学化、产业化、规模化、集约化、市场化的发展思路，已经探索出一条适合肉桂八角产业化发展的新路子。经过公司与产、学、研共同努力与实践，截至2015年夏季，源安堂公司首期研发的肉桂产品，有安边桂·肉桂粉、桂族暖和玉桂茶、桂族阳升参桂茶、安边桂·桂通精选、安边桂·御品、安边桂·肉桂蜜饯、安边桂·尊品、安边桂·金品、安边桂·醒神芯等近10个品种，都已隆重推向市场。

这些深加工附加值高的生态产品，以肉桂为主原料，配合多味天然食材，融药、食于一炉，被推崇为温润怡神、养胃驱寒、养颜益寿的保健新宠，为亚健康人群及其常见病患者带来极大的福音，深受广大消费者的喜爱与信赖。

第十一章

第三十一节　创立品牌

创立品牌，旨在弘扬和提升企业自身、企业主导产品的价值品质以及建立企业独具特色的市场形象。"源安堂"和"肤阴洁"，就是源安堂人树立的自我价值和企业形象的最宝贵的品牌资源。建设好、管理好、维护好，就能保证企业根基稳固，四季常青。

国内外的一些长青企业和百年老店都注重品牌的创建。他们对品牌价值作如下定义：它是一种超越企业和产品价值以外的特殊价值。品牌价值包括名称、标识等品牌本身的特性以及知名度、认同度、美誉度、忠诚度等消费者的印象和评价的总和。

品牌价值不等同于企业的价值，更不是产品的价值。品牌价值是无形资产，可以为企业扩大市场份额，为企业树立良好形象。而不是用来进入市场直接交换的一般等价物的币值。

产品的品牌价值包括：设计价值、工艺价值和服务价值。这几种价值的高低决定了产品的质量和附加值的高低。

源安堂肤阴洁产品的设计价值是莫兆钦在人生低谷期经过艰苦摸索，在最初的祖传秘方基础上奠立的。在研制过程中融进了中医学、中药学理论和现代科技元素，经由一大批中医、中药、质检科技人员试制成功，从而保证了产品的设计与开发水平。

源安堂的拳头产品肤阴洁的工艺价值，在于以其纯天然中草药材为原料，经过现代科学技术萃取炼制，具有很好的针对性、适应性和安全性等特点，并且以其确切的疗效满足了消费市场的需要。源安堂的工艺价值和服务价值体现在跟踪服务、信息反馈和推陈出新等全方位一体化的市场运作以及企业生产的产品残次率低、退货率低、投诉率低和回头率高、市场信誉度高以及患者满意度高等特点。

有了一系列"价值效益"作铺垫，源安堂的品牌特色、市场地位和企业形象开始凸现出来。

广西源安堂药业的"源安堂"商标和"肤阴洁"商标都是广西著名商标、中国驰名商标。2005年6月23日，肤阴洁注册商标被国家工商行政管理总局商标局评定为中国驰名商标。同年8月6日，在世界品牌实验室和世界经济论坛共同编制的《中国最具价值品牌》的排行榜上，"源安堂"和"肤阴洁"两大品牌开始入围，成为中国500个最具价值品牌之一，"源安堂"品牌名列第369位，品牌价值13.18亿元，是中国中药业界30个上榜品牌之一。继2005年6月"肤阴洁"注册商标被认定为中国驰名商标后，2012年12月"源安堂"注册商标又被认定为中国驰名商标，成为广西本土企业唯一拥有两个驰名商标的中药制药企业。

董事长莫兆钦2015年9月接见国家林业局等领导、专家，
并就公司新产品及肉桂产业发展等主题进行座谈

"源安堂®"和"肤阴洁®"两大品牌自2005年起，连续12年度荣登《中

国 500 强最具价值品牌》排行榜。经世界品牌实验室权威机构评估评定，由世界品牌实验室（WorldBrandlab）主办的"世界品牌大会"于 2016 年 6 月 22 日在北京举行，并正式发布了 2016 年（第十三届）《中国 500 最具价值品牌》分析报告，报告显示，截至 2016 年 6 月底，源安堂药业两大品牌总价值已为 126.39 亿元，其中，"源安堂®"品牌价值为 74.58 亿元，"肤阴洁®"品牌价值为 51.81 亿元。

30 年来，"源安堂"和"肤阴洁"的品牌效益，为广西区域经济和中医药现代化事业的发展做出了重大贡献，也为源安堂的发展注入了活力，提升了企业的核心竞争力，源安堂人在大山深沟里创造出了旷古的医药奇迹。

"源安堂"和"肤阴洁"是两个具有核心文化内涵的品牌。一个是企业的本身，一个是企业的产品。二者构成了企业品牌形象的主体，这是企业实力的展现、企业文化的凝练，也是企业最宝贵的资源。品牌形象旨在表明企业自身及其提供产品的人文品质，这些人文品质始终贯穿在企业和企业家的理念之中。这个理念概括起来就是源安堂的"四真精神"：即"真心办企业、真心制好药、真诚取信誉、真情献人间"。

为了实现这四个"真"，企业以独特的原料，独特的工艺，独特的功效，研制出独特的中药产品肤阴洁品牌系列。这几个独特，使品牌价值大放异彩。继肤阴洁牌系列产品之后，先后研制出 5 个具有独立自主知识产权的中药新品种。同时，通过 GMP 认证，推行全面质量管理，使企业和产品品牌价值上了一个新台阶。

在打造企业品牌和产品品牌的过程中，源安堂人自始至终遵循办企业"诚实守信、本分做人"的原则。创业之初，源安堂人向自治区有关部门借款 200 万元资金用于技改，到了还款期限时，源安堂账上无钱偿还。为了按期还款，莫兆钦和几个合伙人卖掉盖房的砖瓦、木料，卖掉猪、牛，又四处求借，凑足资金，按时还清本息。30 多年来，源安堂从未拖欠银行或客户钱款，成为信誉度高、公众形象好、客户投诉率低的绩优企业。好产品和好名声，为公司长期保持良好的资产状况、信用等级与稳定的市场回报，形成良性循环实现企业健康和谐发展，起到了积极的保障作用。

从 1990 年起，源安堂连年被当地金融部门评为"AAA 级信用企业"，被工商行政管理部门授予"重合同守信用企业"，还获得"中国乡镇企业最佳形象 AAA 级"和质量监督部门"重质量、守规则、讲诚信企业"等荣誉称号。

在通常情况下，小商人考虑的是个人利益、眼前利益，企业家考虑的是长远利益以及与企业相关的群体利益，这就要从大处着眼，追求全局利益和企业长远的发展。

源安堂人从来鄙薄那种为追求一时的经济利益而损害品牌美誉度的短视行为。相反，他们为此不惜失去一些眼前利益，即使亏本赔钱也在所不惜。曾经有几次，产品出现了一点瑕疵，莫兆钦不惜将几十万元的产品追回销毁。因为，他们比谁都明白，信誉就是品牌。今天损失一点钱，明天还可以补回来，但如果品牌形象受到玷污，花多少钱也买不回来。源安堂人像爱护眼睛一样，爱护品牌形象的诚意感动了消费者，赢得了社会的广泛信赖。

源安堂人长期坚守这样一个原则：当商业利益与品牌形象发生冲突时，牺牲商业利益，保护品牌形象，始终把树立品牌形象放在第一位。

第三十二节　塑造文化

企业文化就像基因一样植入了源安堂的躯体。尽管他们的经营战略和业务流程总是在不断地调整，员工队伍和工作环境也处于变动之中，所有的调整和变动都是为了不断适应瞬息万变的医药市场。

然而也有不变的。企业的核心价值观和文化理念从来都是恒定不变的。正如莫兆钦所言，做生意就是做人，就是做文化，资源总会枯竭，人生也有终点，唯有文化，生生不息。

提起文化，就会自然地给人以崇高感。什么是文化？有人说，文化是一种无形的存在。"观乎人文，化成天下"，中国古老的《易经》第一次提出了"文化"的词汇和概念。而对现代企业而言，冠以文化，无疑提升了它的品位，丰富了它的内涵。

那么，源安堂的企业文化是什么样的呢？让我们走近它。

走进源安堂，迎面就能看见一个圆弧形的"源安堂"三个标准字组成的标志图案。这是运用视觉设计手段制作的企业形象标识。圆弧形图案给人以生生不息、源远流长的意境，淡绿色和鹅黄色的修饰分别代表健康、成长、环保、财富与希望。

莫兆钦（左）与人民日报社领导（右）在北京人民大会堂进行座谈交流

源安堂标志图案在产品外包装、防伪标识以及职工厂服等方面得到广泛使用。他们利用一切可以利用的手段来展示自我，宣传自我。随着时间的推移和企业知名度的提升，在干部职工中产生了一种崇高感和荣誉感。这种崇高感和荣誉感伴随着员工创业生活的每一天。

不过，这些毕竟是企业的外在形态，企业的表象和"封面"。企业文化的深沉积淀在于它的历史和它的内核。作为原生型民营企业的源安堂，迄今为止已走过30年的坎坷之路。30余年，在人类历史长河中不过短暂的一瞬，但对一家民营企业来说，30多个春秋的坚守和进步，已属具有里程碑意义的成功型企业了。而源安堂人并不满足于此，他们以前瞻性的眼光，志在打造百年老店。这就需要建立以价值观为内核的多元素组合的优秀的企业文化。

企业的核心价值观或理念，其最深刻的内涵来自于最简明的表述。如诺基亚的"科技以人为本"，惠普的"科技成就梦想"，通用电气的"坚持诚信、注重业绩、渴望变革"，等等。源安堂企业文化的核心价值观就是它的企业名称诠释语：源远流长、安民济世、堂堂正正、造福人类。

在以核心价值观为主体的企业文化的旗帜下，企业全体员工有着共同的利益诉求，有着共同的理想目标。

源安堂作为一家中药制药企业，旨在弘扬中华民族传统医药文化、以振兴中医药事业为己任，以正直无私的品质，源源不断地提供质量过硬的产品，致力于为广大患者解除疾苦、为人类健康做贡献。同时，尽其所能惠及社会民生，在企业获得利润的前提下，承担社会责任，救济困难人群，引领村民朝着共同富裕的目标前进。

源安堂的这种观念和文化取向，既是公司的价值追求，也是公司对事、对人的统一的判断标准。企业用这个标准指导广大员工，什么事情是正确的，什么事情是不正确的，什么事情必须放弃，什么事情应该争取。

源安堂公司自挂牌成立之日起，就将这几句口号镌刻在厂区正面墙壁上，让员工上下班都能看到。30多年来，时代在变、市场在变，唯有企业的核心价值观始终不变。

确定核心价值观之后，源安堂人坚持以核心价值观为导向，实现企业、社会和个人价值的有机统一。

如何实现企业价值、社会价值和个人价值的有机统一，这是企业文化要面临的一个重要课题。作为源安堂的创始人莫兆钦，在初始阶段的创业动机，无非是为个人、家庭多赚一点钱，让小家庭的日子过得舒坦一点。他不可能一开始就想要创立一家坐拥几十亿资产，驰名国内外的"五百强"。同莫兆钦一样，许多民营企业家最初创业的目的也并非成就一番惊天动地的事业。更多的只是通过一种朴素的、本能的自我奋斗途径去寻求个人理念中的生活出路。

随着民营企业从小到大逐步发展，形成了以法人为核心的创业团队，并以共同的目标凝聚着人们的力量。因为企业是一个以营利为目的的经济组织，企业的发展理所当然要付给员工一定的报酬和福利待遇。经济利益必然会成为维系企业人与人之间关系的纽带。这时候企业必然要考虑经济效益最大化的问题。在如何赢利的问题上，企业员工会联结成为命运的共同体。

由于规模的不断扩大，平台的不断拓宽，在一定程度上，企业已不属于哪一个人的了，它已变成社会的和员工大伙的了。尤其在企业发展壮大过程中，离不开国家和社会的支持。因此，企业必须考虑到承担相应的社会责任。承担社会责任是企业对社会大众的感恩和回报，也是企业取信于社会的一种方式，承担社会责任同样是优秀企业文化的一个组成部分。具体地说，源安堂报效社会的方式与别的乡镇企业相比，似乎没有什么特别之处。主要是缴纳税金、增加财政收入；提供就业岗位，为维护社会稳定做贡献；参加公益事业，为困难人群提供援助和支持，等等。只不过是数额较多，贡献相对较大而已。

30年来，源安堂曾是广西壮族自治区百名纳税大户、贵港市模范纳税大户，在广西民营企业中创立了企业人均交税的最高纪录；同时为中沙镇、上国村解决就业劳动力1万余人，不完全统计向社会捐出救济款物6500余万元。

第三十三节 "源安堂魂"

大容山哺育了源安堂人，也造化了源安堂"安民济世"之魂。莫兆钦创办源安堂，从创业初期就注重企业文化建设，在经营企业的发展历程中，倡导并践行源安堂"四真精神"，丰富创新企业文化内涵，打造独特的"源安堂形象"，形成独具特色的企业文化，这就是"源安堂魂"。

"源安堂魂"的价值效应就在于，对内成为凝聚员工的精神支柱和成长动力，对外成为赢得顾客、开拓市场、增强竞争力的法宝。人们一提到莫兆钦，就想到源安堂，一提到源安堂，就知道肤阴洁，其口碑和形象都是向上的、积极的、正能量的。

莫兆钦创办的源安堂历经沧桑，经过30多年的执着追求与不懈努力，从一个名不见经传的乡镇饮料厂，发展成为集科研、生产、营销、服务于一体、具有年生产能力超10亿元规模、享誉全国的现代化中药制药企业，也成为我国"十一五""十二五""十三五"广西民族特色药的品牌企业。源安堂以自己坚实的步伐走出大山，走向全国，迈进世界，走出了一条自主创新、科技兴业、品牌战略、自我完善的医药现代化发展之路。源安堂能取得这样的辉煌成就，得益于在30年发展的历史长河中打造和锤炼了"源安堂"独特的企业文化，铸造了特有的"源安堂魂"。"源安堂魂"的特有文化内涵，就是"源远流长、安民济世、堂堂正正、造福人类"。"源安堂"，既是企业的名称，也是企业的徽标、商标，更是源安堂企业文化的精髓。

"源"，意指中医中药文化源远流长，是中华民族的医药瑰宝。创办企业的初衷和终极目标就是为了弘扬中医中药文化，把传统中医药事业推陈出新，发扬光大，把企业做强做大，实现源安堂药业的健康、持续与和谐发展。

"安"，意指安民济世，是企业的经营宗旨和奋斗目标。包含两层含义，一是办好药厂，出好药品，不断研制和开发疗效好的满足市场需求的中药产品，治病救人，为千千万万的患者消除困扰与病痛，给亿万家庭带来幸福与安康；二是充分发挥现代高新科技优势，把当地的再生绿色资源转化为附加值高的产品，形成造血功能，解决更多农村劳动力就业，增加农民收入，增加财政税收，安一方水土，造福一方百姓，推动社会经济的和谐发展。

"堂"，意指"堂堂正正"，即公司的经营行为和员工的职业操守。公司要求源安堂人无论何时何地，都要立志堂堂正正做人，老老实实做事，这是企业向社会的庄重承诺；也昭示着企业的品格与形象，是公司对所有源安堂人的人格要求和必须遵守的行为准则，并付诸每个人的具体实际工作中，推动人与社会的和谐进步。

"源安堂"三个字及其图案，被两个同心圆围在中间，构成产品的商标图案，内圆代表公司员工，外圆象征全球。意指全体员工紧密团结在公司董事会与企业周围，和衷共济，立足国内，冲出亚洲，走向世界，把企

源安堂现代化厂区综合大楼落成时全体股东的合影留念

业做强做大。

源安堂成立之初，创始人、公司董事长莫兆钦早就提出了20字的"四真"理念，即"真正办企业，真心做好药，真诚取信誉，真情献人间"的"四真精神"。经过几十年的历练与升华，已演绎成为源安堂的企业宗旨和源安堂精神。这"四真"理念成为源安堂治理企业和生产经营的指导思想，成为规范企业和员工行为的行动准则，激励着源安堂几代人，从过去创业的初期，到现在公司的发展壮大，再到公司未来宏伟蓝图的实现，长期实践传承与改革创新，在不同的历史时期为源安堂药业的健康和谐发展建功立业，勇创佳绩。

"源安堂魂"充满着朴素真挚的大山特质和传统文化精髓，又融进了不同历史时期的时代内涵。在源安堂药业整个产业链的各个环节，坚持互利共赢，同步成长，和谐发展；在方圆百里，以"草根工业"成功带动了区域经济发展；在为国家创造税收的同时，扶贫济困，承担起更多的社会责任；在利用环境资源的同时，以绿色工业的前瞻思维，走一条与环境和谐共处的发展道路。源安堂以独特的企业文化，一步一步地实现着公司与员工、企业与社会共同富裕繁荣的理想，自觉践行着党中央提出的建立和谐社会、实现中国梦的伟大构想。

近10年来，源安堂在公司董事长莫兆钦的精心指导下，贯彻执行"源安堂"企业文化发展规划总纲的精神，不断总结、完善与创新，制定了《源安堂药业企业文化管理规划体系》，该体系分《公司企业文化发展规划总纲》《公司企业文化指导思想》《公司整体发展战略》《公司经营管理理念及奋斗目标》等四个部分，把企业文化的精神内涵贯穿于企业经营行为和员工工作的具体实践的全过程。企业的健康发展和员工的成长进步，已今非昔比，成效显著。

"源安堂魂"精神价值的集中表现，它不但锤炼成了规范企业经营行为、提升员工职业水平、增强团队执行力的一面旗帜，而且长期沉淀积累成为企业一笔巨大的无形资产、社会财富。据全球品牌权威机构——世界品牌实验室的考核评估，并由世界品牌实验室（WorldBrandlab）主办的"世界品牌大会"于2016年6月22日在北京发布报告，截至2016年6月底，源安堂药业的两大品牌"源安堂""肤阴洁"总价值（未来收益）为126.39亿元人民币，其中，"源安堂"品牌价值为74.58亿元，"肤阴洁"品牌价值为51.81亿元，连续12年度荣登中国最具价值品牌500强排行榜。源安堂药业继"肤阴洁"商标于2005年6月获得中国驰名商标后，2012年12月"源安堂"商标又获得中国驰名商标，成为中国中药制药行业拥有两个"中国驰名商标"的著名企业，由于国药品牌的影响力、市场销售的增长率和广大消费者的认同感，源安堂已成为中国中医"内病外治的引领者"！

在"源安堂魂"企业文化精神的指引下，30多年来，源安堂以弘扬中医药健康事业为己任，以市场需求为导向，结合自身实际，发挥产学研的科技优势，依托广西丰富的生态中草药资源，研发生产出6个具有独立知识产权的国家新药和包括安边桂在内的其他类新品，不断进行科技创新与品牌推广，在市场销售几十年长盛不衰。正是因为不断培育和铸造了"源安堂"独特的企业文化，才为产品质量的提升注入了活力，为企业持续健康的发展增添了动力，为推动国药研发生产与市场营销提供了理论源泉和思想保障，为源安堂的发展壮大实现腾飞夯实了坚实的基础。

公司董事长莫兆钦回首往事，总结走过的路，深有感触地说："源安堂能持续发展30多年，一路走来，就是坚持并守住了'源安堂魂'这根主线，不断完善与创新企业文化的内涵，精心打造与潜移默化，勇于实践，身体力行，以人为本，诚信经营，创新科技，服务社会。现在，源安堂药业研发生产的肤阴洁复方黄松洗液及湿巾、感冒散、肠胃散、朱虎化瘀盯等几个国药拳头产品，经过市场的检验与洗礼，继续行销祖国大江南北，惠及千家万户，造福数以亿计的广大消费者，为解决地方劳动力的就业和财政税收的增长，为广西乃至全国社会经济的和谐发展做出了突出的贡献。"

莫兆钦（左三）率《求是》《红旗文稿》杂志社广西调研基地人员，与中央直属机关妇工委主任崔钦华（右三）等领导在北京合影留念

第十二章

第三十四节　拓开销路

在市场经济条件下，销售是企业的第一车间。莫兆钦、莫兆松、李崇彬等源安堂决策者，组织经营管理团队，注视市场动向，研究市场规律，调整市场布局，拓开营销渠道，实现企业适度规模健康有序发展。

深秋之夜，忙碌了一天的人们已经进入梦乡。村寨里传来一阵阵虫鸣鸟叫和几声犬吠，映衬出鸡犬相闻、鸟鸣山幽的意境。

广西源安堂制药厂办公大楼三楼的一间办公室里，灯光明亮，黑酸枝木沙发上坐着莫兆钦、莫兆松和李崇彬三人。莫兆松是莫兆钦的胞弟，排行老二，1980 年入伍当兵，退伍后回乡务农。1988 年参与创办大容山饮料厂，但因意见不合，一度退出，自立门户。后来，在莫兆钦创办药厂最艰难的时候，他应邀入股，兄弟俩与几个合伙人同心协力，渡过了难关。源安堂制药厂成立之初，在企业管理层的调整中，他被推选出任副厂长，主管营销。李崇彬是中沙镇人，早期股东会的成员。办厂初期在销售部门负责，后因另有产业，把担子卸给了莫兆松。

由于莫兆松精通营销业务，又热心快肠，在商定营销策略时，总少不了他。茶几上摊放着一张"营销网点分布图"。图上标示着密密麻麻的地名：南宁、广州、海口、福州、长沙、武汉、南昌、南京、杭州、合肥、上海。这时，莫兆松对坐在身旁的大哥莫兆钦说："根据这两年的形势，企业规模不断扩大，产量不断增加，应当尽早建立起配套的营销网络。我初步考虑，首先把桂、粤、沪、杭、湘、鄂、赣这几个交通便利，对肤阴洁需求量大的网点建设好，对已建立起来的销售点，也要巩固好。"

莫兆钦一边听，一边点头表示赞许。

莫兆钦像一位军事将领在临战前部署战斗方案一样，指着广州、上海两个点说："广州是妇科病、性病流行的重灾区，打开了广州的门户，就等于打开了中国市场的半壁江山；上海是国际大都会，是全国医药科研和生产的中心，也是中药通向国际市场的枢纽，占领了上海就等于占领了中国药品市场的制高点。"

李崇彬接过话茬说："这两个城市是我们打开营销局面的战略要点。应派得力干将去镇守。广州方面我当初带人打头阵，铺开了摊子，现在让郑郁葱接手，我很放心。她在广州经营一年多来，仅肤阴洁单项药品营销收入就占了全厂的大头。眼下仍然在不断拓展广东的潜在市场。上海方面，当时我指派莫天华进驻，由他全权组建营销办事处。一来他是企业元老，二来他办事沉稳、有能力、有点子，又肯吃苦，派他去上海，可保稳中求胜。其余的六、七个省会城市我已基本物色到了合适的人选。其中有四个省市的人员已经到位搭起了架子。如能在全国三分之一省市建立起营销办事处，就能彻底改变过去'走街串巷'药贩子式的销售方式。"

莫兆钦点上一支烟，深深吸了两口，眯起眼睛，像是在品尝烟味，也像在思虑李崇彬刚才陈述的问题。

莫兆钦在黄河边上甘肃兰州母亲河雕塑像前的留影

其实，前段时间，他对市场的变化就时刻留心观察和分析。在观察中，发现原来采用药品代理商的经营模式难以承受企业高密度的覆盖，就会同李崇彬等人商量对策。对现有营销方式和组织，进行调整变革，建立驻地办事处，开展营销网点建设，把盈亏责任和经营权下放到营销点，分解到人，共同分担风险。由于"船小好调头"，这种模式有利于应变市场，增强灵活性，便于掌控。没等莫兆钦开腔，莫兆松指着茶几上的草图说："我考虑，第一批办事处建起来后，马上就着手铺开第二批省市、自治区销售网点。我的看法是，下一步要在北京、重庆、天津、成都、昆明、郑州、济南、西安、太原和沈阳这 10 个地方拉开大网。这些省市影响面大，辐射的地区拥有近 5 亿人口，具有广阔的市场空间。""还可以在这些地方搞几个点。"李崇彬一边插话，一边用食指在越南、老挝、泰国、缅甸等东南亚地区画了一个圈，他语气坚定，神情昂奋。"那是后边的事，市场就像一块大肥肉，不能贪多，只能一口一口地啃。"莫兆松说。

合上营销"路线图"，三个人缓步来到户外。轻轻推开大门，山风拂面，皓月如昼。他们深深舒了一口气。家乡的空气多么清新，家乡的夜景多么美丽！

走在回家的山路上，莫兆钦脑海里仍然在思绪万千。他记得，在源安堂建厂两年后，自己身先士卒，带头闯市场。他首先认准了上海市场这块硬骨头。上海的医药市场准入门槛很高，制药行业的科技化程度也很高，一般民营制药企业的产品很难打进去。而他却偏要到大上海去闯一闯。莫兆钦亲自带上肤阴洁药品和肤阴洁临床研究资料，出入于上海的各大医院和中药科研部门，一些傲慢的专家看都懒得看一眼，随手就把资料扔进了垃圾箱。莫兆钦向专家教授们推荐自己的产品，免费提供给他们试用，而那里的专家教授理都懒得理他。

面对精明、骄横、恃才傲物的上海人，莫兆钦一次次登门，一天天等候，凭着不懈的努力和诚恳的态度，终于打动了几位药研人员和主治医生。这几位专业人员经过反复试验、试用，肯定了肤阴洁的临床价值。他们称，肤阴洁黄松洗液的酸碱度非常平衡，既能杀死有害菌，又能保护有益菌，不损伤皮肤和肌肉，液色柔和，气味香淡。对男女性病的疗效超越了同类中药产品，对妇科外阴疾患的有效率达到了 98.5%。如此，肤阴洁逐渐列入上海医院的处方单，挤进了药店的柜台。

肤阴洁的品质和疗效在上海医药界得到认同以后，莫兆钦带领营销骨干，不失时机地就地主持召开肤阴洁临床使用研讨会，以增强产品的影响力。自此以后，肤阴洁与上海患者结下了不解之缘，并被上海市卫生医疗系统纳入公费医疗用药目录。

源安堂人用"钉子精神"不断"挤"市场，"钉"驻点，收效显著。

不到两年时间，源安堂在华东、华南、华中和华北地区成功编织了营销网络。准确的市场定位和有效网络营销战略，使业务量大幅度提高，年销售收入从最初的几百万元上升到现在的 1 亿元以上，回款率达到了99%。

第三十五节　"移师"南宁

为了更好地实现公司永续发展，改变在大山深处营销系统指挥迟缓、信息闭塞、交通不便的困境，提高市场竞争、产品营销、信息畅通和综合服务的效率，更好地培育、选拔和吸引人才，莫兆钦及公司领导决定，将公司市场营销总部及技术研发机构，"移师"广西首府南宁，生产基地和公司行政总部继续留在桂平市中沙镇。

2007 年 6 月 30 日，广西源安堂药业有限公司南宁办事处、营销总部在自治区首府南宁市正式挂牌成立。

南宁市是广西壮族自治区政治、经济、文化、发展交流中心，人流、物流、资金流和信息流发达。改革开放以来，中央加大对"环北部湾经济圈"和广西开发建设的力度，随着中国—东盟自由贸易区的建立，"中国—东盟博览会"永久在南宁市举办。因而，南宁蕴藏着无限的发展商机，给各行各业的规划与发展注入了新的活力。

源安堂将充分利用商机无限的首府南宁为平台，凭借南宁地理区位优势及其辐射全国的功能，把南宁办事处、营销总部打造成为公司对外业务的重要"窗口"和"桥梁"。在市场营销、新药研发、人才招聘、品牌推广、拓展项目等领域有所建树，对发展壮大源安堂赋予积极的现实意义。

公司南宁办事处、营销总部下设 10 个职能部门，即董事长办公室、总经理办公室、副总经理办公室、总经理助理办公室、行政办公室、营销管理考核部、市场督导部、招商管理部、广告宣传部、技术研发部等；并设有产品展示厅、荣誉陈列室、多媒体会议室、职工食堂、前台接待大厅及会客室等。

南宁营销总部其主要功能，是负责协调源安堂与广西各级行政主管部门的行政事务与业务关系；指导、指挥和管理公司在全国的市场营销运作；进一步拓展公司对外宣传、品牌推广、新品开发、信息反馈和综合服务等业务。

南宁办事处及营销总部在南宁的建立，标志着源安堂药业进入了一个崭新的历史发展阶段，成为源安堂药业持续发展、实现再次腾飞的重大转折。

为了适应全国医药市场销售发展的新形势，增强营销管理队伍的整体

莫兆钦（右二）等公司领导与时任贵港市副市长岑宛玙（右三）等政府领导，
考察我公司南宁营销中心后的合影留念

实力，改变传统落后的营销模式与管理方法，建立新的营销管理体系和管理团队，做大做强源安堂，在公司董事长莫兆钦和总经理莫兆松领导下的经营班子，决定于2008年6月面向全国公开招贤纳士。这是源安堂南宁办事处、营销总部"移师"南宁之后，首次举行的历年来规模最大和质量最高的一次"人才招聘会"，是源安堂为了适应新形势而推出的一项重大营销改革举措，也是源安堂抓住发展机遇，顺势而为，励精图治，积极主动参与市场竞争、勇于改革创新、实现再次腾飞的一次重要尝试。

因营销改革和实际工作的需要，需要招聘大量的公司中高级营销管理人才。这次招聘主要包括公司营销副总经理、营销总监、市场总监、市场部长、销售管理部长、招商部长、培训部长、大区经理、省级经理等在内的22个重要岗位。招聘广告5月初在全国各大主流媒体发布后，引起了应聘者的极大关注。一个月内，陆续收到来自全国各地的应聘材料，有近300人报名参加应聘。

为了充分发现和选拔人才，源安堂成立了公司招聘领导小组，由公司董事长莫兆钦亲自挂帅，担任顾问，时任公司总经理的莫兆松任组长，成员由时任公司副总经理的杨铭、副总经理姜平川、总经理助理黄良、人事行政总监李武森和人力资源部相关人员组成。源安堂抽调了几名主要工作人员协助人力资源部工作，专门对应聘材料进行第一轮初选。

6月25至26日，公司招聘主题会在源安堂营销总部大会议室隆重举行，公司董事长、总经理、副总经理及相关人员都担任现场考官。经过两天时间，紧张而有序的演讲、测试、面试与考核，16名不同岗位的人才从50名现场应聘人员中脱颖而出，成为源安堂"移师"南宁后的第一支营销管理团队新生力量。暂时没有入职的应聘者录入《源安堂人才筹备库》。不久，16名考核合格者陆续到岗开始新的工作。

招聘会结束后，一名应聘成功者这样评价源安堂的此次招聘："这是我几年来参加过的竞争最为激烈的一次招聘会，也是我人生旅途中的一次大考和检验"。一名应聘者连说了几个折服："我在很早以前，就开始关注源安堂，我被源安堂的企业文化所折服，被源安堂的社会责任感所折服，被源安堂领导的人格魅力所折服，被源安堂产品的质量、知名度、美誉度所折服"。因为，绝大多数应聘者都是为源安堂及其拳头产品肤阴洁，在中国医药行业响当当的名气慕名而来的。

为了使新招聘人员能够系统了解源安堂的创业历史与企业文化，了解医药市场发展形势和源安堂的市场营销状况，顺应未来的市场竞争，源安堂于 2008 年 7 月 5 日至 9 日，对新到岗人员进行了系统的岗前培训。由时任总经理助理的黄良、学术推广员李炎珍等人担任培训讲师。其中，总经理助理黄良主讲的《源安堂公司发展概况》《源安堂市场营销历史概况》《市场营销管理干部素质要求》《市场营销基础理论》《中国医药行业状况、发展趋势及源安堂市场营销现状及相应对策》等课题，引起了参加培训人员的浓厚兴趣与极大关注。通过集中培训学习，新员工们提高了认识，增强了信心，增长了知识，激发了新入职人员的工作积极性和创造性。

招聘会取得圆满成功，公司董事长莫兆钦在谈到这次面向全国招聘的意义时说："源安堂始终把人才资源当成第一资源，因为人才是企业生命力和市场竞争力的根本源泉，是企业最大的财富。我们十分珍惜人才，尊重知识，尊重劳动，尊重创造，为各类人才提供了施展才能的舞台。几十年来，很多专业人才、营销精英在给源安堂奉献青春和才华的同时，自身也得到了很好的发展，实现了自己的人生价值。我相信，这次新招聘入职的人才，一定会在营销事业的岗位上，发挥出自己的聪明才智，彰显出自身的人生价值，为源安堂的再次腾飞建功立业，奉献青春！"

源安堂药业改制成立公司之后，股东莫兆松一直担任公司总经理，主抓市场营销工作，精雕细琢、雷厉风行、敢作敢为是他一贯的工作作风和职业品行。营销总部"移师"南宁后，肩负着源安堂市场营销改革与发展的历史重任。

为此，2008 年是源安堂营销系统改革发展之年。在公司总经理莫兆松的领导下，源安堂大力推行营销改革，理顺营销组织架构，建立新的营销管理体系和规章制度，广纳贤才，公司对全国销售人员进行了大刀阔斧地调整，通过自上而下采取选聘、竞聘的方式，公开择优选拔，竞聘上岗，对于淘汰的第一批销售元老，公司准予转业并给予一定的补贴，全面实现了营销人员思想上、组织上的大整顿与大更新。

当年，以时任公司总经理莫兆松为首的营销团队，大胆改革，勇于创新源安堂全面推进并开发 OTC 市场，增加了 400 多人的 OTC 队伍，精心维护市场，对一、二级经销商进行精选和归拢，实现了更合理的渠道覆盖和价格管控体系。同时改换了产品包装，加大了全国的广告宣传力度，实现了产品销售成功提价，营销改革获得成功，取得了不俗的销售业绩。

随后，在全国近30个省级城市，设立办事机构，组建精干高效的专业销售团队和终端服务队伍，形成一、二、三级经销商联动，城乡互补，涵盖OTC、医院、连锁、商超等多板块系统的立体销售网络，产品遍布全国各地，覆盖面积达到历史新高。从此，源安堂的市场营销事业迈上了一个新台阶。

源安堂营销总部"移师"南宁后的三年间，时刻把握医药市场发展的脉搏，以市场为导向，不断总结经验，建立健全营销管理体系和加强营销团队建设，每年都进行不同程度的改革，销售管理队伍趋于稳定，员工忠诚度大幅提升，工作技能及销售业绩明显提高，营销管理的渠道畅通，绩效考核的措施完善，为今后的市场营销事业做好了铺垫。

2010年之后，在以公司董事长莫兆钦、总经理杨铭和副总经理杨第海、姜平川为董事会的领导下，组建了以罗王坤为班长、韦振庄、李惠清、张榕、刘宝荣及行政办公室主任许安茂等为成员的核心营销管理团队，带领全国营销系统全体人员，不断改革与创新，源安堂有针对性地对年度销售经营指标、市场销售营运、绩效考核及薪酬体系等营销模式，进行了系统的调整与改革，充分调动了销售团队的积极性和创造性，提高了团队的执行力、战斗力和凝聚力，拓宽了市场销售渠道，实现了OTC、医院、连锁、商超、网购的多渠道销售与联动机制，销售业绩连年攀升，公司呈现出一派欣欣向荣的新景象。

而今，源安堂药业顺应现代医药市场的大趋势、大潮流，结合自身特点，不断总结经验、扬长避短，探索市场规律，市场营销的态势已经发展成为管理科学化、人才专业化、制度规范化、模式多元化、网络多样化的战略新格局。

第三十六节　进军海外

把肤阴洁推向海外市场，此举不仅是一种营销战略，也体现了莫兆钦的长远目标、国际视野。肤阴洁跨出国门，漂洋过海，其意义远不止于赚取外汇、增加收入这个"做生意"的层面，更在于与国际接轨，弘扬国药文化。

源安堂在推行多点覆盖的营销策略的过程中，还把目标瞄准了海外，着力打造一个国际化的市场。

建立国际化市场方略的动因，是根据当代中国国情和全球一体化趋势制定的。早在1999年，国家食品药品监督管理局就开始在制药企业实施GMP认证制度。国家药监管理部门一边颁发文件，一边向制药企业强制推行。按照文件要求，所有的制药企业，必须通过GMP认证。拿到GMP认证，才能从事药品的生产和销售，并获准进军海外市场。不然，立即停业转产，西药生产企业如此，中药制药企业也不例外。这就意味着，制药企业的行业准入门槛进入到由量的增加到质的提升阶段，其全部意义在于药业行业开始与国际接轨，即制药企业的药品入市必须达到和接近国际化标准。

在这段时间，源安堂为达到国家药监部门的要求，投入巨资，花大力气完成了GMP认证工作。莫兆钦认为，此举意义非凡。它既是源安堂现代化建设的必由之路，也是取信国内市场，进军海外市场的基本条件。

在国内销售网点铺设取得了阶段性成果、GMP认证完成以后，源安堂迅即将目光投向东南亚和欧美市场。他们说，做药品生意就像卖鸡蛋，在村子里卖，一年只能卖1000个，在县里卖，一年能卖10万个，如果把市场扩大到外县、外省、外国，一年就能卖出1亿个。因此销量和利润全看市场的大小，而市场大小又看做生意的视野是否开阔，心有多大，市场就有多大。像肤阴洁这样正处于生命周期的成长和成熟阶段的产品，应抓住有利时机拓开海内外市场，以谋求利益的最大化。

　　在这个问题上，莫兆钦率领他的团队，迅速行动，以坚实的脚步，向外扩张势力。他们首先进军家门口的东南亚诸国。兵分三路，建立初级市场。同样通过试用的办法，让海外患者了解肤阴洁的性能、疗效和药用价值，并且看得中，用得上，信得过。可能由于语言沟通不畅的原因，试销效果并不理想。

莫兆钦（中）陪同广西军区少将刘代文（右）等首长，调研源安堂药业
人民武装部工作

　　真正让肤阴洁在东南亚市场打开局面的缘由，是利用了广西首府南宁被国家确定为"中国—东盟博览会"永久举办城市的契机。在一次博览会上，东南亚几个国家的药商与源安堂参会代表有过接触与交流。会后，源安堂人热情邀请外国客商进厂参观、访问。他们参观了生产流水线和药材生产基地后，同意带少量肤阴洁回去试用和试销。东南亚地处热带雨林，是皮肤病、性病多发易感染地区。肤阴洁一进入东南亚医院，就成为抢手货。医生、患者对肤阴洁的疗效和功能给予了很高评价，几个商家来电来人要求订货。订单数额虽然不大，但毕竟是一个突破。肤阴洁在境外市场的突破，拉动了源安堂一批后续产品的跟进销售。按惯例，一般中成药从出国试销到拿到海外订单，至少需要三五年的时间，而肤阴洁似乎是个特

例，他们只用了不到两年时间。

与东南亚地区相比，欧美国家对药品的准入控制更加严格，中药尤甚。欧美国家不相信中医药能治疗疾病，拒绝中医药进入其市场，但并非铁板一块。有的药品一旦被认可，也会亮起绿灯。肤阴洁就是一个例子。肤阴洁在美国经历了漫长的近乎苛刻的科学检测以后，终于在 2005 年获准进入全美药品市场。开始，源安堂发运少量肤阴洁进入美国去试探一下市场行情，没料到竟被争购一空。据美国媒体报道，当妇女们开始接触这种罕见的"药剂"时，抵制者有之，好奇者有之，试用者亦有之。有的患者抱着"冒险"的心理，购买一两瓶回家试用，发现这种来自神秘东方淡黄色的散发着天然植物芳香的"水"，居然具有神奇的药用功能和安全可靠的保健作用。因而受到试用者尤其是女性消费人群的青睐。

尽管肤阴洁尚未得到欧美政府和医疗机构的普遍认同，因而不能形成有规模的消费市场。但拥有零星散户，也给了源安堂以信心和希望。他们把在西方国家出售肤阴洁药品作为长期奋斗目标。"酒好不怕巷子深"，只要坚守不放弃。10 多年间，源安堂通过参加国际传统医药大会，妇科疾病研究会、皮肤病、性病专家学术研讨会、名优特药产品交流会以及相关的信息发布会等等，宣传自己的产品，加强同海外同行的交流。

为了中医药事业，源安堂人在努力着，坚持着。

但是在近几年间，境外销售尤其是欧美市场的销量，远远没有达到理想的效果。这是基于中药的海外零售历来成本高、效益低，竞争能力远不如西药。此外，还有一些先天不足因素限制。例如，企业规模小，不可能建立专业口岸，经过外贸系统出口药品，企业难以营利，这是一个长期制约药品出口的瓶颈问题。同时企业缺少既懂专业技术，又熟谙海外患者消费习惯和观念，并且精通外语的特殊人才。这也是源安堂难以拓展海外市场的先天不足。

第十三章

第三十七节　诚信故事

信誉重于金钱，赢得信誉才是引领企业走向成功的关键。

"药液里有少许悬浮物，但不会降低疗效"。"药品外包装有一点皱褶，但不会影响质量。"几位职工如是说。

莫兆钦说："不能让次品流入市场！这'少许'和'一点'不应该出现在一家绩优企业职工的语汇里。'少许''一点'的后面往往隐藏着大问题，影响的是企业的社会信誉和形象。不要忽视那些看似很小的问题。抓住它，把它消灭在萌芽状态！"

1993 年 7 月的一个傍晚，莫兆钦从外地回到厂里，刚打开办公室的门，有人就跟着他进来了。

"厂长，这批货出了点小问题，但影响不大。"

"什么问题，别拐弯抹角的。"莫兆钦盯着对方的脸追问。

"留样室里肤阴洁药液里发现有少量絮状物。"

"什么原因？"

"生产车间的铁丝过滤网使用时间太长，边缘出现一处不明显的破损，没有及时发现和更换。"

"这批货发出去了吗？"

"发了。"

"一共发了多少？"

"2 万盒。"

"什么时候发的货，都发到哪些地方去了？"

“已发往湖南、上海、南昌、郑州、石家庄和西安这六个省市，最早发货时间已快一个星期了，最迟的也有两天了。”

“通知有关人员到会议室开会。”莫兆钦表情变得严肃起来。他一边说话，一边端着茶杯匆匆向走廊另一头的厂部会议室走去。

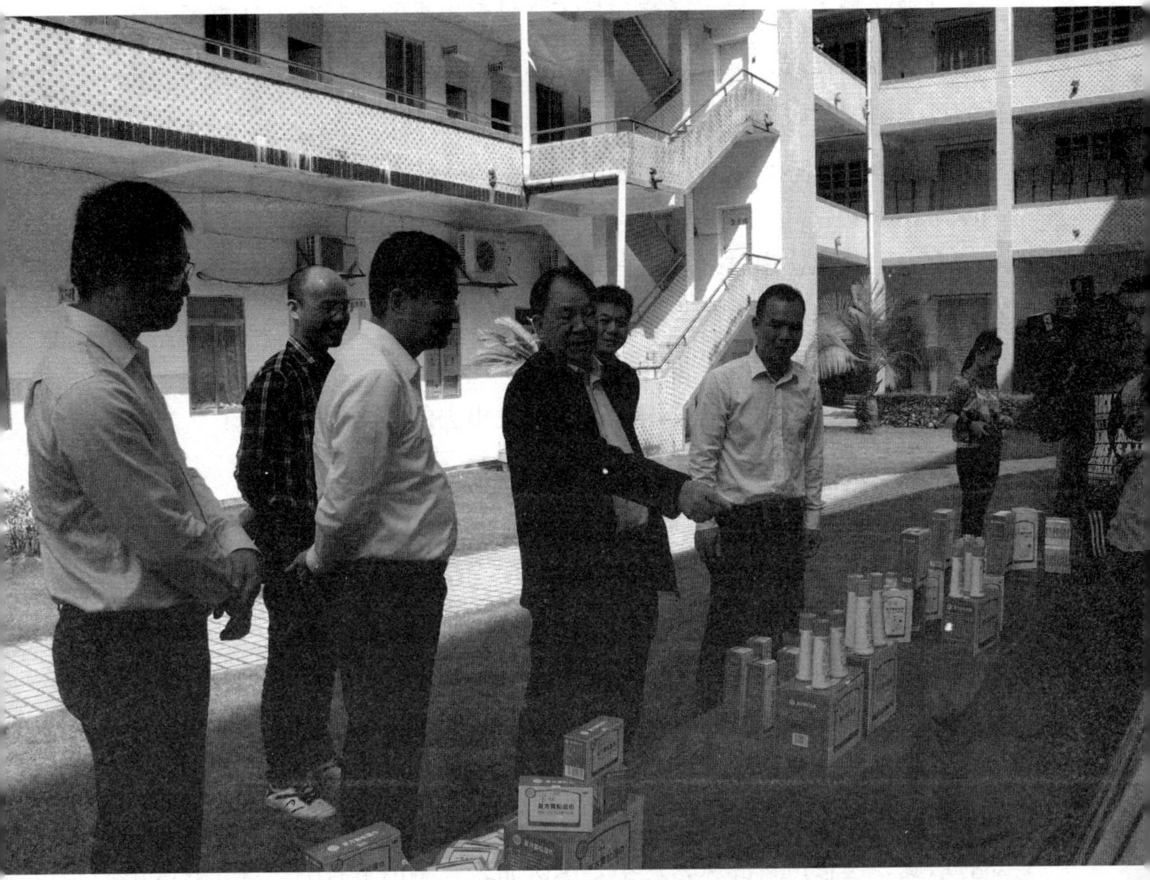

2015年11月时任贵港市市长、现任贵港市委书记李新元（左二）一行，到源安堂考察调研，听取董事长莫兆钦（左三）介绍新产品情况

会议室里静寂至极，空气仿佛凝固了。莫兆钦坐在椭圆形会议桌的一端，脸色阴沉，目不斜视。他的两旁端坐着副厂长、总工、质检、生产等管理人员，这些平时在厂里可以呼风唤雨的人物，这会儿也都沉默不语了。几个烟瘾大的干部只顾闷头吸烟，根本没在意坐在旁边噘着嘴用手驱走烟雾的两个女人。

“你们说说，这事怎么办？”莫兆钦扫视了一下会场，没头没脑地问了一句。既没开场白，也没有发表个人意见。

又沉默了一会儿，质检中心主任说："经过检验，这批肤阴洁药液里出现少量絮状物，但不影响药效，也不属于药检中的次品，更不会造成医疗事故。"

"絮状物不多，如不摇荡，是不容易看出来的。"有人补充了一句。

生产部主任说："发现这个问题后，我们找到了破损点，立即换上了新的过滤网，今后不会有类似问题发生。"

供应科长也说："货已经发出去好几天了，我看这次就算了，下不为例。"

有人给莫兆钦递过来一瓶有絮状物的肤阴洁，他轻轻摇晃着，灯光下，看得出有少许的絮状物在药液中浮动。

莫兆钦站起来，双手撑在案台上，坚定地说："蝼蚁之穴，可溃千里之堤。我的看法是，不惜一切代价，把发出去的货全部追回来！"大伙一下子都瞪着眼睛愣住了。

管理仓储的负责人说："厂长，这批货一共有两万盒，不是个小数目，光出厂价就要 24 万元，要派车派人去追，费用就更高了哇。"

莫兆钦指着正面墙上的"信誉第一，用户至上""质量是生命，顾客是上帝"的标语，郑重地说："企业的理念不是挂在嘴上，贴在墙上的摆式，一遇到问题，就把它抛到一边，然后找各种理由搪塞，为自己的失误开脱。你们说，这批次品肤阴洁出厂价 24 万元。24 万元能买来消费者对我们的信任吗？我的态度是宁可损失 100 万、1000 万，也不能失去市场信誉。明知有瑕疵，还想鱼目混珠，这不是拿次品去蒙骗消费者吗？现在我决定，以最快的速度，全线出击，把这批不合格的药品追回来，上了货架的也要取下来，决不能让不合格的药品流入市场！"

散会后，全厂组织了 100 多人，分成 20 个小组多路出发。这批货物发送到哪里，就有专人追到哪里。采取的办法是半路拦截运货车辆、进仓库查找、进药店回收。在发货面广、销售量大的地区，通过广播电视发出告示，请消费者拿次品药到指定的地点退款。一个星期时间，各路人马先后班师回朝。

在河北石家庄，工作人员在药店遇到了购买了不合格肤阴洁的消费者，经如实说明后，当场退了货，并给每位购买了次品的顾客赠送了两瓶正品药。

当派到江西的几位销售人员赶到南昌时，这批货已上架销售。他们马上联系电视台，在媒体上发出告示，从各个药店、医院收回了这批次品肤阴洁。

上海市消费者协会一位负责人看了南昌电视台的公告后，连夜打电话给源安堂驻沪办事处。当得知这批药在没有分发到各个经营点，就原封不动退回到了源安堂仓库的情况后，高度赞扬源安堂对消费者负责任的精神。赶到河南郑州的几位职工，采取包区行动，一家家药店查询，遇到上架的次品药，当即撤下，退货退款。

这次发往各地的两万盒残次品肤阴洁，一共收回了1.9万盒。

生产经营几十年，源安堂生产的药品，从来没有发生过重大质量事故。其原因就是这家企业从高管到普通职工都喜欢"吹毛求疵"，哪怕是很小的质量瑕疵，也会"小题大做"，从来不姑息一丝一毫的疏漏。

2003年3月，质检人员发现有一批720件，价值46万元的肤阴洁复方黄松湿巾入库成品，其铝箔包装表面有皱折纹。经过检验湿巾的各项质量指标完全合格，只是外包装视觉效果较差。经过研究，公司决定，将这批药品全部扣留封存，不许出厂。他们认为，外包装的缺陷也会动摇患者的消费心理，影响企业的形象。让明知有缺陷的产品流入市场，是一种不负责任的行为。

广西源安堂制药厂附近村社有几个药贩子，听说了源安堂封存了一批次品肤阴洁，便打起了如意算盘。他们找到莫兆钦，提出以处理价批发给他们。并且说，这批肤阴洁只是外包装有些皱巴巴的，里边的药水全是真货，让我们拿去作为次品销售吧，只要效果与正品一样可靠，患者就不会投诉，你们就睁只眼闭只眼吧。这样不光我们能从中赚上一笔钱，企业也减少一些损失，岂不两全其美？"

莫兆钦耐心地解释说："你们很会算经济账，但这个钱不能赚。把药品作为处理品销售，这本身就不合规矩。即使没有人投诉，也不能那样干，源安堂只生产放心药，没有处理品。至于这批药，我们马上重新验收，更换包装，坦坦荡荡上市。"说得那几个药贩子心服口服。

第三十八节　以法为剑

这是一个不见刀光剑影的战场。

在利益驱动下，一些个体作坊、不法商家躲在阴暗的角落里制假售假。他们置法律而不顾，置公德而罔闻，把人民群众的健康和生命当儿戏。

消费者遭受到假冒"肤阴洁"的戕害时，源安堂人愤怒了！莫兆钦拍案而起，组织打假专班，上北京，下湛江，与不法分子展开殊死搏斗。终于，正义战胜了邪恶，源安堂人以法律之剑捍卫了品牌的荣誉和企业的权益。

1993年9月24日，国家三类新药肤阴洁获得注册商标，开始大批量生产。由于肤阴洁质量可靠，疗效显著，企业利润和名气与日俱增。正因为如此，一些不法分子以牟取暴利为目的，开设地下工厂，生产伪劣药品，冒充肤阴洁上市销售。曾有一度，药店货架上摆满了各种各样的"肤阴洁"，不但干扰了源安堂正常的生产经营，也扰乱了药品市场秩序。

面对如此严峻的形势，莫兆钦连续召开会议，一方面策划方案，组织打假，另一方面，指派专门人员火速向有关部门申报发明专利，扩大商标注册范围，建立防伪系统，设置技术壁垒，提高防护能力。

由于制售假药利益空间巨大，而打击力度不够，不法分子的活动越来越猖狂。一时间，南方几个省区制售假药如洪水猛兽，势不可当。面对这种严峻局面。源安堂打假活动一度陷入困境。2001年下半年至2003年上半年，打假人员了解到，全国出现了30多个生产肤阴洁的侵权厂家，尤以广东、广西两省区为甚。有几位打假人员从广东的一个地下市场购买了几件假肤阴洁药品，到当地工商行政部门举报。岂料，当地工商执法人员不但不介入查处，还对举报者恶语相斥。

莫兆钦召回了这几个打假人员，气愤地说："俗话说，人无打虎心，虎有伤人意。我们已经被不法分子和地方保护主义逼到绝路上来了。只有背水一战，跟他们拼到底！现在小庙的和尚不念经，就到大庙去烧香。"

他亲自带上各种版本的假货上北京找国家工商总局。此前，工商总局已掌握了一些这方面的情况。这次有关部门负责人又认真听取了莫兆钦的汇报，感到事态严重。

广西源安堂药业人民武装部成立时，举行隆重的挂牌仪式

2002年6月，国家工商总局向全国发出通令，要求各级工商行政管理机关在全国范围内组织围堵侵犯源安堂肤阴洁商标权益的违法行为。通令发出后，源安堂人趁热打铁，组成了100多人的打假维权专业队伍，由公司副总经理杨铭带队，配合广西壮族自治区工商、公安、质监等部门分赴全国20多个省市自治区，查找制假、售假的黑工厂、黑窝点。经过艰苦细致的蹲守摸查，终于发现并捣毁了一批违法小作坊和售假点。但忙了几个月只是捞到几只小虾，"大鱼"却一个也没有捉到。一些制售假肤阴洁的厂家在地方保护主义的庇护下，不断扩大规模，增设窝点，明目张胆地制售假肤阴洁。其中最恶劣、危害最大的是广东省湛江市宝健诚公司。源安堂的打假专班整天驻守在该公司附近，亲眼目睹他们日夜生产假冒肤阴洁，又大摇大摆拿到市面去销售，打假人员气得咬牙切齿，却拿他们没办法。

2002年9月11日，源安堂将湛江宝健诚公司侵犯肤阴洁注册商标的专用权、制售假药的违法行为向广东省工商局作了举报。广东省工商局在国家工商总局的督促下，对宝健诚公司给予了警告和罚款处理。但由于惩罚的力度小，违法成本低，宝健诚公司并没有中止侵权违法行为，反而继续大批量生产和销售假冒伪劣肤阴洁。源安堂人感觉到，侵权公司背后一定有政府官员作后台，才敢如此猖狂。眼下摆在源安堂人面前只有一条路，跟他们对簿公堂。他们采取行动，拿起了法律武器。2003年1月23日，源安堂一纸诉状将制假企业宝健诚公司和售假商家彭达公司告上法庭。

广东省湛江市中级人民法院于2003年4月18日开庭审理此案。但因种种原因，庭审没有宣判结果，改日开庭。同年7月9日，湛江中院开庭重审并做出一审判决，宣布被告方两家制假售假公司败诉。宝健诚公司不服判决，向广东省高级人民法院提起上诉。

与此同时，源安堂对宝健诚公司侵犯其外包装标识专利权向国家专利复审委员会提出无效宣告的申请。这个申请很快得到回复，国家专利复审委员会宣告，湛江宝健诚公司盗用广西源安堂药业有限公司商标专利全部无效。这个宣告，为证明肤阴洁系源安堂首创并最先拥有商标专用权提供了法律依据。

广东省高级人民法院依法组成合议庭审议，并在审议之后的判决中阐明：肤阴洁专用权为广西源安堂药业有限公司所拥有，具有法律效力，应受到法律保护。根据肤阴洁及其系列产品在市场上的知名度和本案的相关事实，应认定为知名商品，被告侵犯了源安堂公司肤阴洁注册商标的专用权，构成不正当竞争，依法应承担相应的民事责任。

2004年12月20日，广东省高级人民法院一审做出终审判决，驳回宝健诚公司的上诉，维持原判。

至此，这桩在制药界沸沸扬扬闹了两年多的肤阴洁侵权官司终于尘埃落定。肤阴洁商标专用权物归原主，中药业界的"李鬼"原形毕露，受到了法律的制裁。

打假维权的实践使源安堂人认识到，知识取代资本是社会进步的一个重要标志。企业界的制假售假分子，尽管有雄厚的资本，但没有获得知识产权，他们妄图利用侵权手段牟取暴利，最终定会倒毙在法律的利剑之下。这个案例同时告诫业界人士，要像爱护眼睛一样爱护自己的知识产权。随着经济全球化和知识经济时代的到来，专利权成为企业竞争的重要战略高地。就中草药生产企业来看，普遍存在着技术创新能力低下，申请专利数量少，即使获得了技术专利和知识产权，也缺少防止侵犯的自我保护意识。源安堂在同湛江宝健诚公司的官司中得出教训，对制售假药的犯罪分子，不能软弱让步。由于及早付诸行动，向国家专利局申报了发明专利，扩大了商标注册范围，建立了防伪系统，设置了技术壁垒，获得了自主知识产权。最终迫使"李鬼"原形毕露，缴械投降。

降服了侵权"李鬼"后，药品市场另一种乱象又一度困扰了源安堂。这就是忽高忽低的价格大战，有些名不见经传的厂家在正当竞争中占不到便宜，就把销售价格压得很低，企图挤占市场，源安堂对这类"小儿科"做法嗤之以鼻，杂牌药品跟肤阴洁不在一个等量级上。曾经源安堂通过物价部门把肤阴洁的价格跟着往下压低了一点点，结果，杂牌药品就不敢跟肤阴洁摆在一个柜台上，因为肤阴洁是老牌子，驰名产品，一旦压价上市，杂牌军不得不落荒而逃。

还有一种不正常竞争令源安堂人有点棘手，就是有几家与肤阴洁具有同等品牌价值的药品纷纷以"升级"版形式出现，大幅提高零售价格，与肤阴洁拉开距离。曾经有一段时间，肤阴洁销量在一线城市的高端市场直线下滑，驻地办事处的营销人员来电提议，在价格大战中，肤阴洁也应该"升级提价"，太老实了就要吃亏。源安堂高层召开专门会议，商量对策。大家一致认为，这种现象是误导消费者的不法行为，扰乱了药品市场秩序，不可能持久。莫兆钦分析，从表面上看，药品的价格会随着产品价值的增长而提高，价格越贵，质量就越好，价值也就越高。因此，消费者想购买疗效好、价值高的药品时，很自然地以"昂贵等于优质"的心理去作判断。但是这不是绝对的，价格昂贵的，不一定就是适销对路的。药品作为一种特殊商品，首先要看疗效，盲目提价不可取。他们继续贯彻"以不变应万变"的既定市场战略。果然，没多久，那些一哄而起打着产品升级旗号，搞不法经营的企业，一个个偃旗息鼓。聪明反被聪明误。

第三十九节　智擒魔顽

诈骗犯利用拙劣的手段向莫兆钦伸出了黑手。莫兆钦"以其人之道，还治其人之身"。在月黑风高的夜晚，他配合公安人员抓获了这个披着领导干部外衣的妖魔。

这正是：法网恢恢疏而不漏，明镜高悬魔鬼现形。

一个夏日的午后，莫兆钦送走几个客人，回到办公室，电话铃突然响起来。他拿起话筒，传来妻子韦月霞急促的声音："快回来，有人送来了一封恐吓信！"

上级军事机关为源安堂药业人民武装部授锦旗

莫兆钦匆匆赶回家，天色已晚，他从妻子手中接过信，只见信中写道：

莫兆钦：

你当了大老板，我成了穷光蛋。我的意思很明白。限你在七月二十三日深夜十二点钟，把40万元人民币用塑料袋包好，放到母猪桥下臭水窝里。否则，给你全家送"花生米"吃。

穷鬼 七月二十日

信纸的下方还画了几个人的漫画像，各标上莫兆钦家人的名字，每个人胸口部位还涂上了红墨水。这显然是威胁莫兆钦，如果不按信上写的办，就叫你全家遭血灾。

莫兆钦看完信，脸色凝重起来。他尽量回忆，自己这些年来，教书也好，经商也罢，没有结下仇人冤家，不至于被人下毒手、送"花生米"，也从不认识这个自称为"穷鬼"的人。他向妻子询问这封信的来历。韦月霞说，午饭后，她见天气闷热，就带孩子到村后边的小学玩耍。在那里玩了不到半个钟头，回家一打开大门，就看见了地上的这封信，四处寻找也没见到人影，邻居也都没留意有没有陌生人进村。

莫兆钦合上信，看了一眼这个用白色复印纸黏合的信封和信封上的"内详"两个字，嘴角露出了一丝轻蔑的微笑。狂妄的诈骗犯的头脑未免太简单了。莫兆钦走出院子，钻进汽车，车子溜下家门口的斜坡路，向桂平城关方向一拐，一会儿消失在夜幕中。

7月23日夜12时许，酷热尚未退去，又没有风，山沟里闷得像蒸笼。莫兆钦蹲在离母猪桥不远的一座废弃的砖瓦窑旁，观察母猪桥下的动静，除了嗡嗡的蚊子叫，隐隐约约听见母猪桥下那条小水沟的流水声。大约过了20分钟，莫兆钦提着用塑料纸包好的沉甸甸的钱袋，探头探脑地向母猪桥走去。他东张西望，见四下无人，便把钱袋放进桥下野草蓬乱的水窝里，然后掉头往回走。他走到一道田坎下，蹲在草丛中，察看母猪桥下的动静。时间一分一秒地过去，大约过了一个钟头，母猪桥那边没见任何动静。莫兆钦趴在那里很遭罪。天热还不算什么，蚊子成群结队地叫嚣着咬他的皮肉，喝他的血，这简直是受刑。他想退回去。理由是这"犯罪嫌疑人"

万一变聪明了，耽心报了案，公安人员介入，改变主意不来取款，自己不是白守一夜吗？

还有一种情况，也许是熟人搞恶作剧，把玩笑开大了呢？他思来想去，最终还是决定继续蹲守。宁可信其有，不可信其无。自己一旦主动撤退了，"穷鬼"眼看到手的肥肉丢了，恼羞成怒，说不定哪一天会暗中下毒手。另外的一种可能是，现在"穷鬼"就在不远的地方注视着母猪桥一带，暗中与自己较劲，弄不好会打草惊蛇。他继续蹲守着。又过了20多分钟，天色更加暗淡，快要进入黎明前的黑暗期。忽然，有一个黑影从夜幕里钻出来，窜到水窝边，捞出钱袋，转身想溜，没走几步，就被两双铁钳似的大手擒住。令他没想到的是，公安人员已在这里蹲候多时了。

原来，那天莫兆钦看到恐吓信后，当夜就把这封信送交给桂平市公安

时任自治区工商联常委、源安堂药业董事长莫兆钦出席2003年全国
工商联先进个人表彰大会

局，公安人员与莫兆钦商量，制定了将计就计的破获方案，一举擒住了犯罪嫌疑人。

审讯中，那个提款人交代，他姓牛，是中沙镇本地人，还有两个同伙是玉林市人。7月23日那天，他们商定，由姓牛的一个人去提款，两个玉林人在远处"望风"接应。在公安人员擒住提款人时，那两个玉林人趁着夜色溜走了。公安人员根据姓牛案犯提供的线索，很快抓获了这两个同案犯。两个人交代，这起诈骗案的幕后策划者是市里的一个二线干部。这个干部在担任市级领导干部期间，早就向源安堂索要了40万元，用于"赞助"他亲戚创办企业。案子公开审理后，自称"穷鬼"和同案犯都被控制服刑，以前诈骗的40万元"赞助"款，也被退还给企业。

不久，这个领导干部和同案犯先后被请进了公安局和法院，受到了法律的制裁。

还有一次，源安堂的一名被派往云南的业务员在建立业务关系的时候，被骗去56万元货款。骗子拿到这笔巨款后，不知去向。那个业务员急得要寻短见。莫兆钦和莫兆松得知这一情况后，把当事人召回，询问案情，从了解骗子的语言、行为的一些细节中，冷静分析其犯罪轨迹，判断案犯可能回到他的老家博白县藏匿。当即做出决定，向公安机关报案，并配合警方直扑博白县，果然一出手就抓获了犯罪分子，追回了全部损失。

第十四章

第四十节　劳武双栖

在从事生产经营的企业组建人民武装部，实行劳武结合，在有些人眼里，简直不可思议。但这恰恰是源安堂的一条成功经验，一个创举。

事实证明，在现代企业中融入军魂，植入军人的品质作风，能产生军地共建、劳武同生、企业经营与国防建设相互促进、相得益彰、一加一大于二的效益。

1994 年 12 月，经由上级军事机关党委严格审批，源安堂制药厂挂牌成立了人民武装部，并建立了由 120 名青年基干民兵组成的应急民兵连。广西军区和贵港军分区为他们配备了武器弹药和常规的军事装备，正式纳入地方人民武装编制。

民营企业建立人民武装部，在全国实属罕见，广西更无先例。在一般人看来，作为生产经营单位的企业和作为保卫国防安全、维护社会安定的武装部门，完全是两码事，二者没有任何必然的联系。甚至有人认为建立武装部不仅不会多赚一分钱，反而会增加企业负担，是自找麻烦，多此一举。然而，源安堂却将办企业、做生意和办武装、学军事这两组看起来毫无关联的元素掺揉在一起，使企业经营与民兵建设密切结合，国防教育与企业文化融为一体，不但增强了社会效益，经济指标也有明显增长。从而形成了独树一帜的"源安堂特色"。更重要的是源安堂把创建人民武装作为驾驭企业发展的一种有益尝试。

从历史上看，中华民族的历史是一部尚武的历史。自春秋战国始，仁孝忠勇、习武强军、舍生取义、杀身成仁等一套儒、法、兵家治国修身的理念熔铸在民族的血液中。汉武帝武勇好战，社会精英踊跃从军，因而有班超投笔从戎，横扫千军如卷席；卫青、霍去病咬雪吞毡，马革裹尸，令匈奴闻风丧胆；盛唐时期，民间尚武之风日炽，唐太宗左手握卷，右手执剑，灭突厥，降高丽，征压一世；宋太祖以武治国，建功业以显海内，耀武威以摄四夷；一代天骄成吉思汗，金戈铁马，气吞万里如虎，平西夏，讨波斯，霸业伸展至地中海和中欧，建立了横跨欧亚的军事大帝国。

　　源安堂所在地广西桂平，是洪秀全领导太平天国农民起义的策源地。远近一带民间尚武之风代代相传，沿袭至今，乃至形成了以参军入伍、保家卫国为荣，家族和村寨以军烈属为骄傲豪迈的价值观和民族基因。莫兆钦本人曾因没能实现当兵入伍的志愿而遗憾，这也许是他在创办企业过程中引入人民武装建制，并以此作为保一方平安、促企业发展作为创业理念之一的原因吧。

　　而在以和平与发展为主题的当今世界，战争的阴影依然存在。冷战结束后，由于意识形态和政治体制等因素，中国的国家发展战略越来越受到挑战和威胁。国际反华势力与国内分裂势力相勾结，国家安全形势不容乐观。而且，新的世界性战争爆发的可能性和突然性比以往任何时候都要大。超国家利益的武装集团，不仅不是维护和平秩序的新兴力量，反而可能成为新的战争根源。垄断资本的本质在于无休止的掠夺、贪婪的攫取。在资源、能源紧缺的情况下，武力征服成了日本军国主义复活和东南亚国家配合西方政客威吓、围剿中国的王牌。看看今天那些以残暴手段剥夺人民生命财产的恐怖分子；无时无处不在造成人类灾难的阿富汗塔利班、中东恐怖组织和极端组织，难道不会给善良的人们一些居安思危的警示吗？

　　按照莫兆钦和源安堂人的思路，在企业和地方建立人民武装，实质上是适应国家"宁可备而不战、不可战而无备"的战略思想，配合国家养兵于民、藏兵于民、积蓄军备，实现全民备战、整体国防的军备要求。

　　加强军备当然主要是提高人民解放军的现代化水平，包括先进的科学技术和现代化的武器装备。这是抗御外侵的主要力量。但加强基层民兵建设，体现全民皆兵的战略思想，在一定意义上讲，更能体现强大的人民意志、民族意志和国家意志。因为再强大的军事实力，核武也好、

2014 年秋，抗日战争胜利 70 周年前夕，莫兆钦参加反法西斯胜利 70 周年北京阅兵式时，在卢沟桥参观时的留影

航母也好、战斗机群也好，都战胜不了强大的人民意志、民族意志和国家意志。

广西源安堂药业有限公司作为一家企业，建立人民武装，就是全民国防战略在桂东南山区的具体落实。桂东南濒临北部湾和东南沿海，是东南海战的一线区域和战略要地，军民联防意义非凡。对企业而言，平时集中精力从事生产经营，闲余时间不定期开展军训。一旦我们的家门口发生战争或外敌入侵战争爆发，民兵可以招之即来，随时拿起武器，成为野战军、集团军的后备队，这就能够解决国家平时养兵多、战时兵源少的矛盾。

同时应看到，推动社会正常运转的基础是经济，企业作为物质财富的直接创造者，有条件增加税费，藏富于民，以财养武，培植地方武装。地方武装的壮大，对维护社会治安，保护人民生命财产，也能起到一定的补充作用。

第四十一节　一线救援

狂风挟着洪峰席卷而来，长江中下游频频告急。20万大军开赴抗灾前线，官兵跳进漩流，筑起人墙，挡住洪流。英雄们的血肉之躯日夜浸泡在洪水里，身上多处溃烂不堪。莫兆钦从电视里看到此新闻，主动组织8大卡车的药品，火速送到湖南岳阳大堤抗洪一线，以解除人民子弟兵的疾苦。

时任123师师长（现为兰州军区司令员）的刘粤军和政委岳世鑫，在现场亲切接见了莫兆钦。为了表彰莫兆钦及源安堂的无私奉献与真诚义举，123师首长一致推荐并向广州军区请功，要求给予嘉奖。

后来，广州军区给源安堂和莫兆钦发来专电，给予源安堂药业人民武装部通报表彰，同时授予公司董事长、人民武装部部长莫兆钦"广州军区人武之星"称号。

源安堂药业人民武装部在人民生命财产受到威胁时，随时集结待命，是一支招之能来、来之能战、战之能胜的抗灾抢险生力军。

1996年7月，桂平市江口镇连降暴雨，从7月12日到7月25日的13天当中，总降雨量达到了500多毫米。狂风呼啸，山洪倾泻，洪水席卷所有的农田和村庄，"江河横溢，人或为鱼鳖"。老人们到山神庙里叩头烧香，求菩萨保佑，但是不灵。须臾间，山神庙也被冲塌，菩萨保佑不了他的信徒。洪水没过河谷，冲过垄畈，不但冲毁了连片农田，也吞噬了不少生命。面对50年不遇的洪灾，莫兆钦临窗伫立，心急如焚。他拨通长途电话，向军分区首长请战。接到命令后，他亲自率领民兵应急连，火速赶往江口抗灾第一线，与当地干部群众并肩护堤抢险，接连奋战了七个昼夜，搬运麻袋沙包20多万袋，转移生活物资3000多吨，救出被困群众500多人。

1998年7、8月份，长江流域出现大范围强降雨，一场百年不遇的特大洪灾爆发了。长江上游、中游的洪水来势凶猛，给中、下游带来灭顶之灾。洞庭湖、鄱阳湖以及洪泽湖的洪水倒涌入长江，滔滔洪流呼啸着、奔涌着冲向城市和乡村。位于长江中游的华中重镇武汉市市区街道积水达到了3米深，成千上万的市民被困在楼顶上、树上以及龟山、蛇山和珞珈山的山头上；江西景德镇市更无险可守，市区30平方公里的街衢一片汪洋，电、气、通讯中断，人们呼号而转徙。

在九江浔阳江渚，20世纪80年代中期，人们用钢筋混凝土筑成的长江大堤没能经受住巨大洪峰的冲击，九江段防洪墙坍塌了，汹涌的洪水以每秒400立方米的落差冲向九江城区，城区百万灾民紧急向庐山方向撤离。湘、鄂、赣、皖等省区的铁路、公路和长江两岸，大水淹没了沿途的良田、村庄，冲毁了工厂、学校，威胁着千百万人民的生命和财产安全。在危急关头，人民解放军出动了。陆海空三军将士先后出动20多万人次，以及大批次军车、飞机、冲锋艇形成立体作战态势，与洪水展开搏斗。

面对长江大堤的灌涌和溃决，解放军战士搬来石头、沙袋、木桩，奋力堵塞，但全都无济于事，他们就整建制跳到江水中手挽手排成人墙，用血肉之躯筑成新的长城。终于，狂风在头顶上停止了，巨浪在胸前平静了。但还不能说抗洪救灾已经取得决定性的胜利。战士们仍然在火线上与洪峰对峙。由于连续几天几夜浸泡在水中，大部分战士患上了严重的皮炎、湿疹和"烂裤裆病"，下身溃烂、流脓，苦不堪言。而我们忠诚的人民子弟兵们继续坚守在阵地上注视着汛情，没有一个人退缩。一条毒蜈蚣爬到一个战士的手臂上，一口咬下去，顷刻皮肤变成了紫黑色。由于一时找不到解毒的药品，一位少妇见了，解开上衣，袒胸露乳，把自己的奶汁挤在战士的伤口上，为他止痛消毒。

面对电视上的这个镜头，莫兆钦一把一把抹眼泪。多好的子弟兵，多好的老百姓！作为一个生产药品的企业，尤其是专治皮肤病药品的企业，在灾难面前，难道能够坐视不管吗？不能，决不能！人民的生命财产高于一切！他连夜召开会议，组织员工加班加点，日夜赶制肤阴洁洗液、湿巾等系列药品，及时运到抗灾部队军营。在源安堂公司总部大楼面前的场地上，这些药品一共8大卡车4000多箱，价值300多万元的药品堆成小山，只等装车待发。

莫兆钦（右三）陪同时任 123 师政委岳世鑫（前左一）、桂平市政协主席许小红（左二）、武装部长丁家明（右一）等领导深入源安堂人民武装部视察

8月里的一个清晨，大容山从牛哞鸡鸣中醒来。

8月的大容山，是炙热而忙碌的日子，是演绎激情的日子。

在这个早晨，桂东南骄阳似火，而相距千里之外的湘、鄂、赣却大雨滂沱。9时许，莫兆钦出现在源安堂公司大门前的场地上。他一身戎装，上校军衔在晨曦中熠熠闪光。他的面前，源安堂应急民兵连战士一字排开，战士们全部披挂上阵，昂首挺立，英姿飒爽。

莫兆钦用夹生的普通话高声说道：长江中下游灾区急需有疗效的、对症的皮肤病药物，抗灾一线的战士和灾区的老百姓患者在期待着我们，灾情病情就是命令，抗灾战友的健康，灾区人民的安危就是我们的责任。他指了指旁边装满肤阴洁及本厂生产的其他消毒药物的车队，说："必须安全、快速、如数将这批药物运送到指定地点，大家准备好了没有？"

"准备好了！"战士们齐声答。高亢的声音在山谷里回响。

莫兆钦眼里噙着泪花，走上前与战士们一一握手，然后把手一挥，发出命令：

"出发！"

启动、鸣笛。抗灾车队，开始了威武雄壮的跨省长途急行军。

经过连续 3 个白昼两个晚上的驰行，车队按时安全抵达目的地。

当源安堂运送药品的车队抵达岳阳大堤抗洪灾区前线时，工地上、军营里沸腾了。部队首长握住莫兆钦及其应急民兵连战士的手，激动得说不出话来，为源安堂药业送来温暖和健康无不为之感动！因为抗洪抢险的战士们和其他地方同志，长时间浸泡水中，患上严重的皮炎、湿疹和"烂裤裆病"，造成下身溃烂、流脓、不舒服的极大痛苦。源安堂药品的到来，是一场及时雨，给抗洪抢险的广大战士和市民群众，消除了痛苦，治愈了疾病。

时任原中央王牌师、123 师师长刘粤军和政委岳世鑫，亲切接见了源安堂公司董事长、人民武装部部长莫兆钦及其抗洪应急民兵连队，并大声说："广西源安堂药业人民武装部，给我们送来了很多非常急需的药品，为我们抗洪战士排忧解难，消除痛苦，支援抢险抗洪第一线，这种无私奉献的精神和真诚感人的行动值得我们学习，鼓励我们继续战斗，直到取得全面抗洪抢险的最后胜利！我代表 123 师、人民解放军向莫兆钦董事长表示衷心的感谢！向源安堂药业人民武装部表示崇高的敬意！"

不久，时任 123 师师长刘粤军和政委岳世鑫，为了宣传表彰莫兆钦及源安堂的抗洪事迹以及为抗洪前线所作出的积极贡献，随即向广州军区请功，要求向广西源安堂药业人民武装部进行大力表彰。后来，广州军区发来表彰专电，授予公司董事长、人民武装部部长莫兆钦"广州军区人武之星"称号。从此，源安堂莫兆钦与时任 123 师师长刘粤军等部队领导，在这次抗洪抢险中结下了深厚的友谊，互相勉励，共同进步，在不同的工作岗位上，继续谱写人生华丽的篇章。

肤阴洁复方黄松洗液和湿巾的特殊疗效在这里又一次得到印证。战士们用了几天后，皮肤炎症得到缓解，经过一段时间持续用药，"烂裤裆"也逐渐痊愈，莫兆钦这才松了一口气。与此同时，全体应急连民兵和一部分青年职工一次性捐资 30 万元，一并送到重灾区，给无家可归的灾民送去救命钱。

第十五章

第四十二节　兼善天下

"人生天地间，若白驹之过隙，忽然而已。"这是老子对宿命世界观的描述。意思是说，人的一生如同阳光穿过墙缝那样短暂。

既然生命如此短暂，那么，宝贵的光阴应当如何度过？子曰："穷则独善其身，达则兼善天下。"莫兆钦在成功之后笃守"兼善天下"的理念。

因为，上帝最眷顾救苦救难的善良人。

莫兆钦的日常生活一直保持着节俭的习惯，在他的人生词典里，找不到奢侈二字。他比别人更明白，一个人，一天只吃三餐饭，无论有多少高级滋补品，琼浆玉液，山珍海味，人身体的吸收能力是有限的；纵有广厦千万间，一人只睡一张床，无论你的居室如何豪华气派，对人的生理、心理的益处也是有限的。历代王侯将相有的堆金砌银，富可敌国，有的骄奢淫逸，享乐无度，如今何处能寻找到他们的踪迹？所谓富不过三代，在中国不乏其例。近些年来，那些靠钻政府空子或通过不正当手段发迹起来的贪官污吏、土豪劣绅和不法商人，有的无法无天，极尽奢靡。有的卷款出国，挥金如土，其结果如何？事实证明，金钱并没有给他们带来快乐、幸福和长寿，为金钱所累，带来的必然是烦恼、痛苦甚至牢狱之灾。

莫兆钦创业30多年来，为社会创造了大量财富，其个人财富也可纳入富翁之列。但他始终保持着清醒的头脑，他有着与那些暴发户全然不同的财富观。他常说，所有的自然人来到这个世界上，都是一种缘分。大富大贵的人、高官厚禄的人、锦衣玉食的人，其实与普通人没什么两样，只是多了一些财富而已。有钱人并不高人一等。那些有钱人动不动显摆出一种财大气粗的派头，瞧不起穷人，实际上是一种无知的表现。莫兆钦痛恨那些为富不仁的人。他说，每当我看到那些在温饱线上挣扎的穷苦人，看到那些拿着大包小包行李，奔波在大街上的打工族，看到那些被子女、被社会遗弃的孤寡老人以及失学儿童，我心里就发酸，就产生了解囊相助的冲动。但这样的弱势者很多，我的能力又有限，就会感到很无奈。每当从电视新闻中看到农民工为讨工钱，给有钱有势的包工头下跪的镜头，就引起我心中的不平和怒火。在中国如果不解决弱势群体的合法报酬问题、不解决劳动者基本的生存问题，不关注寻常百姓的疾苦，要构建法制社会、和谐社会无异于纸上谈兵。

有人说，中国现阶段出现的贫富不均、党群矛盾等社会问题，是改革开放带来的负面影响。莫兆钦并不这样认为。

莫兆钦在广西河池革命老区新农村建设项目开工庆典上发表讲话

在莫兆钦看来，改革开放初期，邓小平提出让一部分人先富起来，是在当时历史条件下的一项破冰之举。几年以后，果然有一部分人通过各种各样的途径完成了资本的原始积累，从贫困群体里脱胎出来，成为中国的第一批"万元户"。这些人有了钱以后，就去从事第二、第三产业等经营活动，从而搞活了万马齐喑的城乡经济。但是让一部分人先富起来，显然不是改革开放的终极目标，而是通过这些人的示范、拉动和助推作用，让他们尚处于贫困线以下的社会成员赶上来，不让一个人掉队，以实现全社会的共同富裕。无论何时何地，那些挣扎在最低水平线上的农村"三缺户"，都需要一部分先富起来的"大款"给予爱心救助，使之走出困境。因此，富裕人群相对集中的商贸界、企业界，理所当然地应成为救助穷人和帮扶弱者的主体。基于这种认识，在弘扬社会公益、扶持弱势群体方面，莫兆钦不仅有先见之明，还身体力行，率先垂范。

他多年默默地支助百色、河池等地一批批失学儿童，就是一个生动的例证。这些孩子中，有的从小学一直帮扶到高中。他们当中，现有 4 人考上了大学，至于支付的资金多少，他自己从未计算过，有人粗略估计，至少在 6 位数以上。2013 年，莫兆钦在长寿之乡巴马调研时，发现有个叫黄甫东的少年，他父亲死于车祸，母亲拉扯他和两个年幼的弟妹，缺吃少穿，一个个面有菜色，黄甫东也被迫辍学。莫兆钦到学校核实情况后，决定以一己之力予以重点扶持。他还得知，除这家以外，还有 4 个适龄儿童因家庭变故失去读书的机会。莫兆钦当场拿出 1 万多元把黄甫东和另外 4 个孩子送到学校，为他们付清了学费、书费，还给了一些零星的生活费用。临别时，莫兆钦向几位家长承诺长期为他们支助书费和日常学习的费用。这些孩子重返校园后，陆续收到莫兆钦汇来的钱物。他们感激之余，给莫兆钦发来短信，表达由衷的谢意。

关于企业扶贫的问题，莫兆钦也有自己的见解。他认为，从事公益事业应是绩优企业经营过程中的一个重要组成部分，不应看作是经营业务以外附带的事情。积德、举善是企业精神的一种体现，企业应对社会有所担当，应该把投入公益事业看作应尽的义务。表面上看，付出似乎是对企业利润和积累的削弱。实际上，付出和获得是相辅相成的，企业对社会公益事业的投入，同时也会得到社会各界包括市场消费群体的反哺。在通常情况下，那些热心参与公益活动的企业，几乎家家都获得了良好的回报。

因为人们都有同样的心理倾向：凡是乐善好施，同情、扶持弱者的企业老总，总是值得信任的。那么，人们自然容易对这家公司的产品产生认同感。这就是所谓的"爱屋及乌"。而那些"拔一毛以利天下而不为"的企业，是不可能做大做强的。经营企业必先经营民心，这是一条普世法则。那些讲义气、扬善举、有"及时雨"名声的企业，总会得道多助的。自古以来，义与利不分家，现代慈善活动更是商家参与市场竞争的战略战术之一。如果一个土豪只顾个人赚钱享受，对周围困难人群毫无恻隐之心，对贫弱者的疾苦视而不见，其结果只能是被孤立，被摒弃，所获得的财富不一定能永远享有，有的甚至沦落为穷光蛋。

莫兆钦30年来立于不败之地的一条生存智慧，就是他从没有把自己置身于社会之外，经常以"饮水思源""达则兼善天下"之类的古训鞭策、勉励自己。"苟富贵，无相忘"，以报效桑梓为责任，为荣耀。

第四十三节　报效桑梓

他是大容山的儿子。

他热爱人民，也热爱家乡。改变家乡一穷二白的面貌，是他毕生的志向。现在，他终于如愿以偿。他多次主持召开公司专题会议，据不完全统计，总捐款捐物达6500多万元，用于家乡的基础设施建设、公益活动、救济扶贫和其他公共事业，惠及了成千上万的人们。

莫兆钦把人生事业的根牢牢扎进桂东南山区，把对家乡的爱、对乡亲的情留在了这片生他养他的土地上。

莫兆钦的家乡中沙镇上国村共有400余户人家，近2000人，祖祖辈辈的生产方式是刀耕火种，居住环境是茅椽蓬牖，长期生活在温饱线以下。中沙镇也是一个穷乡镇，既没有地矿资源，又没有大型企业。1990年以前，全镇财政收入每年不超过25万元，经济指标排名在桂平30个乡镇的倒数第二。

莫兆钦没有嫌弃自己的家乡，他把企业办在家乡这块热土上，是为了改变这里一穷二白的面貌。当源安堂淘到第一桶金的时候，他就做了第一件善事：架桥修路。

中沙镇只有一条区间公路，这条路南起玉林，过北市经中沙，再往北至中和、罗秀抵桂平，这是一条维系大容山联结外界的生命线。以前这条土路有效路面不过 4 米宽，坑洼不平。一到雨天，泥泞盈尺，弯道陡坡处不少路段泥石流挡道，有的地方还被洪水冲垮路基，车辆无法通行，每隔几里就有一段"肠梗阻"。2002 年，莫兆钦决定对这条公路动大手术。他第一个带头首捐 10 万元，10 多个股东和 2000 名员工纷纷慷慨解囊，陆陆续续总共捐出 600 多万元，修成了一条向南向北各 8 公里，有效路面宽 7 米的水泥路。

道路打通以后，还要实现水通、电通、信息通。源安堂分两次共拨出 110 万元，在各自然村挖掘水井，后来又开通了程控电话和宽带网，在山顶上安装了电视差转设备，解决了全村人吃水、通话、看电视和上网的"老大难"问题。

第二件善事是改建上国村小学。上国村小学建在村寨后边的一座山头上，校舍年久失修，教室梁歪瓦破，缺桌少椅；老师宿舍阴暗潮湿，四面漏雨。莫兆钦看到师生在如此艰苦条件下教学，既感动，又心疼，遂下决心出资整修。他到学校查看危房时，跟老师们粗略估算，仅改建教室危房就得 5 万元，还要修建教师宿舍、厨房、置备桌凳等，没有 10 万元拿不下来建校工程。

莫兆钦找股东商量，大家都同意出资建校，只是目前有点困难。股东们说，企业刚刚起步，一时拿不出钱来，建校的事先缓一缓。

莫兆钦心里明白，企业的资金的确很紧张，大家提出等缓口气再说的意见，也有道理，但孩子们读书的事不能缓呀。万一遇到大暴雨，校舍房屋一旦倒坍，后果将不堪设想。正巧在这时，广西壮族自治区政府给他个人颁发了全区"有突出贡献的科技人才"奖，并发给奖金 10 万元。莫兆钦拿到这笔钱后，一分钱也没给自己留下，全部捐给学校。在他捐款这天，他再次召开股东大会，大伙一致同意拨 10 万元用于改建校舍。新的教学楼建起来后，他看到孩子们有了安全的学习、生活环境，心里很踏实。当他看到新教室、办公室空空荡荡，没有教学设备时，又从企业拨出一笔钱，添置了一部分教学设备。

在莫兆钦鼓励下，源安堂股东创办的辉哥幼儿园也是一桩深得民心的善举。经过 15 年的辛勤耕耘，这所幼儿园 2006 年被评为一级幼儿园，2012 年荣获"贵港市示范幼儿园"称号。当年从这里走出去的幼儿，2014 年已有两人风华正茂的大学生，3 人考上了桂平市重点高中。许多外地家长把孩子送来全托。看到孩子们在幼儿园安全、健康、快乐地成长，家长们都很放心、开心。

第三件善事是为村里的剩余劳力谋求出路。

上国村人均只有 5 分地。在 5 分地里刨食不能解决温饱问题，而且只需要半劳力、辅助劳力就行了。因此，有段时间，村里大批精壮劳力窝在家里，不是闲逛胡闹，就是聚在一起打牌赌博，有个别人还染上了偷盗的恶习。莫兆钦把他们组织起来，集中培训。培训合格后，陆续安排他们进厂上班。这些闲散劳动力都很珍惜来之不易的工作，干活很卖力，挣回了比干农活多几倍的收入，同时也大大减少了治安案件。

除了安排村民进厂打工外，莫兆钦还根据企业发展的需要，为村民寻找其他的致富门道。企业生产需要大批中草药原料，就发动农民上山采集。农民采集的药材，随到随收，当场付款。仅此一项，农户们每年平均增加收入一千余元。源安堂需要就近办几个配套的专业小厂，如塑料瓶厂、纸箱厂、商标印刷厂等，他们就物色村里有能力的人筹资办厂；每到旺季，企业的产品外运需要社会车辆加盟，以提高运力，源安堂优先照顾附近的运输专业户，既缓解了企业的运输压力，又帮助他们多挣现钱。

30 多年来，源安堂通过以企带农、以企扶农、以企补农的方式吸引了 30 多家民营企业、100 多家个体工商户落户中沙镇和上国村，形成了以源安堂为中心的药业产业链和医药保健工业园区。目前，聚集在源安堂产业链上就业的劳动力有近 1 万人，每年工资性收入就有 4000 余万元。

也许是莫兆钦从小经历过太多的苦难，承受过无数的跌宕坎坷，从而铸就了他古道热肠、侠肝义胆、济贫扶弱的性格。他不但对过去的患难之交鼎力相助，对所有弱势群体他都满怀慈悲心肠，乐于帮扶。当然，受惠最多的还是家乡父老乡亲。

他把从事扶贫活动的主要途径，放在为困难人群提供创业的条件和机会，帮助他们用智慧和双手提高生存能力，雅称"授人以渔"。

上国村有个复员军人叫杨达江，退伍后一直没有找到合适的生活门路，

2016年秋，莫兆钦参加全国少数民族参观团重走长征路活动时，
在广州黄埔军校与全国少数民族代表团成员合影留念

他多次找民政局安排工作，民政局始终无法解决。

莫兆钦见这个青年为人正派，心窍也活泛，有意扶持他开办一家药瓶厂。没有找到出路的杨达江，一听这话，自然满心欢喜。可是他想到自己一无资金，二无技术，怕揽不下来，急得屋前屋后乱转。莫兆钦看到杨达江有积极性，就亲自带他到广东一家制瓶企业学习工艺流程。回来后，又借给他100万元启动资金，并同他签订协议，将杨达江的药瓶厂作为源安堂的附属企业，产品达标后，由源安堂包销。杨达江将这100万元全部用于建厂房、购设备、引人才，企业很快开工投产。两年以后，他不但还清了借款，而且成了中沙镇的创税大户，还安排了10多名无业青年进厂打工挣钱。

上国村村民黄展江，一心想发家致富，但又不知道干什么最赚钱，便上门找莫兆钦讨见识。莫兆钦知道他办事牢靠，也肯吃苦，有心栽培他。便问道："源安堂长期需要批量的包装纸箱，你办个纸箱厂如何？"黄展江说："这自然是求之不得的，但我没有本钱。"莫兆钦说："我帮你一点，你自己再借一点，先把摊子搭起来，一步一步发展。"黄展江筹到资金后，在中沙镇租了几间厂房，安装了设备，招聘了员工，终于把厂子办成了。几年下来，纸箱厂形成了规模。现在黄展江自己盖起了一排像模像样的厂房，购买了几辆汽车，企业员工由原来的10人增加到30多人。

随着源安堂跨越式发展，带活了周围十里八村。获益最大的当属企业所在地上国村。以前集体连村屋也没有一间，源安堂发展壮大后，斥巨资盖起了村部大楼，开辟了村民体育运动场所和休闲娱乐阵地。每有闲暇，这些亦工亦农青年及老人或举行球类活动或跳广场舞娱乐，各得其所。30多年来，随着企业的日益壮大，村民们的腰袋也鼓起来了。全村90%的农户盖上了新楼房，人均居住面积40多平方米，水泥公路通到了村寨和农户的家门口，不少人家拥有花园式洋房，全村拥有小汽车80多辆，农闲假日开车旅游已成为村民文化生活的常事。源安堂带富了方圆十余里山村，老百姓的日子红火了，打心眼里感谢源安堂，感谢莫兆钦。

年轻时由于违反计生政策失去公职的韦裕平，是当地有名的"秀才"，一直无用武之地。莫兆钦安排他出任公司办公室副主任，负责宣传工作，获得一致好评。几年前，他退休时，利用在源安堂挣、攒的工资和福利收入，在中沙镇盖起了一栋5层楼房。新屋落成时，他自撰一副对联："翻身不忘共产党，安居全靠源安堂。"

有人匡算，源安堂为企业职工、为地方基础设施建设、全国性的救济扶贫以及各种社会公益福利事业，就已达到6000万元。莫兆钦决定，今后这方面还要加大力度。他说，公益事业给社会、企业以及个人所带来的影响是深远的、不可量化的。财富取之于民，用之于民，不能用成本核算的方式来衡量。他还说，慈善事业的开展，对社会经济关系动态平衡的调剂，对员工人文情怀和博爱观念的培养，对企业公信力的提升，其精神价值是不可估量的。让受惠者感到被尊重和温暖，感受到这种受惠里边不仅仅是金钱，还有道义和感情，还有比金钱更重要的人文关怀。人文关怀和爱心传递才是社会和谐的润滑剂。

莫兆钦在一次反腐倡廉会议上声情并茂地说，我创办源安堂30多年了，从开始到现在都在为国家、为地方多做贡献。源安堂的堂，就是堂堂正正的堂，我办企业不搞权钱交易，不搞贪污腐化违法乱纪那一套，也不单纯想着把钱留给子孙。"子孙若如我，留钱做什么？贤而多财，则损其志；子孙不如我，留钱做什么？愚而多财，益增其过。"所以莫兆钦认为，企业的钱多了，必须回报社会。

莫兆钦经常对他曾经一手带出来的"徒弟"们说，你们都是源安堂不断成长的见证人，看着企业一天天发展壮大。我创办源安堂有两条，一条是不违背市场经济规律，一条是不违背人的本性。我是企业老总，你们是农民兼职工，我天天吃大肉，让你们天天喝稀粥行吗？不行，得带领大家一块富。还有一条是源安堂有三个责任，一是发展生产力，为国家多纳税。长期以来，源安堂交纳的税收，比地方所有民营企业的总和还多。第二，解决社会就业，源安堂解决中沙镇及全国市场营销一线上万人就业，包括进厂打工，创办二三产业，建立各省销售办事处，从事市场销售工作。因此，人活在世，千万不要搞一家饱暖千家怨，要"大庇天下寒室俱欢颜"。

《红楼梦》的开篇说得好："世上都晓神仙好，唯有功名忘不了，古今将相今何在？荒冢一堆草没了！世上都晓神仙好，唯有金银忘不了！生时只恨聚无多，待到多时眼闭了！"是啊，企业家的第一要务是发展生产，壮大企业，首要任务是做生意赚钱，实现资本最大化，一变十，十变百，颗颗珍珠落玉盘。但是，千万不要忘记，企业家身上是负有社会责任的，他们的重要目标是实现民康物阜，造福于民，财富与员工共享，散尽千金报乡亲。

第四十四节　情系西部

他是爱的使者。

莫兆钦怀着一颗感恩之心走遍千山万水，访贫问苦，反哺社会，凝聚团队。在抗灾一线、失学儿童和贫困人群中有他忙碌的身影和灿烂的笑容。

他还把公益目光投入到苏区、老区和山区。鄂东红安、陇南华池和黔贵苗寨都留下了他的足迹。

2003 年夏秋之交，河西走廊和风送爽。莫兆钦率源安堂一行从广西出发，跨越千山万水抵达甘肃省华池县。华池地处陇东黄土高原的沟壑区，海拔1700多米，年降雨量不足400毫米。这里是黄河文化的发祥地、周朝先祖的定居地、先民农耕文化的起源地，这里也是中国传统医药的故乡，开创"岐黄之术"的岐伯就是在这里建立基业的。这里还是陕甘边区革命委员会、边区苏维埃军事革命委员会所在地。1934年，老一辈无产阶级革命家习仲勋和刘志丹在此领导建立了革命根据地，开展艰苦卓绝的革命斗争。中国工农红军第一方面军长征在此扎营整编，部署新的征程。

华池境内，梁、峁、沟、壑纵横交错，地形复杂，地貌奇崛。长期生活在沟壑梁峁中的陇东人民，依山就势筑成地下庭院式住宅，这种民居建筑堪称一绝，让中外宾客叹为观止。

公司董事长莫兆钦（中）和时任公司副总经理杨铭（右）抗洪期间向贵港武警赠送药品

莫兆钦一行驱车来到华池县偏远贫困的紫坊乡。此时正值旱季，沿途峁上塬上植被稀疏，零零星星的沙棘、刺槐和芨芨草在西北风中摇曳。公路两旁的退耕地上，土豆秧苗奄拉着脑袋，除了偶尔冒出一些仍在顽强生长的独苗外，远近一带完全是一片荒山秃岭的景象。这充分证明，由于大旱，今年的粮食和小杂粮基本绝收。

到了目的地，莫兆钦一行沿着一条小路步行进村。每走一步，脚下都会扬起一团尘土。在一处坡坎上，不知什么时候冒出来一群灰头土脸的孩子，还有几头瘦骨嶙峋的山羊，一个个瞪着好奇的眼睛注视着这群陌生的来客。莫兆钦一行来到一排低矮的房屋前，只见每间屋子的房顶上都铺上了塑料薄膜，塑料薄膜很宽很长，从房顶上一直延伸到院场里一个大坑洞里。莫兆钦和同行的南方人很惊奇。陪同他们的县乡干部介绍说，这口大坑洞是农户的储水窖。水窖深 4 米，底径宽 3 至 5 平方米不等，里边用石头、水泥垒结实，不能从窖壁渗水。每逢下雨天，就用塑料薄膜把屋顶上的雨水集聚起来流进水窖，储存备用。

由于干旱少雨，地下水源枯竭，不得不用这种办法解决人畜饮用水的困难。一般五口之家，一天只用两脸盆水。一盆水供全家人饮用和做饭，另一盆先供全家人洗脸，洗完脸再洗衣服，洗完衣服后还要用来喂牲口。在华池县紫坊乡，像这样的水窖，不见得家家都能砌得起，水窖储量大一点的人家，就称得上是"富人"了。挖一口水窖，需要耗资 2000 元，半数农户是拿不出这笔钱的。没钱挖水窖的人家，只好搭乘别人的农用车到 10 多公里外的河谷里取水。遇到大旱，取水还得掏钱，等于买水。到塬下河谷里买水，最贵时每立方米要价为 28 元，加上往来车马费，没有 30 元下不来。在这里，水成了人们评判事理的价值标准。女青年谈婚论嫁时，第一句话必然要问：有水没有？有水的人家是她们的首选。

听了当地干部的介绍，目睹了老百姓的生存状况，莫兆钦感慨地说："真是不到陇东不知道水贵，不到华池就不会感受到老百姓盼水的故事如此让人心酸。"

莫兆钦与原公司办公室主任李武森一连走访了 10 多家农户，见有的确因资金困难打不起集雨窖的，当即拿出 3 万元现金，为这些特困户救急。这笔钱数额虽然不大，但可以缓解 10 多户人家人畜饮水的困难。在访问的过程中，有一群天真的儿童和看样子没什么文化的妇女跟在后面凑热闹。当得知这些儿童都因交不起学费而辍学在家时，莫兆钦让村里干部作一个登记，给每个失学小孩八百元现金，让他们报名上学。

作为制药企业的老总，莫兆钦十分关心当地医疗卫生状况和妇女健康问题。陪同的县乡妇联干部介绍说，紫坊乡是妇科疾病多发的地区，妇女阴道滴虫、宫颈糜烂、各种妇科炎症发病率较高，由于缺医少药，加上观念落后，以致病情加重、蔓延，给妇女健康带来严重威胁，有些常见病拖延演变为顽症甚至癌症。

莫兆钦吩咐随行人员，将随车带来的一批肤阴洁黄复方松洗液、湿巾等药品分发给患病妇女。并建议县、乡、村三级妇联干部对妇科病患者进行造册登记，列入源安堂扶救计划，陆续为她们寄送药品，帮助她们尽早摆脱病痛，恢复健康。回去以后，源安堂人践行诺言，源源不断地将药品寄送到位。

在去华池之前，莫兆钦还考察了贵州一批国有企业下岗职工和工会组织，免费开展妇科病检查，向1000多名患者提供药品3200余件。

当年冬季，莫兆钦与中央慰问团的领导和中共湖北省委书记贾志杰40余人，深入老革命根据地湖北省红安县。红安县地处鄂东丘陵，是红色摇篮，革命圣地。"铜锣一响，男人打仗，妇女送饭。"红安又是当年黄麻起义，二师突围的指挥中枢所在地，是驰誉世界的"将军县"。大革命时期，从这块热土上先后走出了200余位中国人民解放军将军，诞生了董必武、李先念两位共和国政府首脑。

莫兆钦怀着崇敬的心情访问了七里坪、觅儿、高桥、永河等乡镇，访问了苏维埃政权旧址和列宁小学，瞻仰了董必武故居，慰问了一批革命烈属和"红色后代"。他沿途不断向烈士家属和贫困学生捐钱捐物，还为当地群众捐赠了30多万元的药品。

源安堂成立30年来，全国许多老少边穷地区都有莫兆钦播撒爱心的身影，留下了源安堂人投身公益事业的足迹，他们在辽宁、安徽、重庆、甘肃、湖北捐赠了总计100多万元的资金和药品；在首都北京，源安堂为弱势群体打工妹免费查治妇科病，为近2000名重症患者安排指定医院免费治疗。

第十六章

第四十五节　平民市长

古云：官肯勤政一分，民受十分惠；上若贪敛，民遭百倍灾。这是古代的一则民谚，意思是说官府清廉，百姓受益；衙门浑浊，百姓遭殃。古今同理。

莫兆钦的为官之道，正是人民群众欢迎的勤政、廉政、爱民、惠民的清官之道。

马太效应说，一个人走上背运，各种倒霉的事会聚集一起向他袭来；当一个人跑红走运时，有许多意外的收获和惊喜往往会伴之而来，集好事于一身。莫兆钦的一生，走过一些背运，但有时也会碰到幸运。背运前文已有陈述，这里单说他跑红走运的经历。

在企业越办越红火，各种荣誉纷至沓来的时候，中共玉林地委册封莫兆钦为县级领导干部，任命莫兆钦为桂平市市长助理。乡镇企业老总被册封为县级领导干部，在桂平的历史上是绝无仅有的。虽然是经过上级组织部门考察，经过红头文件任命的县官，但莫兆钦仍没有卸下源安堂公司董事长的担子。莫兆钦说，为官一任，致富一方。不是为了个人捞取好处。他主动提出，不从市县财政领取工资。这就是说，莫兆钦想当一个"背米袋子的清官"。

当上县级领导干部，莫兆钦仿佛一夜之间就平步青云，你说是不是马太效应的桂平版？当时桂平官场上有人不服，提出企业厂长不能"双肩挑"。事情也巧了，正当上级组织部门在考虑"让企业家出任县级领导干部是否符合政策"的问题时，恰逢时任自治区党委书记曹伯纯来桂平视察工作。

曹书记经过调查研究，明确指示说，人家莫兆钦在干企业之前就是编制内人员，又没有犯法被开除，怎么不能担任领导干部？一句话让反对者闭了嘴。

90年代初期，在玉林地区桂平市官场，贪腐者有之，廉洁、勤政、亲民者亦有之。莫兆钦被列为清官一类，他的一些官场轶事在城乡百姓中广为流传。老百姓有冤屈，愿意找他倾诉，社会上有不平事，总有人找他去解决。

莫兆钦有一种与生俱来的"平民风格"与"草根情怀"。市长助理任上，他须臾也离不开乡土和群众。

源安堂公司门前有一条小河，河对岸的小山坡上有一片小树林。树上有应季美果、四时鲜花。每当下班后，三三五五的员工，提着小板凳，坐在树林里赏心闲聊。他们一边尝着鲜果，吃着农家的烤红薯，一边说笑。清风徐来，轻轻摇动着花草、树叶，令人心旷神怡。有时兴致来了，哼上几句采茶腔，或侃上一段古今笑话，其乐融融，工作的疲劳顿时缓解了许多。

莫兆钦休息时间从桂平赶回老家上国村经常过去凑热闹。据说，置身这样的环境，能使人解除疲劳，活跃身心。尤其与企业职工、邻里在一起，他有一种亲切感，显得舒坦惬意。即使当市长助理也不改他的乡情。人们都说，莫兆钦即使当了县级领导干部，仍然像脚下的这块土地一样朴实低调，仍然保持着平民的情结。每逢从外地工作回到村里，碰到老人、熟人他都主动打招呼，问长问短，还经常到左邻右舍坐一坐，遇到有困难的，主动帮助解决。

他把在一线挥汗顶班的员工看作企业最大的财富。他说，"一日之交，终生为友"，与大家共事一场，是一种缘分。对打工者、农民或其他弱势群体，他从不歧视，不摆官架子；对得罪过他的人，不记恨，更不搞打击报复那一套。

莫兆钦的这种"平民情结"和"草根情怀"，代表了一种"官场文化"。在这种平等、宽松、和谐的氛围中，为培植人民群众的主人公精神和民主意识，提供了适宜的气候和土壤。莫兆钦很重视来自第一线的意见和声音。他认为政府日常事务性工作和行政管理，都要扎根基层，接地气，上边的决策再好，也要落实到村组农户，要拿到群众改革实践中验证。常常有

90% 以上的细节问题和改进机会，是高层领导者无法看到的。恰恰是处在各个环节中的乡、村、党员干部和普通群众，最能洞察其中的问题。正如毛泽东曾断言那样"卑贱者最聪明"。如果这些人长期处在一种不被尊重、不被信任、不被肯定的状态下，就没有人愿意把自己内心的想法、意见和建议提出来，也就不能沟通隔阂、消除误解，久而久之，党群关系就会因平时一个个细小问题造成大的隐患，以至积重难返，酿成群体性事件。

莫兆钦的执政理念和方法，还有一个显著特点，就是在他分管的部办委局和乡镇中，允许各种思想、各种方案登台亮相，不搞一言堂。在一项决策出台之前，他认真听取多种实施方案，鼓励多种操作方式相互比较、碰撞，多种观点相互争论、摩擦。莫兆钦广开言路，博采众长。每到一处，他都愿意听取各种不同的声音，发掘每个人的才智，从而避免了诸多失误，

源安堂药业董事长莫兆钦（右）接受人民网记者的专访

杜绝了许多漏洞。莫兆钦把思想言论的自由，看成政府行为的动力之源，他不允许他的属下在工作中出现专制独裁、拍脑袋决策的官僚主义作风。因此，在他分管的领域，既没有特权，也没有不受制度和法纪约束的特殊党员干部，只有职责分明、互助合作的工作关系。这是莫兆钦处理人际关系的标准和风格。

桂平的群众对莫兆钦的评价还有一条就是：他不像一些暴发户那样"一阔脸就变"。他身居高位，却始终保持着清廉的本色，不贪财，不受礼，不搞拉拉扯扯、团团伙伙那一套。就在他上任的第二年，桂平的一些干部想跟他拉上关系，纷纷把红包、礼品送上门，被莫兆钦一一退回。对个别赖着不走的送礼者，莫兆钦警告说："你再不把钱物拿回去，我就拿到纪委、检察院，到时看你脸面往哪里搁！"他把话说得这么硬，谁还敢赖着不把钱物拿回去？

在桂平城区有一个"富二代"很邪门，想利用莫兆钦捞浮油。他三番五次找上门来，满脸堆笑地对莫兆钦说："莫市长，源安堂是你创办起来的，现在肤阴洁又贵又俏，你开个白条，提几百件药品，我去推销，事成后，你得大头，我也跟你沾点光行不？"

莫兆钦知道这人在上头有些背景，听说他靠官商勾结发了横财，现在又想在自己头上打主意。听了他的屁话，莫兆钦气得怒发冲冠。于是对他吼道："你说的是人话吗？党有党纪，国有国法，你再动歪脑筋，我马上通知公安把你关起来！"那人知道莫市长是个说一不二的人，心虚胆怯，狼狈不堪地溜走了。

莫兆钦对不法分子横眉冷对，对老百姓俯首为牛。远近群众见莫市长热心为老百姓办事，有事都愿意找他商量，只要不违背原则，老莫热心快肠地照办不误。对远道的来者，还自己掏腰包为他们付乘车钱，有人感到过意不去，就买烟酒酬谢他，也被他一一劝回。

过年的时候，人们都知道莫市长的脾性，不敢给他送钱送物，就写了一副对联在他家厅堂上：克己为民，一身正气；秉公执政，两袖清风。至今，他仍把这副对联挂在厅堂里，用以自勉。

在担任市长助理的任上，莫兆钦的足迹踏遍了桂平30个乡镇的山山水水，走访了数百个村寨和农户。他一身布衣，两袖清风。从桂平市长助理到自治区省府任职，经组织上调查审计，结论是：莫兆钦在桂平工作，房无一间，地无一垅，抱一颗执政为民的热心而来，不带一草一木而去。

第四十六节　二访穷乡

那时的紫荆镇，山高水冷，信息封闭，交通阻塞，老百姓苦不堪言。莫兆钦上任伊始，两进山寨，助民致富。他发动群众，广辟门道，因地制宜，开展多种经营。组织农户科学营林，四旁绿化，经济生态效益获得双丰收。

在他的悉心帮助下，紫荆镇一批赤贫户短短几年内摘掉了贫困帽子。

紫荆镇是少数民族聚居的偏远山镇，全镇百十个村落零零散散分布在高寒的紫荆寨上。世代山民靠土里刨食为生。由于山高水冷，土地贫瘠，粮食产量低，副业门路少，家家户户穷得叮当响。农业联产承包责任前，这里用钱靠救济，吃粮靠返销。改革开放后，农户景况稍好一些，但比起山寨下边，有天壤之别。派去的乡镇干部悚于寨上恶劣的自然条件，感到无所作为，干不了几天就要求调离。至于教育医疗和交通条件，更是差得离谱。

莫兆钦出任市长助理没几天，就了解到紫荆镇的情况。在政府领导分工会议上，他选定条件最艰苦的紫荆镇作为自己的工作重点和帮扶对象。经县委、县府同意，他顾不得回老家一趟，就迫不及待往紫荆山里跑。紫荆寨的路弯弯曲曲，别说行车，就是徒步行走都很困难。莫兆钦头戴笠帽，脚蹬解放鞋，一路坎坷，步行20多里，终于攀上了高寒的山村。他在村头吸了支烟，喝了杯水，就找"三缺户"调查情况。在调查中，所见所闻比想象的还要落后贫穷。

改革开放10余年了，别的乡镇都摘掉了穷帽子。可是，这里山河依旧，面貌未改。我们欠下紫荆老百姓的太多太多哇。那些日子，莫兆钦的心里总是沉甸甸的，眉头拧成个死疙瘩。他看到山上乱石遍布，杂草丛生，农民种植玉米、生姜，要在石缝中挖坑下种；在山洼地带的缓坡上，木薯、土豆等粮食作物要比山下迟一个农时。加上交通阻塞，信息封闭，要改变贫穷落后的面貌困难重重。

莫兆钦回到城里，将调查的情况在政府办公会上作了详细的汇报，并阐明了自己的想法。他的意见是，过去政府对紫荆镇困难户一贯采取发放救济款和返销粮的办法。实践证明，单靠送救济款物的办法，只能解决燃眉之急，而非长久之计；只能解决少数特困户，而不能照顾处在贫困线下的大多数农户。过去的老办法，可以说是懒办法。现在不仅要授之以鱼，更要授之以渔。把网交给群众，把技术送上山去，让困难人群自己掌握"捕鱼"的技能，这才是治本之策。授人以渔要因地制宜。帮助当地群众选好致富门路，尊重群众的意愿，不能拍脑袋行事，更不能强迫命令，搞一刀切。莫兆钦的意见引起了重视。他揣着政府拨出的7万元钱，再次返回紫荆寨。这次他在山里住了些日子，一边筹划修筑一条通往山外的简易公路，一边帮助农户调整种植业结构。

莫兆钦（左）在"中沙镇首届杜鹃花节暨源安堂药业成立20周年庆典"之际接受广西电视台记者的专访

莫兆钦根据山区的自然条件和岗地土壤结构，动员农民大量种植经济作物，利用闲散地块和田埂扩大生姜种植面积，山上炸石抽槽，以及利用"四旁"广植八角、桂树。他了解到许多农户进购种苗本钱不够，就按各村上报的困难户、"三缺户"名单，从扶贫资金中拿出 5 万元分发到户，余下 2 万元投入修路工程。区区 5 万元买种苗，仍然是杯水车薪，他就自己掏出 5 万元作补贴，由村组集中采购，购回了一批生姜和八角种苗，分发给广大农户，为全镇一部分困难农户找到了一条生财之道。

到了秋后生姜面市的季节，莫兆钦又通过各种关系，为种姜农户疏通了销售渠道。几年后，紫荆镇种植生姜、八角和桂皮的农户发展到了数百户，其中半数摆脱了贫困，100 多户有能力供养子女上高中、大学，使这个镇的 5 个村跃升为桂平市下中等生活水平的林特专业村。村民手头活了，开始尝试创办企业。莫兆钦鼓励和帮助几个脑子活泛的青年人，就地取材，开办八角、生姜的初加工，使农产品由粗放经营到公司化运作，提高了产品的附加值。

桂东南地区四季温润多雨，适于亚热带常绿作物生长，许多农民有在宅前屋后种果树、种药材的习惯。但由于长时间"近亲"繁殖，品种退化，水果树和药材的质量和产量都不高。莫兆钦请来技术人员，引入外地品种进行嫁接，同时改变传统的种植模式，使桂圆、荔枝、油桐、香柚和中药材的质量、产量都有不同程度的提高。莫兆钦又让镇里出面开办多种经营技术培训班，让更多农民掌握新技术，树立新观念，事实证明，只有用科学技术武装农民，才能提高农业生产力。在这方面，紫荆镇提供了鲜明的例证。过去，连片山寨上只有单一的马尾松林，在科学营林和产业结构调整中，逐步改造成为经济林、用材林、风景林相配套，乔、灌、草相结合的生态林地。不仅增加了承包户的收入，还为山区调节气候、涵养水土、保持生态平衡发挥了作用。每当人们徜徉在这片富有亚热带风情的自然生态怀抱的时候，无不交口称赞当年莫市长带来的利在当代、荫庇后代的功德。

第四十七节 三问"石龙"

"石龙"过去是一条"懒龙"。农民吃粮靠返销，用钱靠救济，家家户户穷得叮当响。人们头脑中不思进取、无所作为的思想观念，束缚了他们的手脚，乃至20世纪90年代仍然守着金窝银窝受穷苦。

莫副市长上任后，三上石龙镇，几年工夫，"懒龙"大翻身，旧貌换新颜。

石龙镇也是桂平市远近有名的穷乡，乡干部年年盼望上边拨扶贫款下来救急。有时，政府救济款没及时送到，农民就发牢骚："政府搞邪了，救济款还不发下来，我们还等着花销哩！"在这种等、靠、要的思想支配下，许多农户不思进取，更不想自力更生打翻身仗。莫兆钦到任后，就专程到石龙镇走了一趟。

2016年国家民委组织全国少数民族参观团重走长征路时，国家民委主任巴特尔（左四）与莫兆钦（左二）等广西少数民族代表合影留念

　　石龙镇的干部以为新上任的市长助理是来给他们送扶贫款的，见到莫兆钦一个个高兴得咧开了嘴。谁知莫兆钦一分钱也没给他们带来，而是让他们领着到田垅地头东走西逛。

　　逛的时候，陪同的干部一个劲向他诉苦：说学校校舍如何破旧要重建，说乡间道路如何坑洼不平要填修，说有几个村的村公所房屋裂了大缝，要拨点经费修一下。莫兆钦一句话也没搭腔，任凭这帮干部哭穷。突然，他看到有个农民在一片荒河滩上养鸭，顿时，两眼放光，问："这地方老百姓有养鸭的传统吧？"

　　有个干部连忙回答说："莫市长，说句难听的话，这穷地方啥也没有，庄户人都拿鸭屁股当银行哩。鸭蛋也不舍得吃，全拿去换回油盐呢。"

　　莫兆钦点了点头，又指着远近一带长满芦苇蒿草的河滩、塘坝和山埂问："这片荒滩和水塘有多少面积？"这几个干部的回答都不一样，有的说三五百亩，有的说至少有一千多亩。

　　"为什么不开发出来办鸭场，白白荒废在那里多可惜！"

　　"是，是。市领导的指示我们一定照办，只是开发这荒滩少不了得要十几、二十几万块钱，这资金……"乡干部说到这儿，见莫兆钦拿出一支烟，连忙掏出打火机，叭的一声给他点上。

　　莫兆钦吐出一口烟雾说："开发资金市里有困难，我也不给你许愿表态。"莫兆钦停了一下，望着戏水的鸭群和塘里泛起的层层波纹。接着说："如果能把这片荒滩死水盘活，让人看到点苗头，兴许还有希望争取到一点启动资金。"

　　有个干部听出来了，莫市长已经把话挑明了，只要照办，这资金的事肯定有戏。他走到莫兆钦身边，躬着腰说："怎么盘法？市长尽管吩咐，我们一定照办。"由于有点激动，说话时他的眼睛和眉毛快要挤到一起，吐沫星子如雨点般喷在老莫的腮帮上。

　　"下去摸一下底，看愿意办家庭养鸭场的有多少户，各户要求办多大规模，需要多少面积。一定要落实到户，下个月把摸底调查的情况交给我。"

　　莫兆钦第二次到石龙镇的时候，带来了 15 万元开发资金，这笔钱是他以个人名义从农业银行贷的。他计划用来帮助农民开办养殖场。这次来到石龙，他连镇政府的门也没迈进，干脆在荒滩附近农户家住下来，帮助农户实施筹建鸭场。他仔细琢磨了，镇里提供的"入户摸底花名册"，计划先做试点，取得经验，然后大面积推广。他先拿出小部分资金，建成了100亩肉鸭养殖场，划成若干地块，分包给几个懂技术、会管理的养鸭专业户。一年下来，共获得毛收入80万元。养鸭专业户尝到了甜头，要求扩大养殖规模，滩涂附近的村民见养鸭有来头，也纷纷提出承包荒滩的要求。莫兆钦拿出剩余的贷款，撒胡椒面一样分摊到户。不够的部分，由农户自筹。

第三年的春天，莫兆钦又来到了石龙镇。这是他第三次光临这片荒滩了。不过这次荒滩改变了模样。蒿草已被砍掉，一排鸭棚沿着塘埂一字儿排开，远远望去，气派非凡。一群人围着鸭棚边转了一遍，鸭子受了惊吓，嘎嘎叫起来，此起彼伏。莫兆钦钻进养鸭户的棚屋里，挨家挨户摸底调查。发现大部分农户遇到了瓶颈问题，鸭棚建成半拉子工程，买鸭苗的钱也不够，鸭子饲料、疫病防治等问题也亟待解决。

回到县里，他亲自策划方案，结合农田水利基本建设工程，将养殖场面积扩大到1000亩，并按照生态环保建设的总体要求，筹划建成大型立体养殖场。又根据乡政府摸底办家庭养鸭场的农户花名册，从产业结构调整专项资金里划拨一部分特事特办，用于石龙镇养鸭业，直接把这批专项资金发放到他们手中。第二年春季，农户们建成了家庭养殖场。有的养鸭人把盖房的木料、红砖拿出来，盖成了结实的鸭舍；有的把全家老小迁过来，打算以养鸭为生。为了提高养殖技术，乡里编印了小册子，分发给养鸭人。大部分养鸭专业户改变了传统的让鸭自己到处找食的饲养方法，开始用自制的精饲料和自种的青饲料配方喂养，还有不少青年人买回了饲养肉鸭的技术资料，依靠科学技术提高肉鸭的品质和产量。

如今，石龙镇这个大型养殖场正在发挥着日益增长的效益，成了养殖户增收致富的聚宝盆。莫兆钦有事没事也喜欢到这里来转转看看，那些养殖户一见到莫兆钦，都要把他迎进棚屋里，亲热得像一家人。莫兆钦看着鸭农的光景一天比一天好，风趣地说："你们这是猪八戒啃猪蹄，自己享自己的福！"谈笑间，正逢鸭子觅食时间，一群雏鸭从棚子里出来，扭动着肥嫩的身体，纷纷滑进一池春水，这时候，他的脸上露出了灿烂的笑纹，像池塘里的波纹一样久久不散。而今的石龙镇，在莫兆钦的眼前，已呈现出一派生机勃勃、欣欣向荣的景象。

第十七章

第四十八节　为民请命

乡干部占山为王，在辖区剪径设卡，敛财自肥。林区老百姓苦不堪言，状告无门。"莫青天"受命于危难，手执市委书记交给的"尚方宝剑"，决心体察民冤，斩断黑手，为民请命。

莫兆钦走马上任的第二年春天，市委书记李奕权找他谈话，安排他继续分管全市乡镇企业和教育卫生工作。李书记强调说，分工不等于包干，在工作中遇到了带普遍倾向性的问题，不管是哪一个部分，哪一条战线，都应该过问。比如，那些年林业管理混乱，各地诸侯称霸，"三乱"问题突出，遇到这类情况你都可以过问。尤其是对干部侵犯老百姓利益的违法乱纪行为，不但可以"越权"，还可以先斩后奏。李书记十分欣赏莫兆钦敢于碰硬的性格和快刀斩乱麻的作风。

正当莫兆钦踌躇满志的时候，有一件人们谈虎色变的老大难问题，撞到了他的枪口上。

桂平有座风景秀丽的龙凤山，龙凤山下有个龙凤乡。这个乡既是山区，又是库区，全乡2000多户人家，80%生活在全市水平线以下，每年财政收入还不够发放全乡公职人员和教师工资的。乡政府领导成天挖空心思搞"创收"。有个副书记想到了一个创收的好主意，在通往山外的路口设立一个木材管理站，从这里出山的木材，都要交纳一定的"管理费"，收费标准由乡里确定。乡党委和政府的"一班人"认为这是一个创收的好门路，在几个干部的张罗下，收费站很快建立起来了。乡党委书记指派自己的一个无业在家的亲戚担任副站长，全权负责收费事宜。这个副站长无视法纪，在地方称王称霸,人称"南霸天"。

木材管理站设立以后,老百姓叫苦连天。本来山区田地少,大部分人家以营林为生。人们从自己经营的林地里采伐木材,砍伐后,整理成圆木送到市场上去销售。从砍伐到上市,都要经市林政部门审批,照章纳税。现在这个乡又设站收费,无缘无故又多了一笔开支。因此,林业承包户实际上要交纳双倍的税费。

莫兆钦(主席台左三)在2016年广西民族文化发展研究会第二届选举大会上发布讲话,并当选为本届研究会主席

老百姓不堪重负,纷纷向乡政府、市林业局反映"南霸天"设卡乱收费的问题,结果一次次上访无功而返,一封封信函,石沉大海。人们不得不到市里去上访,当面向领导反映情况。有几位市领导明知龙凤乡个别干部背后支持收费站敲诈老百姓,但又听说"南霸天"在自治区有硬后台,怕弄不好惹一身臊,也就睁一只眼闭一只眼,不闻不问。时间久了,收费站更加肆无忌惮。

老百姓打听到新近到任的莫市长是条硬汉,既正直无邪,又敢作敢为,都想见见这位"莫青天"。

一天,莫兆钦在政府办公大楼自己的办公室里翻阅文件,忽然听到有敲门声。秘书开门一看，有一位老农站在门口，说是有事找莫市长面谈。

莫兆钦自从担任市长助理以后，每个月花三分之一时间在机关办公，三分之一时间下乡调查研究，三分之一时间回源安堂公司。在市政府机关工作时，无论如何繁忙，只要有客人求见，他都要放下手中的工作，亲自接待。尤其是来自贫困山区的农民，老莫更愿意与他们促膝谈心，详细了解他们的困难和问题。作为一个县官，他一点架子也没有。群众有困难，有心里话，都愿意向他倾诉。

秘书把那位老农请进办公室，让座、倒茶、敬烟。莫兆钦坐在老汉对面，静静地听他反映情况。他一边听，一边问，还不时作记录。

谈话中，莫兆钦得知，老汉名叫曾祖祥，桂平市山崖村人，60年代全县劳动模范。改革开放以后，乡里调整了种植业结构，他承包了几十亩山林。老汉领着全家人勤扒苦做，几年下来，把这片速生用材林务作得有模有样，木材蓄积量比大集体时翻了三番。今年夏至刚过，曾老汉见树木长得太密，不利于林木成材和秋后森林防火，必须打通风道。就把灌木和茅草砍掉一部分，又间伐了15立方米歪脖子杂木。在林政部门办妥了手续后，就把一部分木材装上手扶拖拉机准备运到玉林的木材市场去销售。哪料到被木材管理站卡住了，强迫老曾交这费那费，不然，就要把木材没收归公。

曾祖祥拿出林业局开具的"砍伐证"和收款票据，那个"南霸天"看也不看，只管要钱。曾老汉性子倔，就跟他争吵起来。结果卡下了他的木材不说，还把他关押在收费站的一间小屋里。曾老汉家里人闻讯赶来，向乡干部求饶，得到的答复是一手交钱，一手放人。无奈，曾家出了200元，交了"罚款"，才放人放货。这200元相当于木材出售后赚回的全部收入，砍伐运输的人工费还不算在内。曾祖祥回家后，越想越怄气，总想讨个公道。在大伙指点下，他搭车来到县政府，找"莫青天"申冤。

莫兆钦听完曾祖祥的倾诉，心里像有一团怒火在燃烧。改革开放以来，中央三令五申减轻农民负担，各级政府要为老百姓"松绑"减负，可是中央的政策到了下边就变味了。不但变了味，有的地方还反其道而行之，龙凤乡收费站就是一个唱反调的典型。乡政府有什么权力设卡建收费站？乡政府的花销能靠强行收缴"过路费"来补充吗？这与拦路抢劫、敲诈勒索有什么区别？不仅没有区别，而且更加恶劣！用强势权力来欺诈弱势百姓，必然带来党群关系对立，社会矛盾加剧，甚至会引发恶性的社会群体事件。

在曾老汉面前，莫兆钦强压怒火，以平静的口气对他说："你反映的情况很重要，我会抽时间下去作实地调查，然后再据实做出处理。"他还再三叮嘱不要到收费站去找他们闹腾，要相信人民政府，政府管不了，还有法律。

莫兆钦吩咐秘书把曾老汉送出门，给了他回程的车票。老汉再三道谢，告辞而去。

第四十九节　拆卡除恶

莫兆钦置身虎穴，卧底调查，掌握了铁证。对盘踞多年欺压百姓的黑恶势力及其幕后的"保护伞"，一并绳之以法。

一时间，"莫青天降伏南霸天"的轶事趣事在桂东南民间广为传诵。

过了些时日，莫兆钦只身出门，他一身短打，布衣草帽，坐班车，又转搭顺道的手扶拖拉机，再走过长长的一段盘山路，来到龙凤乡木材管理站。

木材管理站设在一个丁字路口，从水库放排运来和从山里那条土路上用手扶拖拉机、板车运来的木材，都要经过这个路口，这是林区通往山外的唯一通道。

时逢农历七月，暑热难挡，山沟里就像蒸笼一样，莫兆钦的额头上、面颊上，热汗如雨。

他站在路旁，摘下草帽，一边不停地煽风，一边观看地形地段。不一会儿，从山崖那边小路上过来两辆运木材的板车，停在站前铁栏边，有两个人站在当口处挨个收费。车主交费后，收费员把手一挥，让木材车过关上路。

快到午后了，又有一老一少两个人运送一车木材来到管理站。莫兆钦

莫兆钦 2016 年秋在北京天安门城楼上

走到收费站旁，只见一个 30 多岁的壮汉从一间屋里出来，拦住车子要钱。可能是收费太高，老汉一个劲讨价还价。还说："站长，你当官的吃肉，也得让俺老百姓喝口粥吧。"谁知这句话却把那个被称作站长的收费员给惹恼火了，他一转身，回到办公室，把一老一少两个人晾在关卡边，进退两难。老汉嘴里嘟嘟囔囔骂了几句脏话。没料到，站长从屋里冲出来，挥拳就打。老人躲闪不及，被打得跌倒在地，嘴角流血。站在老人身边的小伙子上前揪住那个站长，要跟他拼命。站长喊了一声："来人呀！"，不知从哪里冲出几个壮汉，对着年轻人一阵拳打脚踢，一边打，一边把一老一小，推进一间小屋关起来。

　　莫兆钦再也忍不住了，他上前一声厉喝："都给我住手！谁给你们行凶打人的权力？你们简直是无法无天！"站长见有人敢对他顶嘴说硬话，指着莫兆钦的脑门吼叫着："他们抗费不交，还妨碍公务，应当受到制裁，这与你有什么关系？你给我少管闲事！"莫兆钦反驳说："你知法犯法，还不许别人说句公道话？"那个站长再次被惹恼火了，把手一挥说："老子在这儿设卡五六年了，从没遇到过敢出词吐气说个不的。你是哪一路的神，敢到我的地盘上发狠，给我关起来！"莫兆钦被几个大汉推推搡搡关进了那间小屋，门外还上了锁。在站长带着几个人转身离开小屋的时候，莫兆钦冲着门外喊道："你们听着，把我们关押起来很容易，到时候放出来恐怕就不那么容易了！"

那个站长就是人们所说的"南霸天"。他虽然是个粗鲁人，但听了这话也有些犯嘀咕：莫非这个人有什么来头吗？一般老百姓的口气不可能这么强硬。他仿佛记起来了，这个人面相有点熟，好像在电视上见过。但电视上播出的是源安堂药厂的董事长，又兼任了市长助理。电视上市长助理西装革履，风度翩翩，而眼前这个人穿戴土里土气，没有官样儿，倒像个地道的农民。如果真是个大干部，这么大热天气，不会到这深山野岭来受罪的。但转念一想，万一真的碰上一个微服私访的"包公"，自己会吃不了兜着走的。想到这里，他三步并作两步向乡政府赶去，急着要把这个人身份弄清楚。

七月的山乡骄阳似火。莫兆钦与那一老一少三人被囚禁在木材管理站的小屋里，像被关进了蒸笼，闷热得喘不过气来。屋里放着一堆木材，还有一捆铁丝，挨了打的老汉靠在木材垛上直喘息。

这三个人自被关进来以后，就再也没人理他们，没有饭吃，也没有水喝，莫兆钦唇焦舌燥，全身被汗水湿透。但他还是打起精神，安慰身边的老人和年轻人。年轻人告诉莫兆钦，他姓赵，叫赵石水，老人是他的伯父。像他们伯侄俩这样的遭遇，别的林业户也经受过。十里八村的林农对这个收费站又恨又怕，上访告状者从没间断过。有段时间搞"严打"，上边的人也来过，查处过，还撤销过两次，但前边撤，后边建。而且每一次重建，收费的数额都要往上窜一窜。不交钱就要挨打，弄得林业户没法生存了。

莫兆钦抹着汗对赵石水说："看来这个木材收费站一定得连根拔了。你们不要跟他们闹了，越闹越吃亏。要通过组织程序和法律途径解决。"

赵老汉吃力地从木材垛上爬起来，有气无力地对莫兆钦说："你这个师傅是个好人，很仗义。这次为我们说了公道话，害得你也被关在这里受冤枉罪。我心里过意不去。请你听我老汉一句劝告，你刚才说要拔掉这个收费站。我看你也是无权无势的庄户人，千万别在阎王头上动土哇。他们上边有后台，下边有打手，弄不好就要吃大亏呀！"

说话间，门外传来摩托车的声音。不一会儿，小屋的门开了，一个中年人冲进屋里，拉起莫兆钦就要往外走。连声说："对不起，怪我来迟了。莫市长，让你受委屈了。"中年人回头对愣在一旁的"南霸天"吼道："你瞎了狗眼了吗？这是市政府的莫兆钦副市长，你们吃了豹子胆啦！"

"南霸天"一时给吓蒙了，两只眼睛瞪得像牛铃铛。

莫兆钦笑了笑，让赵老伯叔侄俩先出屋，自己跟着出了门。他站在门外的场地上，深深吸了口气，对来人说："你这个党委书记，再不开门，我们几个人就要渴死了，还不快弄点凉水来！"党委书记立即到站里端来凉茶，三个人咕咚咕咚喝足了水，才有了一点精神。

莫兆钦对赵大伯说："你们俩先回去，我代表市政府向你们道歉，政府的工作有失误，给老百姓带来了负担和痛苦。你们回去给大伙传个话，林业户家庭承包的政策不变，给营林户减轻负担的政策也不变。至于这个坑害老百姓的管理站怎么处理，也托你们给传个话，只要我莫兆钦市长助理的乌纱帽还戴在头上，这个事我管定了，这个收费站一定要撤掉！"他把手一挥，洪亮的声音在山谷那边发出一阵回响。

赵老汉听罢，才知道刚才跟他一起坐禁闭的是堂堂的县官。这老汉不知是被吓昏了，还是被感动了，他盯着莫兆钦被汗水湿透的那套灰色衣裤，半天说不出话来。末了，他的嘴角颤了几下，鼻子一酸，涌出两行老泪来。

赵老汉伯侄俩向莫兆钦深深鞠了一躬，转身往回走。山道上，一老一少，四腿生威，震得地皮一闪一闪的。

莫兆钦要了一辆吉普车，不顾乡里、站里挽留招待，连夜向市里赶去。镇书记见莫市长执意要回去，顾不上收拾一下，也钻进车子，陪同他一道到市府。

大约过了20多天，这家非法木材管理站被宣布撤销，"南霸天"受到了相应的处理，乡里主要领导也受到了严厉批评和处分。收取的"管理费"如数退还给了林业承包户。市里以此为契机，开展一次林区执法大检查，将另外两家不法收费站一并取缔，营林专业户身上的一些不合理负担也得以减轻。"莫青天"微服私访的轶事在桂平民间广为传诵。

第十八章

第五十节　如此"记者"

不法分子打着"记者"的旗号招摇撞骗。他们像幽灵一样出没于党政机关和企事业单位，以威胁恐吓、讹诈等手段敛财。一些企业家和领导干部，往往采取出钱消灾息事宁人的态度，这无形助长了犯罪分子的气焰。一时间，假记者招摇过市，政商界避之无恐不及。

源安堂也曾是假记者垂涎的一块肥肉。

广西南宁市长湖路 30 号，原圣保罗商务大酒店（现城市便捷大酒店）第五层写字楼，广西源安堂药业有限公司营销总部驻地。

2012 年 3 月 21 日上午，一个中年人从大厦侧门进入电梯，径直上了 5 楼，向右一转，闯进公司董事长莫兆钦的办公室，拿起茶几上的香烟，点着，靠在沙发上，跷着二郎腿，眯上眼过起烟瘾来。

老莫正埋头处理办公台上的杂务，没料到有人推门而入，心里咯噔了一下。以往任何时候，客人来访，必然预先联系，约定时间见面。本单位员工有事找他，也会敲门打招呼。今天来的这个不速之客，他还是第一次遇到。

老莫喊了几声："小高，小高！"

小高名叫高世军（化名），是董事办的秘书，以往来了客人，都由高世军负责接待，一般事务性、业务性洽谈，由小高联系安排相关人员处理就行了，不必事事由董事长亲力亲为。

事情也巧了，以往高世军每天都按部就班坐在靠墙边的办公桌上，今天大半晌都不见人影。

莫兆钦下意识抬头看了看来客，此人刀条脸，老鼠眼，人中短，下巴尖，水牛腰肚，溜膀肩。花白头发，年纪50岁擦边。既然是找自己谈事，却一直低着头，眼睛不是眯着，就是朝两边游移。他不认识这个人。

莫兆钦在社会上闯荡多年，又有教育界、党政机关和企事业单位工作的经历，什么样的人没见过？凭经验和直觉，他断定此人不是什么好鸟。他今天闯进门来，八成是找麻烦的。于是他打破沉默，问道："请问你有什么事吗？"

莫兆钦（左一）与著名表演艺术家濮存昕（左二）、中国医学科学院院长徐天民（右二）等，在北京出席新浪网"预防艾滋病专题在线问答"活动

那人没好声气反问道："肯定有事，没事我上这儿来干什么？"普通话带着浓重的东北腔儿。

"有事就快点讲吧，过一会儿我要出门办点儿事。"

"不行！不把问题解决好，别想开溜。"

对方态度蛮横，有点像黑社会人员的口气。

对方这种态度，激怒了老莫，于是他厉声问道："你是哪个单位的？找我要解决什么问题？直说吧，别拐弯抹角的。"

"什么问题你自己清楚。"他接着说，"我叫刘庞然（化名），是《广西生活报》记者，负责调查你的案子，你的罪行大得很，男女作风问题、经济问题，还有很多别的问题，到时我会在报纸上披露出来。"

莫兆钦想起来了，一个星期前，有个人打来电话，电话的内容也是这些，连口音也相同。肯定是这个刘庞然，当时他提出一个条件，只要付给他30万元，什么事都没有。对于这种无理要求，那天自己在电话里就一口回绝了他。他今天找上门来。目的只有一个，那就是继续索要30万元"封口费"。对于这种人，老莫不想跟他多费口舌。

在莫兆钦沉思的时候，刘庞然凑上来压低声音说："你的案子可轻可重，放下来四两，提起来千斤。我给你提个醒，你提供30万元资金，我出面跟纪委活动活动，包你平安无事。"

莫兆钦一听，怒不可遏。他用眼睛直逼对方："你不是来谈工作的，是来找麻烦索要钱财的，实话告诉你，你打错了主意，找错了门！"他提起电话，喊来保安，把"记者"驱逐出去。

那天上午，秘书小高始终没有露面。直到下午下班前，才匆匆赶回办公室，说是在外头帮朋友办点急事。

过了一段时间，刘庞然又来到莫兆钦的办公室。奇怪的是，老莫在外地考察多时，刚刚回来。他前脚进门，刘庞然就后脚进来。老莫顿时起了疑心，怀疑他的秘书小高是内鬼，帮刘庞然通风报信。

他向老莫递上一张工作介绍信，主管单位变成了"北京祖国杂志编辑部"。

"你不是《广西生活报》的吗，怎么一下子又跑到北京去当记者呢？"莫兆钦疑惑不解地问。

没等刘庞然开口，站在一旁的源安堂董事会秘书高世军抢着说道："刘记者有才干，广西留不住，被北京大媒体挖走了。"

说罢，就领着刘庞然到不远处的松源锦大酒店安排住宿。

此后一段时间，刘庞然又来过几次，目的只有一个：敲诈钱款。第一次开价30万，遭到驱逐；第二次降到20万，又被老莫一口回绝。最后刘庞然说："15万行吧，这是最低价。如果你连这点费用都舍不得付出，我只好把你的丑事在报纸杂志上捅出去，把你的问题反映到自治区党委和人大那里去，还要叫检察机关查处你。"

莫兆钦说："我没有干违法乱纪的事，身正不怕影子斜。我不怕你捏造事实，无中生有告恶状。"

刘庞然说："我捏造事实无中生有？我问你，你是中央《求是》杂志的记者吗？你是怎么跑到《求是》去冒充调研主任的？我再问你，你又是企业董事长，又是国家公务员，担任自治区乡镇企业协会领导，谁叫你这么搞呀，这不是违法乱纪是什么？我还要问你，乱搞男女关系算不算犯法？北京来拉广告的女业务员、女记者，来一个，你搞一个，谁不知道？"

一连串的反诘，刘庞然越说调门越高，脸呈猪肝色，吐沫横飞。

"你这些小道消息是从哪里得到的？"

就在刘庞然越说越上劲时，莫兆钦突然问了一句。

"小道消息？我说的哪一条冤枉了你？"刘庞然一边说，一边本能地转身朝坐在一旁的高世军看了一眼。这一眼，引起了老莫对他的这秘书的怀疑和警觉。

高世军突然站起身，打圆场说："刘记者，有事说事，别扯远了。董事长还有事，今天到此为止好吧，他做手势把刘庞然打发走。"

刘庞然一边说一边回头对莫兆钦说："我跟你说过，15万，最低15万，给不给你看着办，我限你两天之内答复。"

敲诈勒索还明码标价，并且限定付款时间。世界上没有比这更荒唐的事。

第五十一节　清者自清

一个"记者"采用类似希腊神话中"木马计"的方法钻进企业的心脏，与另一个流窜作案的惯犯里应外合，表演"双簧"，诈骗钱财。莫兆钦拿出确凿证据，将他们送上审判台，捍卫了企业的合法权益，洗刷了自身的清白。

莫兆钦指派专人了解掌握了刘庞然的个人资料。《广西生活报》负责人反映，刘庞然之前应聘来杂志社当过一段时间广告业务员，在业务活动

时任《求是》杂志《红旗文稿》广西调研基地
主任的莫兆钦，在办公室工作时的剪影

中冒充记者，向客户敲诈钱财，影响恶劣，早已被解聘。解聘后的所作所为，与我社没有任何关系。

北京《祖国》杂志社反馈说，我社没有刘庞然这个人，他的介绍信和公章系伪造。也有别的单位来电反映，刘庞然冒充我社记者招摇撞骗，我们准备向执法部门举报他。

至此，莫兆钦已确认此人是无业游民，江湖骗子，不再跟他见面，打来的电话也不接。没想到，刘庞然干脆把一张15万元收款收据的单子和一个银行卡号交给源安堂广告部，催促公司财务付款。

财务人员按照莫兆钦的指令拒不付款。

刘庞然气急败坏，在自办的网站上滚动播发有关莫兆钦违法乱纪问题的专题，诋毁莫兆钦。如《莫兆钦拉大旗作虎皮冒充中央媒体记者招摇撞骗》《莫兆钦身披私企老总和国家公务员两张皮》等，一时搞得满城风雨。他还把自办网站的内容，链接到"北京市长网站"，造成了恶劣影响。

莫兆钦的朋友们打来电话、发来短信，告诫说，江湖多险恶，要小心应对，谨防小人陷害；他的老婆、儿女及弟妹十分着急、不解和愤怒，不知老莫背着家人干了多少见不得人的事；公司员工知道老总不是那种人，纷纷上门安慰他，劝他利用法律武器，奋起自卫，向公安部门举报敲诈勒索和诬陷者，还自己以清白。

2012年底，莫兆钦收集到刘庞然等人的有关证据，向自治区公安厅和南宁市公安局报案。公安部门经过分析，决定立案侦查。公安部门派人到中央《求是》杂志社、自治区党委组织部、中共桂平市委以及莫兆钦所在企业调查，得出的结论是，有关他乱搞男女关系纯系子虚乌有；他任职党政部门都不是个人行为，而服从组织安排，未入买官跑官歧途。此案还引起中央《求是》杂志社领导的高度重视，杂志社指派一位副社长亲临广西，协助公安部门调查。

调查结果真相大白，莫兆钦在《求是》杂志《红旗文稿》广西任职，是经由自治区党委和《求是》杂志社集体研究通过的，并发出任职文件，完全符合组织程序。并且，他在任职期间，工作出色，多篇稿件获中央及自治区领导批转，所到之处，干群交口称赞。而真正违法乱纪者却是刘庞然。经过彻查，此人系无业游民，曾屡次冒充报刊记者，利用非法手段，流窜至河池地区巴马酒厂、桂林地区好山好水旅游公司等单位，以威胁、诈骗等手段，获非法收入60多万元。他还进入党政机关和事业单位行骗，有许多党政部门和企事业单位抱着息事宁人的态度没有举报，客观上助长了刘庞然的气焰。但是，令刘庞然意想不到的是，栽在了莫兆钦这个硬钉子上。

同时查明，刘庞然敲诈莫兆钦的"罪证"有不少是源安堂董事会秘书高世军提供的。他二人曾有过在《广西生活报》工作共事的经历。在《广西生活报》，他们打着记者的招牌，到处敲诈勒索，被报社辞退。高世军得知源安堂公司营销总部由乡下搬迁到南宁招聘人才的信息，利用花言巧语蒙骗公司领导，摇身一变成了董事会秘书，而刘庞然却行走江湖，继续他的诈骗生涯。没多久，臭味相投的刘、高二人又重温旧梦，打起了诈骗莫兆钦的主意。二人在源安堂上演了一出由刘庞然在台前，高世军为内应的双簧闹剧。然而多行不义必自毙，罪行败露后，刘庞然被押上审判台，高世军也受到了相应的法律制裁。

2013年春，法院公开宣判，刘庞然为主犯，以诈骗罪、诬告罪和私刻公章伪造公文罪判处有期徒刑3年，没收其全部非法所得。高世军为从犯，且能主动退出诈骗的全部钱款，处拘役6个月。

事后，莫兆钦在用人问题上作了深刻的反思。当初聘用高世军进入公司担任董事会秘书的要职是一大失误。此人来自《广西生活报》，而这家报社近在咫尺，如果当时派人去了解一下，或打电话咨询一下，不至于养虎为患。高世军进入源安堂后，企业给他年薪8万元的待遇，可他嫌少，多次向莫兆钦提出给他10万元年薪的要求。这个要求被拒绝后，便怀恨在心，伺机陷害。事实再一次证明，列宁关于"堡垒是最容易从内部攻破的"这一英明论断。

第十九章

第五十二节　撰发专稿

熟悉莫兆钦的人都说，他是个求真务实的官。开会不说空话、套话，写文章不写大话、假话。他的腿很勤，无论冬夏，经常下基层调研。壮乡瑶寨山区老区，八桂大地处处留下了他的足迹。

他的工作方法也不同凡响，下基层后，不进官衙，不要陪同，直接进企业，入村户，跟老百姓交心、谈心，没有一点官架子。由于作风深入，写出来的调研报告也真切扎实，常常得到中央、自治区领导的批转和作为制定相关政策的依据。

一段时间，莫兆钦一度离开他创办的源安堂，先后出任桂平市市长助理、自治区乡镇企业联合会主席、《求是》杂志《红旗文稿》驻邕调研基地主任等领导工作。每次提拔或工作调动，他不像有些官员那样搞"新官上任三把火"，而是一头扎进企业或乡村，了解寻常百姓的生存状态和生活诉求。

2010年冬，莫兆钦到基层调研的第一站是桂东南地区。桂东南群山环绕，大容山纵贯玉林、贵港数县市。这一带农业经济中，传统农作物占主导地位，甘蔗是农民收入的重要来源。由于山高坡陡，甘蔗采收和运输一直是制约甘蔗生产的瓶颈。广大蔗农热切盼望有一种机械能把他们从人工采运的重负中解放出来。2011年春，从广西桂平传来喜讯，有一位青年农民多年研制的甘蔗收集机通过验收，投产上市。莫兆钦驱车赶赴桂平，对这家企业开展现场调研。

这家农机公司董事长汪大汪告诉老莫，早在2007年，他就挂牌成立了农业机械科技攻关小组，聘请一批农机手和技术人员，集中研发甘蔗收集机。4年多的时间，经过一千余次试验和技术改造，于2011年春，终于研制成功"鳄鱼王牌甘蔗收集机"。

这是莫兆钦第一部国内全面系统总结"中医内病外治疗法"
的著作，由人民卫生出版社出版发行

谈到鳄鱼王牌甘蔗收集机的性能，汪大汪抑制不住激动和豪迈之情。他指着场地上几台新近出厂的产品说，鳄鱼王牌甘蔗收集机根据山区坎高坡陡、田埂狭窄以及田块小、梯度大等特点，集汽车、拖拉机的优势于一身，采用液压马达和精钢材料创制而成。具有"万向折腰"的独特性能，遇到坡坎和石头、埂坝的阻碍，能收转自如。而且具有超高的工作效率，减轻农户劳动强度的同时，大幅提高了经济效益。每台机器每小时能收集甘蔗

15 吨，每吨收运成本比手工操作节省 40 元。

由于这款甘蔗收集机越野性能好、爬坡能力强，操作简单、安全实用，受到蔗农的欢迎，市场一路走俏。同时，公司也得到了长足发展。几年时间公司陆续注册了 23 个商标，拥有 15 个国家专利 5 个著作权。经国家科技部检索，确认为全国首创。

莫兆钦据此，于 2011 年在《求是》杂志《红旗文稿》上，刊发了题为《研制农民最喜欢的农业机械》的调查报告。呼吁全社会关注和改变我国农机工业自主创新能力、工艺装备水平相对落后的现状，改变农机领域产业结构和产品结构不合理的现状，为促进农机工业健康可持续发展起到应有的舆论助推作用。

防城港市也是莫兆钦调研的重点地区。防城港所辖的十万大山和北部湾地区，是京族、苗族、瑶族等少数民族聚居地之一，长时期刀耕火种，生产力发展水平滞后，属农业欠发达地区。老莫带领几个记者，进入防城港一些县乡开展调研，寻求解困之路。在上思县，莫兆钦凭着职业的敏感，确定以林业开发为选题，深入调研。

上思地处十万大山腹地，森林面积、林木蓄积量在广西一直处于中上水平。这里阔叶林品种繁多，芒果、荔枝、罗汉果、田七等天然常绿阔叶林遍布各个乡镇，人工林以松、杉、桉、竹和油桐为主，还有冷杉、红豆杉、金莲木、五针松等高等植物、药用植物及珍稀濒危树种不下百种。但由于长时期林区存在政策不落实、监管不到位，干部群众法制意识薄弱，这里曾一度乱砍滥伐严重，导致植被稀疏，水土流失、生态破坏、珍稀物种濒危等一系列严峻的现实问题。莫兆钦撰写调研报告，从林区经济社会发展现状、林地产业政策调整到珍稀物种保护、生态发展、林区执法队伍建设以及科学营林育林等诸方面进行翔实阐述，引导和帮助林区群众脱贫致富，提出了问题与对策，对稳定林业家庭承包责任制、落实林农经济补偿、保护林农合法权益，都起到了舆论监督作用。

在玉林市博白县，莫兆钦听到了几个农民远赴东南亚，帮助文莱试种水稻获得成功的新闻。老莫对这条新闻饶有兴趣，带领人马欣然前往博白农村调查。

农民援外，远赴文莱种水稻大获成功的事，果然名不虚传。几位援外农民以及农业主管部门告诉他，历史上，文莱没有水稻种植习惯和经验，粮食完全依赖进口。由于种种原因，曾多次遭遇过粮食危机。根据土壤普查，文莱适合种植水稻。该国的王府和民众引进水稻栽培技术的迫切愿望。我国政府在20世纪90年代末期，就将派遣专家赴文莱帮助他们解决这个关系国计民生的大问题列入援外计划。农业部曾选派专家前去文莱农村试种水稻，先后去了两拨人，干了两年多，但没有获得成功。广西博白几位粮农却自告奋勇挑起了这副重担。

经过两个春秋的摸索，从博白筛选的水稻良种终于在南亚异国他乡种植成功，亩产稻谷平均产量达到700多斤。这几位农民回国时受到文莱群众夹道欢送和国王的亲切接见。莫兆钦刊发了一篇调研报告"博白农民到文莱种水稻成功"，获得了强烈反响。时任国家总理温家宝看了文章很高兴，鼓励这几位农民继续努力，并指示有关部门拨给他们1000万元农业装备，帮助他们在文莱扩大种植面积，传授栽培技术，保持良好的睦邻关系。

第五十三节　著述立身

莫兆钦经常应邀到各地作演讲。党政机关、部队军营、大学校园的讲坛都留下了他的身影。他讲话风格平实晓畅，富于鼓动性，常常出现台上台下互动交融的热烈场景。

他还善于以创新思维，吸收传统医药文化精华和最新研究成果，著书立说，笔耕不辍，他著作出版的中医药应用类书籍颇受欢迎。

企业是各种社会关系的结合体。企业作为一种社会生产组织，其氛围受到社会大环境的制约和影响。建立良好的人际关系，对企业来说，也是一种社会资源。

莫兆钦在创业生涯中，建立了多元的人际关系网，上至国家部委，下至省市乡镇，他都有很旺的人气。许多地方、许多部门，包括解放军部队，海外华人，都有他的朋友。他还同广西军区、贵港军分区及驻香港解放军官兵都结下了深厚的友谊。他之所以受到广泛的信任和尊重，不仅在于他具有朴实和憨厚的品性，还在于他有一种亲和力和感染力。正因为如此，一些单位，只要有什么宣传活动，人们自然会想起他。比如，有些地方每年要有计划地开展时事和国防教育活动，就经常请他进军营作演讲。他也很喜欢与部队官兵沟通思想，交流感情。

据一些官兵反映，莫兆钦董事长的演讲，像一股田园吹来的微风，自然而真切，没有矫情和媚俗。有时说一些幽默风趣的轶事，活跃气氛；有时似乎在讲述他创业的故事，但不知不觉中给人以感动，带给你对人生的思考。部队的官兵过了一茬又一茬，但只要回忆起桂平中沙镇上国村那个莫厂长以及他作的报告，都会产生共鸣，引发美好的记忆。

他还经常深入到校园里，为莘莘学子送去"心灵鸡汤"。

有一次，新学期开学，莫兆钦应邀到广西农垦大学演讲。大学生们对企业家很崇拜，也有几分神秘感。莫兆钦一走上讲台，看到台下的听众目不转睛地注视着他。他微笑着说，"你们的大学带着一个'农'字，与我一样，我也姓'农'。跟我一起办企业的第一批员工都是从田里洗脚上岸的农民；我的企业不在城市里，而是办在乡间的田塍上；我办的是草根企业，用的材料是山里的草药。人们都把我称为企业家，你们看我这个模样，像不像企业家？这身衣服是花30元钱在地摊上买的，来到这里之前洗得干干净净，还打扮了一下，这样不是很好吗？企业家也是普通人嘛。"几句开场白，引起了一片掌声和笑声，拉近了演讲者和广大听众的心理距离。场上的气氛空前活跃。演讲结束时，师生们踊跃提问，莫兆钦当场作答。一场演讲会变成了面对面的感情交流。

在解答同学们的提问中，莫兆钦得知这个学校有一部分年轻人不了解中药，甚至不明白，中药的药用价值和疗效。于是解释说："我本来是要在这里作一个广告，宣扬一下我们的企业，希望你们毕业后能加盟源安堂。但听说有的同学对中药知之不多，我就冒昧地作一点解释。"

"古代的华夏先民，长期散居在偏僻的山沟里、原野上，他们能够世代生存下来，没有绝种，靠的是什么？靠劳动进化了大脑，解放了四肢，这是肯定的。有了病怎么办？房前一把草，屋后一片林，生病了，就地扯一把草，拾片树叶煎熬成汤，服下，居然药到病除。久而久之，这些草就

莫兆钦四兄弟及各自爱人合影留念

成了救命稻草，古代人就是这样给自己治病的。"

"古人很早就懂得炮制方剂，但那时没有检测仪器和设备，对药物的疗效完全靠摸索，凭直觉经验。据我所知，明代李时珍所著《本草纲目》上的验方、草药，全是他一味一味尝出来，然后才配伍入药的。古时中医治病，全靠一把草、一片叶、一条根。为了救急危重病人，甚至有些毒草、毒虫，也用以配制成膏、丹、丸、散，治病疗毒，起死回生。长期以来，中药难以接受现代医学科学的检验，以至中国民间医药没有得到应有的重视，在国际上没有获得与西医西药同等崇高的地位。但中医中药是我们的国粹，应当加以发掘、保护和弘扬。在座的你们这些有志青年，应当以科学的眼光、科学的手段，弘扬中华国粹，让中国医药瑰宝在你们手上大放光彩。"

莫兆钦的演讲被一阵阵掌声打断。以至讲话结束后，同学们还围着他，问这问那，久久不愿离去。演讲过后，有40多个学生主动来到源安堂实地观摩这里的生活环境和生产流程，其中有15人自愿应聘加盟这家企业，现在这批年轻人已经成为企业的业务骨干和科技带头人。

莫兆钦乐于同知识界人士及青年学生交往，源于他的求知欲望和活到老学到老的好学精神。他爱好藏书、读书，热衷以文会友，以书交友。他本人平时也注意积累资料，开阔知识视野。一有闲余，就坐下来读书、写作。他的案头、枕边，堆满了文、史、哲、军、医、农等方面书籍，利用别人打麻将、喝酒聊天的时间，边读边摘录或打眉批，一旦有了心得，就留心记录下来，下笔为文，洋洋洒洒。他平均两三年就有一本编著、专著或与人合著的书籍出版。例如：《家庭巧用中成药》《常见病简易疗法》《军中小华佗》《家庭用药一千问》《临床用药问答》《常见病药物外治》《新编卫生保健手册》。这些著述都是他平时挤出零星时间，集腋成裘写成的。著述融专业性、通俗性和实用性于一炉，成为普及保健医疗知识的"家庭小顾问"。每当有客人来访，他就以书相赠。在朋友们的印象中，莫兆钦是一个重知识、轻钱财、重才学、轻浮名的"布衣"朋友和富于知性美的良师益友。多年来，他始终保持着不染世俗的纯朴本色，这也从一个侧面体现出他的人格魅力。

莫兆钦（左二）与源安堂公司原行政办公室人员在珠海的合影留念

第二十章

第五十四节　记住乡愁

从教书育人做起，从自主创业起家，后涉足政坛，戎装一身，官退省城，富甲三族。然天命难违，至2014年，已年届六旬，退休已成实事。昔日风光不再，其归宿感可想而知。

然而权势也好，荣华也罢，只不过是过眼烟云而已。"锦城虽云乐，不如早还乡"。家乡才是人生的归宿。在这里可以获得诗的灵感，在这里可以寻觅岁月里的乡愁。

2014年10月下旬的一天，八桂大地风和日丽。

莫兆钦在自治区首府南宁办理了退休手续。在领到退休证的那一刻，他意识到往昔的公务员职务行为已彻底结束，等待他的是老年退休生活。在妻子的携同下，回到阔别多时的老家桂平中沙镇上国村。

离开了一呼百诺的领导岗位，他既有无奈、迷茫和失落，也有如释重负的感觉。

他斜靠在座椅上，脑子里一会儿闪现出大都市的霓裳倩影、车水马龙、高楼大厦，一会儿闪现出山村里小桥流水、蝉蛙和鸣的淳朴与安宁。他回想自己这大半生的经历，不免感慨万千。当身在仕途，堂上一呼，阶下百诺时，享受到的是满足感与成就感，统治欲与权力欲。现在当这一切离自己渐行渐远时，就"退而求其次"，每天出入陋室之间，与风月为伴，与书香为伴，逗虫鱼，养花鸟，享受生活的安逸与闲适。他似乎听到一种声音，回来吧，别迷恋权势的风光与都市的繁华。李白诗云"锦城虽云乐，不如早还乡"，与其追求众人仰慕的虚空与浮华，不如守着老家的淡泊与宁静。

莫兆钦在创业时期与爱人、子女们的合影留念

这不仅能寻回真实的生活，还能寻找到栖息心灵的家园。

奔驰轿车沿着盘山公路逶迤而上，行驶到上国村村口时，往左一拐，就到家了。这时，太阳刚刚爬上村后的山顶。

上国村在桂东南地区是一个大村庄，三四百户人家，分东、西、中三个自然村。密密匝匝、层层叠叠挤在相邻的3个山坳里，村民林、稻兼营，民风淳厚。

莫兆钦的家在中村的中心位置。中村紧靠一座约300米的山寨，山寨像一把圈椅，把庄户人家圈在自己的怀抱里，左右两侧有两条对称的山脉，恰如圈椅的扶手。上国村如同一个巨人倚在椅子上，两手抓住扶手，两脚伸到山下的小河里濯洗。

这里的村民大部分姓莫，也有杨、黎、陈姓。相传，早在一千多年前，莫姓祖先为了躲避兵火，从北方向南流落于此。王朝更迭，沧海桑田。先民们始终守护着这片土地，再苦再难也不愿往山外迁徙。原因是自宋元以来，八百年间山里边没有受到兵灾与洗劫。人们认定，这是一方风水宝地。"靠椅山"的山神护佑了一方平安。并且相信，上国一定会有高人现世，为莫姓家族摆脱厄运，带来富贵。人们都盼望着扬眉吐气的这一天。

直到20世纪末叶，上国村在公路沿线出现了一条药业街，竖立了一座现代化的"药城"，以致后来发展成为全国知名的制药厂，挑头的人就是莫兆钦。大伙认定，莫兆钦就是他们心目中的高人能人。

上国村人果然扬眉吐气了。全村共有12户当上了源安堂制药厂企业的股东，每年拿到的红利，足以让他们跻身于富翁行列。还有一部分农户围绕企业经营活动从事与之配套的二、三产业，取得了不俗的成果；没有实力的就优先安排进厂打工，公休、假日下地务农，可获企业、农业双份收入。

莫兆钦在村里边走边看，一栋栋花园别墅，一辆辆出入村巷的大小汽车，以及乡亲们出词吐气流露出来的表情和口气，都证明上国村告别了贫困，换了人间。

令莫兆钦感到遗憾的是，他过去走过的土路，门前的石阶，以及村口的那口古井已不复存在，取而代之的是轻尘不染的水泥路和通向家家户户的自来水。

所幸的是有两个处所，给他留住了萦绕于心的"乡愁"。莫兆钦寻回的乡愁，一个是他房屋后边的那棵老榕树。

老榕树太老了，整整陪伴了莫家5代人。它高十丈，枝叶向四周伸展，能遮盖方圆几十米的地方。主干虬壮，可容5人合抱。据说，民国年间，有几个学子回乡，都不约而同地来到树下仰望它的雄姿，欣赏它的风韵。它跟别处的榕树不同，这里的榕树一年四季都是绿叶婆娑。即使在冬季，大榕树渐次绵延伸展绿色，使来客忘掉了隆冬的苦寒。家乡的老榕树与莫兆钦也有不解之缘，它的身边留下了莫兆钦成长的影子。儿时在树下拾果球，捉迷藏。青年时代，在外边闯累了，坐在树下歇歇，或将老树当作祖辈，希望能聆听到它的教诲。而今，在告老还乡之日，伫立在榕树下，如同向一个远古哲人，汇报喜乐，倾诉衷肠。

另一处"乡愁"是他的"创业小屋"。创业小屋蜷曲在村前路边的一角，面积不到10平方米，经多年风雨侵蚀，土砖墙体已裂开大缝，摇摇欲坠。它之所以没被毁掉，是因为以前为生产队"公屋"，近年被人用以饲养鸡猪，以至保留下了这处"出土文物"。

外人不会知道，这间小屋就是莫兆钦开基创业的"井冈山"。当年，他带领几个村民在屋子里开办"大容山饮料厂"，生产罗汉果凉茶。几个伙计都是烟鬼，屋子里整天烟雾弥漫。但大家都很乐观，一边干活，一边"画饼充饥"，谈论自己最想吃的食物，做着"小康"的美梦。爽朗的笑声，穿过墙缝瓦隙，传到屋外，传到远方。

第五十五节　亲情无价

　　"莫道昆明池水浅，观鱼胜过富春江。"他退休回归故里后，又找回了最暖的亲情。

　　真正的人生，除了赖以生存的物质条件以外，还有比权势、金钱、名誉更可贵的精神和人性层面的东西，那就是亲情。比如夫妻恩爱之情，兄弟手足之情，父子天伦之情，等等。

　　这天跟随莫兆钦一路回到上国老家的还有他的妻子韦月霞。韦月霞是个勤快人，也许是她在年轻时勤扒苦作习惯了，至今仍闲不住。她一回屋，顾不上歇息，就忙着打扫屋子，生火做饭。莫兆钦望着妻子忙碌的身影，感慨万端。

　　韦月霞的娘家在大容山区太平川村，比莫兆钦小两岁。40年前，经媒人说合，与莫兆钦成婚。韦月霞生性温顺敦厚，为人随和。她身材不高，却端庄耐看，质朴清纯。文化不高，却事理通达，既能睦和邻里，又很孝敬公婆。婚后，莫兆钦在学校教书，家里5亩水田，3亩旱地的农活以及所有家务重担全都落在韦月霞一个人身上。不管多难多累，她总是默默地承受着，没日没夜地苦干着、熬着、撑着，从没半句怨言。

　　莫兆钦创业之初，欠下一屁股债款，经常有人上门催逼，有个别债主甚至出恶言恐吓，拿刀枪威胁。等到景况稍有好转，又有歹徒索要钱财，韦月霞在担惊受怕中度日，没睡过一个安稳觉。后来儿子莫伟国、莫伟明、女儿莫伟英相继出生，莫兆钦长年在外打拼，家里成了他过路的店。韦月霞一个人又当娘来又当爹，把孩子一个个拉扯长大，从不让丈夫分心。

　　在上国村，人人都夸韦月霞是个打着灯笼也难找的好媳妇，面对贤妻莫兆钦感到愧疚。这些年自己在外面很风光，很体面，如果不是韦月霞用她瘦弱的肩膀在支撑着，不可能有今天的辉煌。从这点上看，真正伟大的不是那些簇拥在鲜花中的所谓成功男人，而是像韦月霞这样站在男人身后几十年如一日默默坚守、宁可自己吃苦受累、也要支持丈夫奔前程的女人。

晚饭熟了，夫妻俩举杯对饮。莫兆钦给韦月霞夹一块鸡肉，深情地说："你辛苦了，趁热多吃点。"

韦月霞闷头吃饭，默不作声。她忽然对丈夫说："往后，你把企业董事长的担子也卸下来，我跟你一起回来吧。"

莫兆钦说："我看你在乡下苦了大半辈子，现在有条件居住南宁，你跟儿孙们在一起也习惯了，就别回乡下了。"

"我担心你一日三餐吃不到嘴。"

"我可以到单位食堂买饭吃。"

"你倒是图方便，你吃得不合适，闹出病来，我还不放心哩！我回家弄块田地种点菜，种点谷，不施化肥，不打农药，养几只鸡，一头猪，不用饲料添加剂，保证你吃得好，睡得香，身体健康。"

听了妻子这番话，兆钦心里慰帖。他端起酒杯，与妻子碰了一下，仰起脖子，一饮而尽。他感觉到，夫妻之间的感情就像一杯岁月酿出的酒，慢慢地喝，细细地品，会品尝到沁人心脾的甜蜜的滋味。

对于这对老夫妻来说，这种味道已经说不清，道不明。是爱情吧，爱情是年轻与奔放的；是少年夫妻老来伴吧，也不全是，比之又情味更加浓郁。

这一夜，莫兆钦辗转无眠。

第二天晌午时分，他独自出门转悠，行走在家乡的田埂上，呼吸着林间清新的空气，顿觉神清气爽。

他沿着一条山路逶迤而下，信步走进弟弟莫兆武的家。

莫兆钦兄弟4人，他排行老大。老二兆松、老四兆光，还有妹妹兆芬，都在南宁买房置业，生活殷实。莫兆武全家也迁居南宁，只有他一人留守在上国村老家。兆武排行老三，1967年出生，从小瘦弱多病。他从1985年开始跟随大哥创业办厂，参与质量管理和工会领导工作。兆武心地善良，为人豪爽，在中沙一带获得良好的人际关系和口碑。莫兆钦对三弟的健康十分担心。每次回乡，总要上门看望，促膝谈心，叮嘱他少喝酒，多运动。大哥的担心并非多余。1990年，兆武才20出头，就患上了股骨头坏死症，兆钦送他到广州军区总医院动手术。手术后，当他苏醒过来的时候，看见大哥领着全家人进来了，围在病床前，他顿时涌出了热泪。亲情是多么可

莫兆钦与家族亲人 80 年代在北京天安门广场上合影留念

贵，多么美好。

经历了这次生死挣扎，莫兆武更加珍惜生命。记得当时他还对大哥说，你别太劳累了，也要保重身体呀。

3 个多月后，股骨病虽然痊愈了，却落下腿部残疾。几年后，又患上了胃病和糖尿病，多次送院救治，才保住了性命。

兄弟俩一边吸烟喝茶，一边聊天。

兆武说："大哥，你从官场上退休回来，我祝贺你。俗话说，无官一身轻。你这大半生，名也有了，利也有了，兄弟几个以及全村人都跟你沾光发财了，咱家出了你这个人才，也是祖上积德呀。"

兆钦说："被逼的呀。那时父母老了，你们还小，我是老大，不闯一下，苦日子不知熬到啥时候呢。现如今，把你们带进小康了，也算对父母有个交代了。遗憾的是，可怜的父母过早去世，没享过一天福。人生最苦莫过子欲养而亲不待呀。"

"子欲养而亲不待。"这是世间多少子女剜心的痛啊。但生命循环是不可违抗的。正如自己当年从这里走出去时是一个热血少年，而转眼间已年过花甲了。人从大自然中来，必定要回到大自然中去，古今中外，概莫能外。当然，包括自己的至爱亲朋。

告别时，莫兆钦深情地注视着弟弟，郑重地说，"兆武呀，你听哥说，你糖尿病和高血压，可整天烟不离手，酒不离口。烟酒要严格控制，还要适当做些户外活动。人的一生，钱财可以没有，不能没有健康。生命只有一次，你可得好好珍惜呀！"没想到，一语成谶。对大哥的话，莫兆武一向言听计从，唯独戒烟限酒，始终听不进去，并且越来越酗酒成癖。两个月后，即2015年4月27日，莫兆武突患脑溢血，一直没有苏醒过来。遗憾的是，莫兆武的病情恶化，经抢救无效，于2015年9月30日与世长辞。

沉舟侧畔千帆过，病树前头万木春。莫兆钦久久徘徊在村前的桉树下，百感交集。他抬起头，放眼望去，对面就是源安堂药业一条街，街后是连片丘陵；山上山下，龙眼、荔枝和芭蕉林葱郁一片。在南国这烟树参差的冬日里，一树三角梅让他眼前一亮。那三角梅开得热烈而奔放，如同一团烈焰。花树园中隐露出辉哥幼儿园的一角。

幼儿园飘来了甜美清亮的歌声：

你是我的小呀小苹果，
怎么爱你也不嫌不多，
红红的小脸温暖我的心窝，
种下希望就会收获。
……

红花、绿树和儿歌都昭示着生命的更迭与延续。谁能说，新老更替代谢不是一曲生命的交响乐呢？一代人老了，一茬草枯了，会有幼小的生命和幼小的种子萌发出来。生命是不朽的，也是永续的，它存在于永恒的延续和进化之中。

莫兆钦领悟到，生命中没有四时不变的风景，就像自己从曾经有过的辉煌最终回归到

莫兆钦获全国人大常委会100名传世鼎

现在的平淡沉寂一样。并且，终归有一天，自己的躯体生命也会化为一抔黄土，一缕青烟，融入大地。但源安堂事业的接力棒会一茬一茬、一代一代传递下去。只要心里自己有阳光，就会发现，黯淡与辉煌都是生命之光的折射。因为无论长幼，生活的每一天都是新的，都会有令人欣喜地发现和希望。

让我们感悟莫兆钦为家乡"尚德堂"题写的一首诗赋：紫气从东来，看杜鹃似火，人杰地灵，八方湖山妍锦绣，溪水流日夜，奔腾澎湃，高瞻远瞩，千寻古庄崇尚德；阁楼望容山，问古松黄鹤，天际白云，可被清溪涧留住？绕栏眺胜迹，树外烟波，地下稻香，万载福气尽收来。

莫兆钦退休了，但他退下来后，又开始了他的第二次创业，带领一群年轻人缔造他的"百草圣药文化王国"，正快乐地奔忙在路上……

莫兆钦职业生涯走过了40多年，岁月如歌，收获了许多自己人生出彩的荣耀！
图为莫兆钦在会议休息期间向媒体记者畅叙人生的意义。

后　记

自 1998 年以来，我多次专程赶赴桂东南大容山腹地，对广西源安堂药业有限公司进行实地采访。采访的方式是随意的、即兴的。刊发稿件散见于北京一些对口报刊。日积月累，集腋成裘，居然形成了有关"源安堂创业史"的初步链接。

我常在闲余时间，将这些稿件拿来反刍，逐渐产生了新的灵感和写作冲动，不吐不快。近几年，我专程源安堂，几进几出，实地踏访，以求详尽占有素材。这样做虽然笨一点，但也有好处，这就是比较客观、真实。经得起时间的检验。我在对一些零星材料的整理过程中，对本书主人公莫兆钦的认知，由平面化逐次向立体化演进，对"源安堂现象"也不断由粗浅向理论的高处升华。《百草心梦》（莫兆钦传）书稿就是在这种情况下撰写完成的。

书稿试图运用全纪实和现场目击的方法来表达，但仍然没能摆脱我往常写作的窠臼，在纪实文字中又有一些调查报告、经验总结之类的章节陈杂其间，难免有"两张皮"之嫌。这应归咎于构思不细、功夫不深之故，诚望读者见谅。

本书在采访撰写过程中，得到了广西源安堂药业有限公司原股东莫兆武、原公司总部行政总监、办公室主任李武森两同志，生前的大力支持与帮助。最后，在书稿完成终审付印之际，在主人公莫兆钦董事长的指导下，得到了现任广西源安堂药业有限公司总经理助理、南宁营销中心办公室主任、广告宣传部部长许安茂同志，在文字修改、内容充实、编辑校对等方面的全力支持与帮助，在此一一表示诚挚的谢意。

夏沛永
2015 年春

附　录

附一、莫兆钦获得省部级以上荣誉或奖励名录

序号	获奖名称	颁奖部门	颁奖日期
1	广西壮族自治区乡镇企业家	自治区党委、政府	1991
2	推动科技进步三等奖	自治区党委、政府	1992.12
3	研制推广科技成果有功人员	自治区党委、政府	1993.12
4	广西劳动模范	自治区人民政府	1994.1
5	全国星火明星企业家	国家科委	1994.10
6	广西劳动模范	自治区人民政府	1995.2
7	自治区乡镇企业家	自治区党委、政府	1995.3
8	优秀共产党员	自治区党委	1995.7
9	广西革命和建设突出贡献	自治区党委、政府	1998.12
10	全国乡镇企业质量管理先进工作者	国家农业部	2000.12
11	第四届全国乡镇企业家	国家农业部	2001.12
12	广西五一劳动奖章	自治区总工会	2002.4
13	广州军区人之星	广州军区	2002.8
14	爱国拥军模范	区党委、政府、广西军区	2004.10
15	广西优秀中国特色社会主义建设者	区统战部、经委、人事厅、工商局、工商联	2005.3
16	全国劳动模范	国务院	2005.4
17	全国关爱员工优秀民营企业家	全国工商联、总工会	2005.9
18	优秀共产党员	自治区党委	2006.6
19	全国兴村富民百佳领军人物	国家农业部乡镇企业局	2006.11
20	中国优秀民营科技企业家	全国工商联合会	2007.8
21	中国农村十大致富带头人	国家农业部乡镇企业局	2008.1
22	新中国成立60周年"三农"模范人物	国家农业部	2009.9

附二、莫兆钦发明专利及主要科技成果汇总

（一）已获得国家专利局授权的专利

序号	专利号	授权日期	专利名称
1	ZL001311247	2005.03.23	感冒脐疗中药制剂及其生产方法
2	ZL2008100736965	2010.09.15	一种治疗风热感冒的中药口服液及其制备方法
3	ZL200810073697X	2011.02.09	一种治疗风湿痹痛和急性扭挫伤症的外用酊剂药物及其制备方法
4	ZL201210118059.1	2014.03.05	一种治疗阴道炎的复方黄松凝胶药物及其制备方法
5	ZL201310609359.4	2014.9.11	玉桂茶及其生产方法
6	ZL201310609207.4	2015.4.1	肉桂蜜饯及其生产方法
7	201310609360.7	2015.5.13	一种含有红椎菌的营养膏及其制作方法
8	ZL201310609208.9	2015.9.9	人参肉桂茶及其生产方法

（二）已获得国家专利局受理的专利

序号	申请号	申请日期	专利名称
1	201210476699X	2012.11.22	一种含有大红八角的植物香油及其制备方法
2	201310639549.0	2013.12.04	一种用于缓解婴幼儿童夜里哭啼不眠的香包及其生产法
3	201410719136.8	2014.12.03	治疗皮肤瘙痒的药膏及其制备方法
4	201410719479.4	2014.12.03	一种含有冬蜜糖的护肤品及其制备方法
5	201410822716.X	2014.12.26	产妇康复浴液及生产方法
6	2015107210630	2015.10.31	一种含八角油及肉桂油的滴丸剂
7	2015107211671	2015.10.31	一种含有八角油及肉桂油的口罩
8	2015107213732	2015.10.31	一种提高畜禽免疫力的饲料添加剂
9	2015107214896	2015.10.31	一种含有八角及桂枝的香囊

（三）获得科技奖励

1."肤阴洁"获得农业部科技发明二等奖 2."银胡感冒散"获得2008年广西科技进步三等奖（排名第一）3."肤阴洁复方黄松湿巾"获得2009年广西科技进步三等奖（排名第一）。

（四）承担科技项目

1. 主持项目

银胡感冒海绵剂的研究与开发；广西中药新药工艺研究、中试、分析测试及 GMP 车间平台建设。

2. 主要参与人员项目

复方黄松凝胶临床试验研究及产业化开发（国家科技部项目）；复方黄松凝胶临床研究与生产申报；广西大宗道地药材肉桂的深度研究及新产品开发；九里香规范化种植研究与示范。

（五）发表相关论文

发表论文有：1.《领航内病外治潮流提高人类健康质量—感冒脐疗中药制剂的研究》2.《居偏僻山中念天下百姓》3.《发展农村民营经济建设小康社会》4.《源于草木安在苍生》等。

（六）撰写出版书籍

主编和编著有：1.《常见病药物外治法》2.《家庭巧用中西药》3.《常见病简易疗法》4.《临床用药问答》5.《家庭巧用中成药》6.《家庭医生千千问》。

附三、莫兆钦调研文章、演讲报告精选

乡镇企业承载着广大农民的希望和梦想

乡镇企业作为我国国民经济的重要组成部分，是中国特色工业化社会的推动力量。各级领导及乡镇企业部门要认清形势，加快乡镇企业的发展，肩负起这个伟大的历史使命。

乡镇企业是我国先进生产力的重要组成部门。在社会主义经济建设的宏大进程中，乡镇企业是推动国民经济新高涨的一支重要力量。中国的国情决定了占人口比例90%的广大农村社会经济发展一直占有举足轻重的地位，乡镇企业的崛起为实现农业现代化，解决农村、农业和农民问题探索了一条成功之路。国家要富强，民族要兴旺，就必须大力发展乡镇企业。

源安堂药业南宁营销中心接待大厅

中国乡镇企业在历史长河中经历了沧海桑田般的变迁。乡镇企业的前身是社队企业，是在计划经济的缝隙中成长起来的，它一产生就开始艰辛地走上了市场经济的路子。在原料没有计划供应，产品无人包销，资金匮乏，技术人员无来源，设备简陋、陈旧等等问题的困扰中，靠改革、靠行动、靠精神、靠创造，经历了无数次失败，找到了市场这个法宝，顺应了发展趋势。乡镇企业的成功道路，为发展我国社会主义市场经济打下了基础。改革开放后，我国企业由计划经济向市场经济转变，乡镇企业在市场经济的大潮中拼搏，积累了丰富的经验，建立了适应市场经济的运行机制。结束了姓"资"姓"社"的争论，乡镇企业异军突起，集体、联营、合作以及个体私营企业四个轮子一起驱动，取得了突飞猛进的发展。

据统计，1999年，全国乡镇企业增加值达到2万多亿元，出口商品交货值实现7000多亿元，创利润5000多亿元，上交国家税金近2000多亿元。目前全国农村增加值近 1/3，国内生产总值近 1/3，工业增加值的近一半，出口创汇近 2/5，国家财政收入近 1/4 和农民收入的 1/3 都来自乡镇企业。实践证明，乡镇企业是我国国民经济的重要组成部分，是我国由农业现代化，过渡到工业化社会的一支骨干力量。乡镇企业的发展，打破了我国传统的工业化模式，探索了农村经济和农民脱贫致富的新路子，是我国先进生产力的重要组成部门。

乡镇企业是发展先进文化的重要阵地。先进文化是一项系统工程，是赖以提高凝聚力、向心力、战斗力，推动各项事业健康发展和升腾的精神动力，先进文化的旗帜、规范人民大众的行为方法、行动目标、世界观、人生观、价值观和信念体系。搞好社会主义精神文明建设是当前我国改革、发展和稳定的必然要求。我国目前有 2015 万家乡镇企业，从业人员近 2亿人，是精神文明建设的重要阵地。多年来，乡镇企业在坚持以经济建设为中心的同时，把精神文明建设摆在突出的位置，做到两手抓、两手硬。以忠心献给祖国，孝心献给父母，爱心献给社会，关心献给他人，诚心献给事业，信心留给自己的"六心"教育为主题，拓宽精神文明建设的内容，培养和增强职工职业道德，树立起全局观念、效益观念、奉献观念和敬业爱岗、积极奉献的文明风尚。

乡镇企业是我国亿万农民的一个伟大创造，它本身就是先进文化的一个方面。乡镇企业在发展过程中，不但为国家创造了经济价值和物质财富，为社会做出了巨大贡献。更重要的是培养和造就了新一代产业化工人，数以亿计的"泥腿子"告别田园，从"脸朝黄土背朝天"的传统耕作方式中解放出来，在自己的家门口穿上工作服上班，月月拿到工资，有了稳定收入。农民通过乡镇企业这个大舞台，拥有更多学文化、学业务、学科学技术的机会和时间，思想素质、业务素质和技术水平不断提高。一些农民骨干经过乡镇企业的培养和锻炼，成为出色的企业家、业务骨干和科技工作者，为共和国培养和造就了一大批优秀人才。

企业文化形成企业精神，企业精神标志着企业的"格"，体现企业经营理念，集全体职工的意志和行为准则于一身，融共同理想、奋斗目标、职业道德、劳动纪律和奉献精神于一体，它蕴藏着推动企业发展和爱国、爱民族的巨大能量，使职工不满足于自己吃饱穿暖，志在超越，在为社会创造物质财富、做贡献的过程中实现自己人生价值。1998年，我国长江、嫩江、松花江发生百年不遇的特大洪灾，地处少数民族地区的广西源安堂制药厂全体职工主动捐款18万元，同时加班加点生产"肤阴洁"系列药品，价值230多万元，全部无偿捐赠给灾区。近几年来，源安堂制药厂还先后拿出资金1000多万元为当地修公路，装电话、建电视转播台、学校、村委会和安装自来水，慰问烈军属、困难户等，为国家分担压力，为社会承担责任，促进了一方经济的繁荣与社会的稳定。

乡镇企业承载着广大农民的梦想和希望。实践证明，乡镇企业是农村经济的主体力量，是我国国民经济重要组成部分，乡镇企业肩负着农村经济全面发展的重要历史使命，发展乡镇企业，带动农村一二三产业全面发展，才能推动农村全面进步。广西桂平市中沙镇过去是全市典型的贫困乡镇，全镇27000多人，过去人均收入不到300元，全镇年财政收入不足30万元。长期以来，农民吃粮靠统销，穿衣靠救济，用钱靠贷款。改革开放后，农民自发筹钱办成"广西源安堂制药厂"，利用当地大山中特有的中草药资源，依靠科技进一步研制开发成功"肤阴洁"系列产品，后来又研制了感冒一贴安散、痛经一贴灵散、肠胃一贴舒散等内病外治新药品，填补了市场的空白，深受国内外欢迎。

接着，他们又以"源安堂"为龙头，办起了塑料瓶厂、商标印刷厂、纸箱厂、玻璃容器厂、化工厂等一批小型配套企业，取得显著的经济效益和社会效益。企业兴旺了，就有剩余资金反哺农、林、牧、副、渔等项目，助推交通、运输、建筑、商贸、邮电、通讯及服务业的发展，使全镇面貌发生了可喜的变化。近几年，全镇年人均收入达2500多元，是改革前的8倍；人均财政收入由全市倒数第一跃居为全市第一位，摘掉了贫困帽子。农民告别秦砖汉瓦，住上了别墅式的楼房，摩托车成了普通农民的代步工具，先富起来的农民还拥有了小轿车，昔日贫穷落后的中沙镇变为广西的"小特区"。

这一切变化，乡镇企业功不可没。当然，作为乡镇企业本身，也要遵循经济发展规律，进一步深化体制机制改革，企业改制是当务之急，改制的形式要从本企业的实际出发，在产权和所有制形式上取得突破，做到政企分开，产权明晰，职责明确。同时，以市场为导向，调整产业结构。同时，要彻底改变管理粗放的状况，逐步走上科学管理轨道。只有不断改革和创新，乡镇企业才能永远立于不败之地，沿着中国特色社会主义道路大步前进，才能真正为国家富强、民族兴旺做出更大贡献。

发展民营经济是农村全面建设小康社会的希望

全面建设小康社会，难点在农村，重点在农民。在共和国社会主义建设的宏大进程中，民营经济是活跃城乡经济、满足社会多方面需求、增加财政收入、扩大就业、促进国民经济和社会发展的一支重要力量，在过去实现总体小康目标进程中，民营经济发挥了不可替代的巨大作用。在新世纪新形势下，民营经济在全面建设小康社会过程中具有更加突出的战略地位，发展乡镇民营经济是农村全面建设小康社会的根本希望。

民营经济是建设现代农业的前沿阵地。人多地少是我国的基本国情，粮食问题是关系国计民生的大问题，现代农业是全面建设小康社会的基础产业。中国是一个农业大国，九亿多农民，农业弱质，农村落后，农民贫困，这"三农"问题长期以来是困扰中国发展的最大问题，"三农"问题的焦点是农民问题，农民问题的核心是就业增收问题，解决了"三农"问题，也就解决了中国的问题。乡镇民营经济是以农民投资为主体，在乡镇创办的各类企业，包括工业、农产品加工、交通运输、建筑、商业、饮食、服务以及现代化种植、养殖等一二三产业，生产经营活动几乎涉及国民经济各个领域，是国民经济的重要组成部分，是农村经济的重要支柱。

民营经济的发展，有2亿多农民从超载的土地上解放出来，实现了从农业向非农业、由农民向工人转变，从而缓解我国农村人口多土地少的矛盾，提高农业的规模经营水平和劳动生产率。农民进厂务工离土不离乡，每月有相对稳定的经济收入，补农建农，改善农业生产条件，提高农业的技术装备水平。据统计，我国民营企业从业人员接近2亿，占农村劳动力26.8%；即有1/4以上农村劳动力在民营企业就业，每年从民营企业获得的工资收入1.8亿元，占全国农民人均纯收入的35.0%，事实证明，民营经济是农民增收的主渠道，是解决"三农"问题的有效途径。民营企业带动农产品加工贸易，提高农产品的价值，搞活农产品的流通领域，深化农业结构调整，壮大产业化经营，增加农民收入，推进农业产业体系的构建，促进现代农业的建设，加快农业现代化、农村工业化进程。

民营经济是我国实现农业现代化向工业社会过度的一支骨干力量。农产品加工贸易一头连着农业，一头连着工业和第三产业，起着联动、引导的重要作用，只有农村的加工业发展了，才能实现农产品的增值并为农产品找到更多、更大、更好的市场，进而推动农业生产的集中布局、规模经营和专业化生产。

民营经济是农村第三产业的主力军。商业、交通运输、饮食服务、咨询、物流等服务业，是民营经济占比例最多的行业，同时还发展各类综合性和专业性商品批发市场，搞活农产品流通，促进城市与农村的经济、文化交流。

源安堂药业南宁营销总部各部门整齐划一的办公区

民营经济是加快乡村城镇化建设的主力军。我国正处在向工业化过渡时期，我国农村人口多，完全靠国家投资，靠城市吸纳，完成工业化是不现实的，必须走发展乡镇民营企业这条路。乡镇民营经济的发展，带动农民的聚集，进而带动服务业和市场的兴起，促进小城镇建设，培植小城镇的产业基础，壮大小城镇经济，最大限度地减少农村富余劳动力转移带来的各式各样的困难。引凤筑巢，引进投资者在乡镇进行总体开发；反过来又筑巢引凤，乡镇形成工业园区规模，完善配套设施与优惠政策，优化投资软、硬环境，吸引更多的企业家、财团进入投资发展企业，培植企业群，形成产业的群体规模优势，发展壮大乡镇总体规模和经济实力，加快小城镇建设。

广西桂平市中沙镇政府所在地过去只有一条不到 100 米的街道（兼公路），几间破破烂烂的土坯房。民营经济的发展，特别是源安堂的成功，引导和带动塑料制品厂、纸箱厂、商标印刷厂等配套企业的蓬勃发展。后来，又有桦楠气库、园林纸业公司、和力蒸汽设备公司、天和纸制品厂及 4 家毛织厂落户该镇，投资金额接近 1000 万元，增加就业人数 400 多人，形成了上国工业区、沙坡工业区和南乡工业区初具雏形的工业化布局。企业发展起来后，农民有了钱，接着投资圩镇建设，短短几年时间，一幢幢楼房拔地而起，8 条水泥路面大街纵横交错；街道两旁绿树成荫，门店连片，商品琳琅满目，交易活跃，经济繁荣。全长 12 公里的源安堂至北市水泥公路和 1 公里多的上国村水泥路，民营企业出资达 600 多万元，占总投资的 50%，如没有民营企业的鼎力支持，也许这些路还是泥巴路。可见，小城镇是发展民营企业的载体，是工业化和城镇化的重要结合点，成为国民经济的重要增长点。

民营经济是壮大县域经济的基本依托。经济体制改革后，县级以下不再存在国有企业，主要靠农业经济增长。民营经济的发展，使县市级经济脱离了仅仅依靠农业来推动经济增长的发展模式，形成县域范围内一二三产业全面发展的格局。桂平市是广西第一大市，160 多万人口，经济依托主要是农业经济和民营经济，到 2013 年 12 月底，全市民营企业共有 600 多家，个体工商户 4400 多户，全市民营企业、个体工商户完成固定资产投资近 5 亿元，占全市总投资的 70%；实现增加值 33 亿元，占全市增加值 32.50%；缴纳税款近 4 亿元，占全市税收的 60%。

特别是对外贸易方面，近 3 年民营企业出口平均增长 20% 左右，占全市一般贸易出口比重 90%；同时直接或间接地推动了全市招商引资的蓬勃发展，2013 年全市上马生产经营性项目 300 多个，总投资 35 亿元人民币，已到位资金 5 亿多元人民币；全市新办"三资"企业 9 家，直接利用外资 1300 多万美元；全市非公经济实现社会消费品零售总额 19.65 亿元，占全市 73.88%。广西源安堂药业有限公司是全市民营经济的龙头，资产总值超过 11 亿元，无形资产逾 110 亿元，2013 年生产产值达到 11.5 亿元，在全市工业产值总量中占很大的比重，最明显的是财政税收方面，源安堂去年缴纳税金1800多万元，相当于10个农村乡镇财政税收总和，对全市财政增收起到了重要作用。

民营经济是全面提高农民素质的重要途径。民营经济的发展，成为农民有志之士创业发展，实现人生价值的舞台，对创业思想和创业精神的形成起到了重要的促进作用，使具有创业意识和创业愿望的人能够成为创业者。农村有许多英才、奇才和"通才"，通过民营经济为载体，发挥自己的智慧和才华，发挥了敢试敢闯、追求卓越、勇往直前的创业精神，成就了事业，有些人能够成就了大事业，为社会创造了巨大的经济价值和丰富的物质财富，实现了人生价值。同时，有力促进了社会主义精神文明建设，增强了有志农民的社会公德、职业道德和家庭美德，使其牢固树立全局观念、效益观念、奉献观念和敬业爱岗精神以及不断开拓进取的精神。更重要的是培养和造就一大批新一代产业工人，昔日的"泥腿子"告别田园，从"脸朝黄土背朝天"的传统耕作方式中解放出来，拥有更多的学文化、学技术、学业务的机会和空间，锻炼成为有理想、有抱负、有道德、守纪律的新人，在社会主义事业的建设中释放出推动经济发展和爱国、爱民族的巨大能量，推动社会的全面进步。

民营经济的发展，是改革开放30多年来取得的最突出的成果，当前已经成为国民经济的半壁江山，成为支撑国民经济高速增长的主要力量，农村全面建设小康社会，民营经济有着举足轻重的作用。加快发展民营经济是我们的一项重要任务，要树立科学的发展观，紧紧抓住国家西部大开发战略的实施，以及我国加入世贸组织、中国——东盟自由贸易区的建立和泛珠三角洲经济的形成等历史性机遇，进一步解放思想，大胆开拓进取，加快发展民营经济，农村全面建设小康社会的目标就一定能够实现。

研制农民最喜欢的农业机械
——广西鳄鱼王农业机械制造有限公司创新研发
实用型农业机械的调研
○《红旗文稿》广西调研基地调研组

[调研背景]

农机工业是我国装备制造业的重要组成部分。近年来，国家实施了强有力的支农惠农政策，在促进农民收入增加的同时，也推动了农机工业的快速发展。但我国农机工业的发展仍存在诸多制约因素，农机企业普遍存在自主创新能力低、工艺装备水平差、产品结构不合理等问题，这些都对农机工业健康可持续发展造成严重影响。

广西是全国甘蔗的主产地，但甘蔗收集方式落后、成本高，经过3年多的艰苦研发，广西鳄鱼王农业机械制造有限公司于2010年9月研制成的"鳄鱼王牌4ZJ-GH15FSD-1型甘蔗收集机"，通过了自治区省级技术鉴定和国家科学技术部查新检索，被确认为全国首创。目前，已投入批量生产，投放市场，深受广大蔗农和小型运输户的欢迎。

广西鳄鱼王农业机械制造有限公司是如何创新研发"鳄鱼王牌4ZJ-GH15FSD-1型甘蔗收集机"的呢？2011年3月5日至6日，《求是》杂志《红旗文稿》广西调研基地调研组前往桂平进行了调研。

把握现实市场，创新研发实用型农业机械

[调研观察]

甘蔗是广西的优势农业产业，产量稳居全国第一。广西甘蔗从种到收，整个产业链是比较完整的。但收集机械化程度低致使种植成本高等问题也相对突出。

针对甘蔗农业机械化程度低的状况，广西鳄鱼王机械制造有限公司迎难而上，研发生产出新型甘蔗收集机、自卸挂车、拖拉机等农机具，全力为农民打造实用的农业机械。尤其是"鳄鱼王牌4ZJ-GH15FSD-1型甘蔗收集机"的成功研制，更是为广大蔗农带来了福音。

一、"鳄鱼王"农机赢来掌声一片

2011年2月18日，广西鳄鱼王机械制造有限公司对新研制的农机进行试机，试机现场在桂平甘蔗集中产区。试机那天，吸引了10多万群众前来观看。"鳄鱼王牌4ZJ-GH15FSD-1型甘蔗收集机"给大家演示了攀岩、过河、过沼泽、上坡、上岩滩、下峭壁、过工地，以及装运砖石、柑橘、上山装水、收集甘蔗、装运蔬菜等功能，观众惊叹不已，报以长时间热烈的掌声。

3月7日，江淮动力南方销售公司总经理王兆海慕名赶到桂平观看"鳄鱼王牌4ZJ-GH15FSD-1型甘蔗收集机"实地操作后，对该公司研发小组说："这是我到目前为止看过的所有拖拉机当中最好的，你们为农民办了一件大好事，这是拖拉机史上的第二次革命，代表着拖拉机的发展方向"。

柳州市柳江县高镇板六村村民覃班全，春节前购买了一台"鳄鱼王牌4ZJ-GH15FSD-1型甘蔗收集机"，不仅把家里积存的甘蔗很快拉到了糖厂，还帮助其他农民拉甘蔗。他感慨地说，往年由于请不到人工，来不及把砍下的甘蔗运出去，结果有些甘蔗放久了引起变质。现在有了"鳄鱼王牌4ZJ-GH15FSD-1型甘蔗收集机"，节省了人工，提高了工效，还多赚了不少钱。

二、新功能农机产品成功研制，发挥强大威力

调研组走访了一些购买"鳄鱼王牌4ZJ-GH15FSD-1型甘蔗收集机"的农民。了解到，该收集机每小时收集甘蔗15~20吨，每吨甘蔗的收集成本减少了20~80元。最主要的是，这种机械的问世，将广大蔗农从繁重的劳作中解脱出来。

据广西鳄鱼王农业机械制造有限公司董事长汪大汪介绍，甘蔗的产地一般在山地、水田，收集时必须爬坡过坎。因此，甘蔗收集机必须具备"拖拉机前轮万向折腰"新功能。这样，当拖拉机前轮遇到障碍时，车头前部分能向上、向下或向左、向右摆动越过障碍，使拖拉机后部分得以通过障碍。同时，甘蔗收集机在操作方面采用了汽车设计，使农民田间作业操作简单自如；甘蔗收集机提升则采纳国内最先进的液压马达技术。

三、鳄鱼王系列农机产品、农民致富的好帮手

调研组了解到，广西鳄鱼王农业机械制造有限公司至今有 9 项农机专利产品。主要有：鳄鱼王牌甘蔗收集机、前后驱动拖拉机、多功能拖拉机等系列产品，这些农机产品可以满足农民从事农业耕作、收获、运输多环节的需求。

例如，他们推出的鳄鱼王牌前后驱动方向盘拖拉机，具有越野性能好，爬坡能力强，减震效果好，操作简单，安全实用等特点，广泛应用于攀岩、过河、过沼泽、上坡、上岩滩、下峭壁以及装运货物，得到农民的认同和青睐。

开发潜在市场，争创广西农业机械第一品牌企业

[调研观察]

抓住眼前热门的市场，对于一个企业固然重要。但能够以锐利的眼光捕捉和发现潜在市场，通过自己开发的产品，诱发潜在市场变为现实市场，这是广西鳄鱼王牌农业机械制造有限公司的产品战略。公司董事长汪大汪说，开发潜在市场大有作为。不仅可以促进企业产品和品牌开发，还可以加速实现我们的战略目标。我们的目标是，走自主创新的发展道路，打造广西农业机械的第一品牌。

一、适时切入市场，做制造农业机械的强者

如何才能做一个成功的投资者，成功的投资者应该具有些什么样的素质？"鳄鱼"的回答是，在市场中静静地等待，一旦机会形成，就能准确、快速地出手并死死咬住机会，直到占领市场。

市场钟爱的是自强不息的开拓者。广西鳄鱼王农业机械制造有限公司董事长汪大汪在解释他的企业为什么起名为"鳄鱼王"时，他给调研组讲述了他眼中理解的鳄鱼：鳄鱼是迄今发现活着的最早和最原始的爬行动物，它入水能游，登陆能爬，被称为"爬虫类之王"。鳄鱼和恐龙是同时代的动物，恐龙早已化石，而鳄鱼却顽强的生存下来，证明了它具有强大的生命力。

广西鳄鱼王农业机械制造有限公司制造的"鳄鱼王系列农业机械"，就是要具有"鳄鱼"的特性。汪大汪认为，广西的甘蔗、木薯、蚕茧产量居全国第一，另有多种农产品产量居全国前列，这些农产品如果有实用的农业机械支持，就会给广大农民带来更多的财富。"鳄鱼王牌 4ZJ-GH15FSD-1 型甘蔗收集机"和"前后驱动拖拉机"正是秉承了中国优秀的传统文化精髓，以其卓越的机械性能，助推农民走上农业机械化道路。

二、拓展发展空间，打造实用的农业机械品牌产品

调研组了解到，广西鳄鱼王农业机械制造有限公司的前身是桂平市关辉自卸挂车厂，至今已有 23 多年的历史。改制后，企业规模迅速扩大，拥有专门的研发小组，车辆试验实验室和市场信息收集部，还拥有一支专业的营销队伍，实行一条龙服务，让广大用户购得放心，用得舒心。

莫兆钦兄弟姐妹在西藏大草原旅游时的合影留念

公司实行 ISO9001-2000 的质量认证管理体系，从原材料采购、各种零配件的生产，到整车、整机的组装，均纳入企业质量控制体系，确保每台产品达标。同时，公司正在培训各类专业人才，增装各类生产线及试验

检测设备，力争年产量达到 7200 台套。

三、创新研制农机产品，各级党委政府和相关部门大力支持

广西鳄鱼王牌农业机械制造有限公司自改制伊始，就得到了自治区各级党委政府及农机局等有关部门的高度重视和大力支持。鳄鱼王甘蔗收集机研发成功后，自治区及桂平市领导就督促各有关部门在企业办证等方面一路绿灯。

汪大汪董事长表示，国发 [2010]22 号《国务院关于促进农业机械化和农机工业化又好又快的意见》指出"农业机械化是发展现代农业的重要基础，农业机械化是农业现代化的重要标志。到 2020 年基本解决甘蔗种植、收获机械化关键技术问题"，这为今后农业机械制造企业的发展指明了方向，相信在各级党委政府和相关部门领导的大力支持下，公司一定会制造出更多优质农机产品，为广大农民增收致富争贡献。

情系三农，知恩图报，实现人生价值

[调研观察]

作为一名共产党员，以怎样的行动来实现自己的人生价值？广西鳄鱼王农业机械制造有限公司董事长汪大汪，从农民的实际需要出发，致力于研制生产甘蔗种收机械化的农业机械，既找到了让企业生存发展的商机，也为农民增收致富尽心尽力做无私奉献，体现了一名企业家的高度社会责任感。

一、感恩回报，为老百姓勤劳致富助一臂之力

提起鳄鱼王甘蔗收集机的发明，还得说说广西鳄鱼王农业机械制造有限公司董事长汪大汪。这位憨厚朴实、思维灵活、敢作敢为的中年人，在创办鳄鱼王农业机械制造有限公司之前，曾在桂平市水电局南木电灌站上了十五年班，担任南木电灌修理厂厂长、桂平市机电排灌修理厂厂长，后来辞职创办桂平市建材机械厂，拥有 5 家企业，300 多名员工，40 多台大小车辆。他报批了 23 个商标，获得了 15 个国家专利和 5 个著作权。

为什么汪大汪在其他企业发展得很好的时候，还要另外成立一家公司，

专注于农业机械设备的研制和生产？

这里面还有故事。原来，汪大汪的父亲汪锦满当年在朝鲜战场上参加过上甘岭战役，荣获过战斗模范英雄称号。2007年父亲逝世后，汪大汪反复思考自己的人生定位，父亲一生为国家为革命做出贡献不求回报，自己也是一名中共党员，也应该在家乡做一点贡献，为农民做一些有益的事情。

汪大汪把创业的目标放在研制生产机械产品上。小时候，家里种甘蔗，从种到收的劳动场景，他都历历在目，了如指掌。其中，给他留下印象最深的就是收集甘蔗过程中，从田间收集搬运甘蔗到公路收蔗点是最花力气、最艰难的体力活。甘蔗如果未及时抢收错过季节，就会影响到甘蔗的糖分和产量。近几年，农村大多数青壮年劳力都外出打工，甘蔗的收集和搬运工作是个难题，这也是影响农民收入和制约广西糖业发展的一个因素。

在广大农村，依靠种植甘蔗劳动致富，依然是很多山区农民的选择。采用机械化收割、搬运甘蔗，能有效减少农业投入，降低农民劳动强度，促进农民增收。汪大汪决定利用自己的技术强项，研制出一款适合山区的甘蔗收集机。

二、发挥优势，专注于农业机械的创新研发

2007年，汪大汪高薪聘请了一批农业机械研制的科技人员，成立了"甘蔗从地里运到公路收集点的难题攻关科技小组"，开始甘蔗收集机的研制。

农机研制领域的竞争十分激烈。为研制质优、价廉而又实用的甘蔗收集机，公司的科技人员废寝忘食。课题组根据广西甘蔗种植主要在丘陵、山间的特点，笃定以拖拉机方向盘作为研究方向。他们专注于"鳄鱼王牌4ZJ-GH15FSD-1型甘蔗收集机"的研制，不断地改进，不断地实验，经过三年多上千次的试验，"鳄鱼王牌4ZJ-GH15FSD-1型甘蔗收集机"终于闪亮登场。

三、水到渠成，实用农机受到广大山区农民的欢迎

广西鳄鱼王农业机械制造有限公司发明的具有自主知识产权的"鳄鱼王牌4ZJ-GH15FSD-1型甘蔗收集机"及其系列农机产品，投放市场后受到了农民的热烈欢迎。

据了解，农民购买一台甘蔗收割机，按照中央农机购置补贴的标准，中央补贴价格的 30%，单机补贴不超过 5 万元；自治区补贴 30%，单机补贴不超过 12 万元；按照自治区配套标准给予补贴，农民只需掏一部分钱就能拥有一台甘蔗收割机。

[调研思考]

千方百计增加农民收入，是我们党在农村工作的一贯方针。农民增收不仅是个经济问题，也是一个政治问题，更是一项长期的战略任务。

温家宝总理在十一届全国人大一次会议的《政府工作报告》中明确提出，要"加快推进农业机械化"。特别提到，要发挥农机购置补贴等政策的宏观调控作用，缩短补贴资金结算时间，加大对行业骨干企业、名优产品的扶优扶强力度，推动农机装备制造业的产业升级。

据了解，长期以来，我国的农机产品水平低、结构不合理。生产的多数农机产品，主要技术经济性能指标只相当于经济发达国家同类产品 20 世纪 70 年代技术水平；产品结构不能适应农业结构调整的需要，中小型低端产品产能过剩，供大于求，造成恶性竞争，而技术含量高和作业效率高的产品，还不能满足农业生产需要。由于诸多行业内优势企业新产品研发创新投入难以获得应有的回报，严重挫伤了企业技术创新的积极性，使行业持续发展的后劲不足。

甘蔗种植是广西的优势产业，产量占全国的 62%。广西甘蔗种植和糖业生产已形成一套良性循环链，机械化发展有利于广西糖业的可持续发展。国务院颁发的《国务院关于促进农业机械化和农机工业化又好又快发展的意见》文件是支持农业机械化和农机工业化的"尚方宝剑"。我们认为，各级部门应该大开"绿灯"，进一步发挥扶优扶强作用，加大对像广西鳄鱼王农业机械制造有限公司这样专门专业研发新型实用农机机械企业的支持，让"鳄鱼王牌 4ZJ-GH15FSD-1 型甘蔗收集机"，这样广受山区农民欢迎的农业机械，享受到国家的政策倾斜和重点扶持，这不仅对广西农业机械制造起到创新促进作用，也会带动广西乃至全国甘蔗产业的发展。

作者　莫兆钦、詹丽萍、梁晴

智慧源于学习，成功来自坚持

——在贵港市委党校中青年干部培训班上的讲话

同志们：

非常荣幸能够参加我们贵港市委党校举办的中青班全体干部交流活动，在这个交流活动中，请到了很多自治区方面的领导、教授，也有部分企业家做报告，他们都讲得很不错。

今天，我想跟大家分享一下我日常生活中的体会，同时，也想听听大家的经验，因为这是一次非常难得的交流机会，这对企业，对我自己，都是大有益处的。

接下来就跟大家交流四点我个人的一些体会。

第一　学习政治

在座的，我想应该都是中共党员，作为一个党员，在人生的道路上，我认为"听党的话，跟党走"是最重要的。对领导干部和企业来说，都不能缺失政治的学习。员工以及我们管理者，都不能没有政治觉悟。当今时代，利益多元，思想多样，观念多变，政治觉悟越来越重要。如果说，过去，企业的风险更多的是源于人的无知，那么，现在的风险更多的是源于人的信仰。人生需要信仰的驱动，没有信仰就没有动力，有什么样的信仰，就会有什么样的价值观。党的十八大从国家、社会和公民三个层面概括出社会主义核心价值观的内涵，富强、民主、文明、和谐，是国家的价值目标；自由、平等、公正、法治是社会的共同理想；爱国、敬业、诚信、友善是公民的行为准则。短短的二十四个字，承载了中华民族的精神追求，引领了社会的价值观，其中，这个爱国、敬业、诚信、友善，包括社会公德，职业道德、家庭美德、个人品德，方方面面，是我们每个公民的价值目标，别以为这八个字很简单，其实不然。这里边涵盖很广。有民族的复兴，有经济的发展，有文明的进步，有社会和谐等等，内容丰富，意义深远。

在我们源安堂，我们把它作为当前学习的重要任务，精心安排，要让我们一千多名员工，尤其是共产党员，要把这八个字学懂，学通，学透，内化我们的理念、意识，外化我们的行为、规范。我想，我们的干部，更应该在这方面成为我们的典范，并以此作为我们思想的压舱石，价值的定盘星和成长的推进器，这样我们才有一条行之可走的康庄大道。实干是最响亮的语言，行动是最有力的证明，如果说我们每个人都做到了，有"天下兴亡，匹夫有责"的爱国情怀，有恪尽职守、精益求精的敬业精神，有以信立身，以诚处世的诚信品格，有与人为善，关爱他人的友善态度，就可以聚个人为集体，集小气候为大气候，形成我们整个社会的文化氛围，形成全体人民的创造力和战斗力，为中华民族的伟大复兴贡献我们的力量。我过去说，团结一致，就能出生产力，我经常说的一句话就是：凝聚力就是战斗力，战斗力就是生产力，生产力就是人民币，也就是说，一个有凝聚力的集体，最终会收到很大的经济效益，相反，如果我们不团结，一盘散沙，怎么能搞好一个团体，能够管好一个地方以及一家企业？

第二　学习互联网技术

去年我就看到，在各类广告收入中，央视广告的老大地位不保，而百度的广告收入在 2013 年首次超过了中央电视台，说明一个什么问题呢？说明互联网的巨大威力，当时，我就把这则新闻转给了很多领导和企业家朋友，大家都看了。

今年 5 月，人民日报推出了一系列的报道，围绕传统产业如何与互联网融合，互联网思维对传统行业的颠覆和改善，对我的启发非常大。传统的产业思维，几乎是根深蒂固的。尽管这十多年来，大家都在说互联网促进社会经济，有的单位和企业也都在通过互联网的应用把传统的业务、服务做得很好，但是，面对互联网带来的冲击和机遇，我们的步子还是太慢了。

拿我自己来说，过去总觉得互联网只是一种工具，企业中有人会用就可以了，没必要我个人懂什么，总觉得鼠标里点不出什么方向。但现在不同了，我孙子、外孙，都回来跟我讲互联网，互联网已经从一种工具变成了一种思维，一种文化，一种工作和学习的状态，3D打印技术也已经出现在眼前了，怎么办？只有下苦功夫学，善学者能，多能者成。

今年5月，在2014年全球互联网金融大会上，有一个专家演讲，我认真学习了，建议大家也好好去听一听，好好学一学。他说，互联网是未来的一切和一切的未来，讲得非常深刻，非常好。说实话，学习和应用互联网，我们自己年纪大了，不容易学，但不要紧，要有紧迫感。关键是大家要有紧迫的心态。很多东西，如果我们心态改变了，接收了，学习起来就会变得更轻松，更快。无论过去你的做法多么成功，你必须面对现实的挑战，该颠覆的彻底颠覆，该改善更好地改善，心态决定学习的效果，学习决定未来的成败。思路决定出路。

第三　关于学习的时间

时间是最公平、公正的，一天24小时，人人如此，只是用法各有不同。有人用来积累知识，有人用来积累罪恶，长此以往，人与人之间，差异就大了。勤学如春起之苗，不见其增，日有所长，辍学如磨刀之石，不见其损，日有所亏。学习的事情，不在于你有没有时间，也不在于有没有人教你，在于你自己有没有觉悟和恒心。人到了一定的年龄，身体就难以成长了，但精神可以继续成长，学习就是人精神成长的过程，它可以不断打破自己目光的界限，突破你思维上的局限，使你能够进入更高的层次和境界，所谓活到老，学到老，提高到老，就是这个道理。回想我们过去取得的一点成绩，都是靠学习得来的，向书本学，向市场学，向他人学，学习成功人生的必经之路，展望未来的一切和一切的未来，都将取决于我们的精神和学习能力。生命1分钟，学习60秒，加倍的学习才能加速成长，加速成功。

第四　依法治国依法行政

现在，全国上下，都处在学习十八大和十八届四中全会"依法治国"

理论精神、贯彻落实各项工作大浪潮当中。众所周知，在党的统一领导下，依法治国，是我们国家非常好的治国方略。做好立法工作，是推进依法治国、建设法治中国的前提和基础。但是，在座的各位是否想过，我们的"依法治国"这一整套理论体系是凭空想出来的吗？是拍脑门想出来的吗？我想应该不是，这应该是我们广大立法、执法、司法工作者不断学习、不断的实践总结积累所催生的制度创新，是我们党和广大人民群众智慧的结晶。

十八届四中全会强调，我们建设中国特色社会主义法制体系，必须坚持立法先行，发挥立法的引领和推动作用，抓住提高立法质量这个关键，就能更好地完善以宪法为核心的中国特色社会主义法律体系，更好地推动地方立法，为建设法治中国，提供法律支持。同时对我们每一个人的人权，更有保证，这是一件非常好的大事情。

随着立法的变化和完善，社会制度的不断微调，我们的社会经济也将会发生重大的变化，国家从宏观上调整经济结构，转变经营方式，有法制护航，小康社会的建成指日可待。作为领导干部，我们应该顺应社会大势，充当依法治国的排头兵。过去，我们有些领导干部做事都是"三拍"定板：一拍脑门，这个行，可以干；二拍胸膛，大胆干，我负责；三拍屁股，出了问题，拍拍屁股走人。这不是依法行政，不是民主执政，这不符合依法治国的要求。在社会形势、经济形势不断发生变化的今天，特别是在市场化不断发展创新的今天，作为决策者，不能再走"砍了竹子让别人编筐，挖了矿石让别人炼钢"的老路子了，我们要懂法，依法办事，同时在信息方面，也要加强学习和积累，收集到更多有效的信息，按经济规律办好每件事，这样才能紧跟乃至引领时代的方向和潮流。

第五 学习古典文学

古今中外的东西都要学习。我们应该多学学古文，学习古代的一些经典。我经常抄写《滕王阁序》《兰亭序》《岳阳楼记》《桃花源记》，唐诗宋词等等，从中我就学到了很多优美的词句，比如"落霞与孤鹜齐飞，秋水共长天一色""先天下之忧而忧，后天下之乐而乐"等等，如果在合适的时间、合适的场合，恰当地引用这些经典，我们讲话的高度就不一样，别人听起来就觉得你有水平，别人就能听进去。经典、典故的选择和引用，往往能凸显出你的个性和特点，如果你常常引用王维的诗句，比如"明月松间照，清泉石上流"或者"竹喧归浣女，莲动下渔舟"，那就说明你的词句偏向优美；如果你常常引用的是郑板桥的诗句，比如"咬定青山不放松，立根原在破岩中；千磨万击还坚劲，任尔东西南北风。"那你给人的感觉就是坚韧和担当，这就是你的特点。

所以，如果在座的有时间，甚至是挤点时间出来，建议大家多看，多学。因为开会的时候，如果听你讲几句话，人家就觉得你自己肚里没有货，你讲的话语不动听，人家在下面听起来就觉得比较枯燥，他就不愿意听，不用心听。同样的事情，如果我们用更生动的语言来进行描述，进行传达，效果就明显不一样。

我们经常看电视新闻，看到我们的总书记习大大，博览群书，引经据典，学以致用，指导工作与学习。每到一个地方，开会讲话作报告时，都用自己的语言，用自己学习到的典故为基础，说开每一件事情，让人记忆犹新，事半功倍。所以，我认为，学习是很重要的，如果学习多了，我们积累深了，那就是开口就来，对我们今后的工作、生活、实践都会有非常大的帮助。

第六　学点养生有个健康的身体

我觉得，人生在世，要注意自己的身体，如果没有健康的身体，健康的体魄，党和人民对你再大的信任，你也没有能力去服务，没办法去完成大业。所以，我想对我们广大领导干部说，人生也就几十年，多则100年左右，总体而言，有三分之一是因为喝酒而得病的，难听一点，是喝死的；三分之一是气死的；三分之一是病死的。所以我们吃饭，喝酒，从年轻的时候就应该注意，不要喝太多酒，乐极生悲，乐得太过了，悲就来了。广西不是有几个事例吗，来宾不是有一个镇长还是书记，新上任，就喝死了吗？这个影响很大，说明一个领导干部，要文明用餐，我们只敬酒，不劝酒。我们吃饭不要过于奢侈浪费，现在不是提倡"光盘"吗？老百姓种植大米不容易啊，生产各种粮食不容易啊，所以，我们作为领导干部，应该带头勤俭一点，对我们人生的素养也是一种提高，因为勤俭是中华民族的传统美德。要牢记"吏禄三百石，岁晏有余粮，念此私自愧，尽日不能忘"

的古训。

从中医来说，人有七情、自然界有六淫，七情就是喜、怒、忧、思、悲、恐、惊，喜则伤脾，怒则伤肝，忧则伤肾等等，这有一整套的体系。所以，我们要控制自己的情绪，不要太在意外面的变化。我们要做到"四个忘记"：忘记疾病，忘记恩怨，忘记得失，忘记年龄。做到这些，你自然就会精神好、身体好。六淫就是风、寒、暑、湿、燥、火，冷的时候，适当多穿些衣服，热的时候就穿一个衬衣，风大的时候，我们要避一避，不要被冷风刮到，以防感冒，燥，就是秋天了，太过干燥，多喝点水，多吃水果，这能保持自己旺盛的精神，保证自己坚强的体魄，这样，我们干工作才能有保证。所以，中医，我们也要学习，我们也要懂得一些东西，一些原理，这样，不仅仅我们自己懂，我们还能教别人懂，教家人懂，教周围的同志懂，这是养生。

广西源安堂药业"关爱环卫工人爱心活动月"启动仪式在南宁市举行

总的来说，我今天想说的就是，人生要加强学习，这才是最重要的，我现在每天利用两个小时写书法，如果白天没时间，就晚上写。写书法，需要你站在那里，通过笔尖，运动全身的气，把气运到笔尖之上，不管自己写得好不好，重要的是能够坚持下来，那是一种锻炼，修心养性，同时磨炼自己的意志、忍耐，更重要的能够学到好多知识，能学到很多古今中外经典的东西，最经典的东西，我们能够写出来，这对我们有好处，这也是学习的一个方法。

第七　学习别人的长处

我最近又看了总书记关于中央"八项规定"执行一年来的总结与回顾，会议上的有关讲话内容，我认真看了两遍。总书记利用古典的同时根据现在学习所带来的信息，治理一个国家，一个民族，最近中华民族伟大复兴这个中国梦，全都融合在里头了，所以说，这就是魄力，这就是决心，就是措施，这是治国的方略。你有这么厚的底盘，你才能承载更多的东西，如果你去演讲，你说东西没有内容，空空如也，那就是你的知识问题，所以说，学习，就是学习人家的长处，补自己的短处，都是一个非常好的机会，每个人都有他的特点，不要以为有些同志不行。我们村有一个被大家叫作"阿烂"的，很多人都认为最坏的人就是他了。其实不然，全村人都说他没有什么优点，我就觉得他有一个很大的优点，但凡有人死了，别人都怕脏，还有恐惧，他能去给每个死去的人清理得干干净净，穿上新的衣服，他就不怕脏，体面地送走了逝者，又让逝者的亲人得到了慰藉。他就能把别人不敢干、不愿意干的事情做好，这难道不是他的优点吗？所以，我们看人，别以为人家就没有优点，再坏的人，再差的人，身上都有闪光点，值得我们学习的地方。

最后，赠上一首诗，与大家共勉：

铁肩担道义，
正气满乾坤。
将相本无种，
男儿当自强。

智慧源于学习，成功来自坚持。"九层之台起于垒土，千里之行始于足下"。希望大家在交流学习中共同进步，在坚持不懈的学习中获取更多的知识，更好地掌控我们的未来！

附四、莫兆钦重要"军企论"选辑

莫兆钦在上级党委和军政机关的帮助下，建立了源安堂药业公司人民武装部。武装部下辖的应急民兵连，既是一支地方武装力量，又是一支企业生产经营的生力军。"穿上绿军装，拿起手中枪，就是一个兵，随时上战场。"放下枪杆，换上工作服，握着鼠标和操纵器就是职员和工人。应急民兵连严明的纪律和敢打敢拼的作风，在企业得到了发扬光大；官兵们吃苦耐劳、乐于奉献、亲民爱民的传统，也在企业得到了弘扬；解放军部队讲传统、讲荣誉、讲政治的光荣传统，也移植到企业车间班组，转化为企业的向心力、凝聚力和政治优势。

莫兆钦管理企业的独到之处还在于他善于将军事理论和战争实践经验嫁接到企业，运用军事案例指导企业经营。从硝烟滚滚的战争故事中找到"兵战"与"商战"的相通之处和共有的规律，捕捉到不见刀光剑影的商机。别的企业家惯于在商言商，而莫兆钦在创办企业的过程中，喜欢与军界人士交往。请部队首长进厂视察，介绍部队的管理经验，他本人也乐意接受邀请，到军队军营作演讲；他还热衷研究战争，他的藏书中有大量军事类著作，经常研读，颇有心得。他说，无论阵地战、游击战还是现代化集团军立体战争，都要熟谙敌我双方力量的对比，从而找出规律，克敌制胜。在商战中，企业家要以军事家的谋略和眼光，洞悉瞬息万变的市场风云，知己知彼，决战决胜。

30多年来，莫兆钦成功地借鉴古今军事原则运用于企业经营，使企业得到了长足的发展。归纳起来有集中兵力原则、出其不意原则、主动出击原则、随机应变原则、步调一致原则、当断则断原则等等。

集中兵力原则

集中兵力原则应用于企业经营和市场运作主要表现为集中人力、物力、财力瞄准一个目标，打造一个拳头产品，占领一个制高点，而不能盲目扩张，四面出击，追求大而全。

例如，在 1995 年至 1996 年，企业刚刚起步，处于资金的原始积累阶段，经济实力还不雄厚，年产值尚未突破亿元大关，上交财税也只有 2000 多万元。企业的生产方式和技术设备条件亟待改善，稍有闪失，经济指标就有下滑的危险。

在研究企业未来发展战略问题上，各种观点相互交锋，"多元化发展""多轮驱动"与"稳步发展、待机而动"等主张相持不下。有的股东小农意识严重，主张亦工亦农，小富即安，有人提出拨出专款建造一栋气派非凡的综合大楼，有人建议把钱拿去搞第三产业，甚至产生了分光、吃光的想法。莫兆钦力排众议，主张抓住矛盾和矛盾的主要方面"集中优势兵力打歼灭战"，把有限的资金用于肤阴洁生产线的技术改造上。他提出企业上下要达成共识，形成合力，"心往一处想，劲往一处使，汗往一处流，钱往一处花"。经过一年多时间的精心运作，源安堂完成了生产线的技术改造，将企业年生产能力提高到 10 亿元的水平。1998 年以来，源安堂旗下企业产值首次突破 2 亿元大关，上缴税款达到了 5000 万元。

出其不意原则

"兵行诡道"，这是在军事战略上被普遍运用的作战原则。在具体的战术运用上，就是"出其不意，攻其不备"。这个原则，在中外战争史上成为弱军战胜强敌的法宝。要做到这一点，需要指挥员具有料敌之"不意""棋高一着"的谋略和非凡的勇气。想当年，莫兆钦由民办教师转为公办教师，端上铁饭碗的时候，毅然丢下教鞭下海经商。后来，又凭着祖宗留下来的一纸药方想创办药厂。在山村里办药厂是他的祖辈及所有村民连做梦都不敢想的事，可是莫兆钦却突发奇想，立即行动，最终获得了成功。在"县级以下单位不允许办药厂"的红头文件面前，莫兆钦又有不同凡响之举。

面对红头文件的管、卡、压，他没有退缩，而是据理力争。他利用出席全区乡镇企业大会的机会，向自治区政府和乡镇企业主管部门，放了一炮。这一炮击中传统思维观念的壁垒，取得了意想不到的效果。这是出其不意军事原则在现代企业版的应用。莫兆钦敢于在全区大会上"放炮"，不同于通常情况下那些"炮筒子"乱放一通。他的这种出其不意，表面上是出乎意外，实际上合乎意中。他把握了时机和火候，其"时效性"很重要。这件事如果发生在人人都想办公司，人人都能当老板的今天，不但谈不上出其不意，而且会被人贻笑大方。

主动出击原则

进攻是最好的防守，主动出击是优秀指挥员、战斗员必备的素质。1935年，中国工农红军主动撤出江西根据地，在五次反围剿中，四渡赤水，杀出重围，闯出了一条北上抗日的长征之路。1947年，刘邓大军从山东阳谷出发，千里跃进大别山，都是主动出击，化被动为主动的光辉范例。假如不采取主动出击的运动战，红军主力可能被扼杀在江西根据地的摇篮里；假如没有千里跃进的伟大进军，全国解放战争的战局就有可能发生逆转，第二野战军十万大军在敌我力量悬殊的战场上，可能被阻隔在黄、淮以北。

莫兆钦（中）育有两个儿子，这是三父子的合影留念。
（左：大儿子莫伟国　右：小儿子莫伟明）

源安堂在发展过程中也出现过被动的局面。在关键时刻，莫兆钦采取主动出击的战略，最终化险为夷。他记住了刘伯承将军在强渡淮河时说过的："两军相争勇者胜"的名言。他认为，办企业也是一样。在进退攸关的时候，必须勇往直前而不能消极被动，被动的结果只能是坐以待毙。世界上所有的好事都不是等来的，而是争取来的。就拿当年出厂的肤阴洁出现悬浮物这个质量瑕疵来说，他连夜派出员工主动开车拦截，最终避免了消费者可能出现的误解，保住了企业的信誉。后来，当发现有30多家不法企业制售假冒伪劣肤阴洁的时候，莫兆钦主动派出专班人马配合执法部门，在全国范围内开展打假维权活动，最后拿起法律武器，一鼓作气，终于将制假售假的势头打压下去。如果仅指望每年"3.15"打假活动，其结果可能是另一幅情景。

随机应变原则

兵书云：兵无常势，水无常态。世界上万事万物无不处在运动和变化之中。因此，变是绝对的，永恒的，而不变是相对的、暂时的。杰出的军事家、政治家、企业家都善于审时度势，以变应变。

三国演义"失街亭挥泪斩马谡"一回里，写到马谡驻守秦岭之西的咽喉之地街亭的故事，马谡来到街亭，屯兵山顶，全然不听副将王平的"近水扎营，固若金汤"的意见，生搬硬套古兵书所说的："居高临下，势如破竹"的战术。然而这位熟读兵书的蜀将并不懂得，战争中有许多的变量，领军人物既要借鉴兵书所说的用兵之道，也要依据不同时间、地点和敌我双方的情况，灵活机动地做出正确的决断的道理。马谡生搬硬套古人的作战理论，不能随机应变，犯了教条主义的错误。结果失了街亭，还赔上了性命。

与马谡不同，抗日战争中，根据地军民创造的在平原地区开展地道战、地雷战，在丘陵岗地开展山地游击战等灵活机动的战略战术，写下了在战争中学习战争，依据形势的变化和在不同条件下灵动应变的成功范例。

源安堂在发展过程中也注意不断调整思路，运用动态变化的原则，提高市场应变能力。比如，企业创办之初，请科技人才进厂共同创业，遇到请"财神"难的问题，源安堂采取灵活政策，不搞"一刀切"。有些药研人才在大专院校、科研院所工作，不愿意放弃条件优越的大都市和安逸的生活到山区去，莫兆钦就采取灵活变通的办法，不强求他们加盟，而是自己上门请教，或者通过来来往往"走亲戚"的办法，适时请进门开展技术指导，使这些科技人员"不为所有，但为所用"。

源安堂在选厂址的问题上，也不囿陈规，因地制宜。他们没有照搬别的医药企业将工厂办进大城市的普遍模式，而是把厂区设在大容山区。凸显了药材资源优势、人力资源优势和自然环境优势，使企业得到了长足的发展。"死读书等于无书"，办企业和古今战争一样，任何决断的产生，都应该因时、因事而变，审时度势，切忌盲目照搬，按图索骥。

步调一致原则

统一指挥、步调一致是军队在战场上保存自己和夺取胜利的必要条件，它既是战略战术，也是基本的军事原则。而按照现代企业制度的要求，企业在组织结构、运行机制等方面越来越接近军队，许多大中型企业引入部队管理机制，建立了严明的纪律和统一高效、快速行动的组织指挥机构，随时应对市场变化，迅速占领市场的制高点。反观那些缺乏强有力的调度指挥中枢，纪律松懈、人心涣散、"各吹各的号，各唱各的调"的企业，终究不可能把企业做强做大，从而实现利益最大化的目标。

源安堂以民兵为骨干的员工队伍，无论在日常生产经营活动或执行突击性任务中，处处展现了"召之能来，来之能战，战之能胜"的军人气质和作风。

2000年11月23日，上国山突然发生森林火灾，10多名干农活的村民被大火围困在山地里，生命危在旦夕，1000多亩用材林也将被大火吞噬。源安堂人民武装部部长莫兆钦一声令下，应急民兵连全体民兵从各自生产岗位上紧急集合，10分钟之内集结完毕，如箭离弦般扑向火灾现场。全厂干部职工也紧随其后上山救援。经过6个多小时奋战，终于扑灭了这场大火，救出了被困群众，保住了大片山林。10多年来，这支青年民兵队伍在企业生产和抗灾抢险中攻关夺隘，屡建战功。

当断则断原则

汉朝末年，天下动乱，袁绍地广兵强，战将神勇，其实力在所有诸侯中首屈一指，被公认为是最有希望一统天下的霸主。但由于他优柔寡断难决大策的致命弱点，又不听许攸等谋臣的建议，当断不断，屡失良机。在官渡之战中，惨败于曹操之手，从此一蹶不振。

古代战争的经验教训说明，领导者谋而不决，等于无谋；决而不断，等于无决。"当断不断，反受其乱"。作为军事统帅，必须统揽全局，既要善于谋略，更要善于决断。对于看准的事，应力排众议，果断决策，不为闲言碎语所左右。

莫兆钦在许多关键时刻，无论事关企业兴衰的重大问题，还是在抢险救灾的危急时刻，都能在经过深思熟虑的前提下，果断拍板，一锤定音。

2008年5月12日下午，四川汶川发生强烈地震。那天在外地出差的莫兆钦听到消息，立即掉转车头，火速赶回单位，马上召开紧急会议部署抗灾救援之计。决定组织加班生产向灾区运送药品。那段时间，肤阴洁等外用药十分走俏，几十家医药公司早已把钱汇入源安堂账户，纷纷催促厂家立即发货。而仓库里药品紧缺，一共只有203万元药品，远远不能满足几十家客商的需要。一旦单方面撕毁合同，企业必须承担高额赔偿。怎么办？

会上，有个干部说："抗震救灾当然紧急，把药品送去救治伤员也完全是应该的。但我们口口声声说客户是上帝，眼下他们急着要货，我们也不能不管不睬呀。"他想出了一个折中的办法，203万元药品，拨给客户一半，用于救灾一半，两全其美。

此言一出，就遭到了多数人的反对。大家都说："救人如救火。现有的药品应全部送往灾区，不能搞蜻蜓点水，至于履行客户订货合同问题，应特事特办，暂停向客户发货。一方面多作解释，一方面加紧生产。在灾难面前，他们是会谅解的。"

会议一结束，就组织人马，当即装车出发，日夜兼程，终于在关键时刻将药品送到抗灾第一线，解决了抢救伤员燃眉之急。

附五、莫兆钦人生哲理感悟文萃

得与失

世间一切事物中，有得必有失。一味想得到而害怕失去的人，他的生活一定会失去平衡，失去和谐，失去韵律。人生如此，大自然亦如此。

你看，大地奉献了泥土和水分，才能开出鲜花，结出硕果；农民付出了汗水，土地才报以丰收；人付出一份爱心，便能获得一份幸福。失去了白天娇艳的太阳，可以享受夜晚朦胧的月光；失去了春天的鲜花，却可以得到金秋的硕果。

所以，人生既不要因一时的收获而得意忘形，也不要因一时失去而哀婉叹息。因得而失，因失而得，或得而复失，失而复得，都是生活的常态。

乐观地看待得失，不但是一种精神境界，也是一种人生的智慧。否则，你的生活就失去和谐，你的人生就会失去韵律。

喜与忧

喜怒哀乐，乃人生中之常事。因忧而导致心理失衡者有之，因喜而导致心志失常者亦有之。人生途中切忌大喜大悲，因为无论大喜或大悲，都有可能冲决心灵宁静的港湾。

不以物喜，不以己悲。当光环落到你头上的时候，要看到光环背后的阴影，当坏事降临时，里边也可能蕴含着希望。生活中绝对的好事与绝对的坏事都是不存在的。遇到忧愁和烦恼，我送给你"坦荡"二字。仕途中多一份坦荡，就不会被功名利禄所迷惑；商海里多一份坦荡，就不会为眼前的得失而斤斤计较、耿耿于怀。

大与小

有许多问题，乍一看很大，过后再看，其实很小。

仔细想想，日常生活中曾经让你烦心的一些所谓的大问题，在今天看来，不都是一些不足挂齿的小事吗？

当你人生受挫时，会让你觉得很惶恐，或许是由于承受能力不够导致心理失衡。同样的问题，由于当事人的心态不同，其结果会有很大差异。对一个心胸宽广的人来说，再大的难题也会从容处置；而对于一个懦夫庸人来说，即使芝麻粒的小事，在他眼里也会酿成大麻烦。

对生活中不顺心的事情，千万不要过分在意，能处置的就快速处置，不能马上处置的，就放一放再说。有些鸡毛蒜皮的小事最好是一笑了之。应当相信，人生难免有风雨，风雨过后是彩虹。

浓与淡

苏东坡赞美西湖，"欲把西湖比西子，淡妆浓抹总相宜"。在他看来，西湖之美，就美在既有大红大绿的柳浪闻莺，又有古朴质拙的断桥残雪。有浓有淡，有密有疏，效果才佳。

人生也是如此，该浓则浓，该淡则淡，浓淡相宜，才是一个丰富多彩的人生。每个人的一生，总要从少年走向青壮年，直到老年。如果说青壮年是"浓"的年华，老年则是"淡"的岁月了。那么，该浓的时候，就应该浓他个轰轰烈烈，闯出一番事业来；该淡的时候，就淡他个心如池水，沉稳恬静。

就我本人而言，年轻时有一股不服输的劲头，冲冲杀杀，热衷于"浓"。到了迟暮之年，以现在的心境，我认为淡比浓好。淡是一种不以物喜，不以己悲的明智；淡是一种登高望远，宠辱皆忘的情怀，淡是一种开朗坦荡的人生境界。

输与赢

"宁输一垄田，不输一句言"。现实生活中，很多人不知道认输。江湖上，常常把那种武功盖世，宁死不服输的绿林好汉当作楷模来膜拜。殊不知，这种不服输的"楷模"最终逃不脱悲剧的结局。

莫兆钦日理万机，一生忙碌。但闲暇之余，
也有自己丰富的文化娱乐生活

世上没有只赢不输的人和事。"常胜将军"也有输的时候。其实认输并不是什么丢脸的事。人生有坎坷，江湖多险阻。不必硬着头皮充好汉，放弃和妥协，甚至认输，也不失为聪明之举。

懂得认输，不作无益的争端，将使我们避开锋芒，从而以退为进，避凶趋吉。因此，这种"认输"并不代表软弱和无能，而是一种清醒的理智。

学会认输，将有助于我们在前行的路上成为最终的赢家。

进与退

一般地说，进比退好，但该退后一步的时候，切不可冒进。退一步海阔天空。

遇到不顺心事的时候，千万不要跟自己较劲。当有些事明明已无法挽回，又何苦纠缠下去呢？

人应该学会"退一步"想。生活中没有那么多的原则问题，在多数情况下，是可以变通的。我们不仅要拿得起，还要放得下。"放下"就像乐谱中的"休止符"。适时地放松，在某种情况下，比"拿得起"更重要。

有进有退是种处世哲学，也是生活乐曲中的一组谐音。

真与假

生活就像万花筒，有很多事情真假难辨。真作假时真亦假，假作真时假亦真。利益的竞争，高楼的阻隔，使得人们彼此间的心理距离拉远，无法获得信任和友谊。即使那些"同学会""同乡会"，表面上轰轰烈烈，欢聚一堂，但多数只表现在形式上，心灵则很难相通丰融。

这是不正常的人际关系。生活的本质是要去伪存真，真心待人，坦诚交友，应为常态。我们提倡讲真话，真话不只是靠嘴巴讲出来的，更是发自内心的真诚的声音。所谓"言为心声"，是也。有的人虚伪造作，当面一套，背后一套，喜欢用假话糊弄人，这种人是永远不会有真朋友的。他们自以为聪明，其实是聪明反被聪明误，常把自己逼到孤立的地步。

说话要"求真"，做事更应"务实"。做事不是为了博取别人的赏识，也不是为了装饰自己，更不是为了实现自己的某种不良愿望。做百姓需要的事，是种责任；做别人未做过的事，是一种探索；做自己喜欢的事，是一种快乐。但不管做哪件事，都应当实实在在。

利与弊

利与弊是一对孪生子，它们同时来到这个世界上，又共同存在于生活中。天下利弊，既有个人的，也有国家的；既有眼前，也有长远的；既有局部的，也有整体的。而且利与弊无不是密切相关互为因果的。很难设想，一个利欲熏心的人会牺牲个人利益去服从国家和民族的利益；一个患得患失的人会以眼前利益去服从长远利益；一个巧取豪夺的人会舍弃小集团利益而保全人民群众的利益。

利弊得失将伴随我们的一生。如何兴利除弊处理好它们之间的关系？我的答案是：期望有利无弊是一种幻想，因小利招致大弊是愚蠢，而以私利酿成公弊是一种耻辱。

美与丑

有的美是与生俱来的，有的美是后来修炼磨砺而成的。有的美是自己装饰出来的。生来的美是真实的，修炼的美是高雅的，装饰出来的美是虚幻的。

美与丑是矛盾的，也是相对的。衡量美丑，应区分外表和内质两个方面。否则，就可能以美的表象掩盖丑的本质，或以丑的表象掩盖美的本质。

现实生活中一些人常因容貌和形体之美而自我沉醉。以致放松对自己内在美的追求修炼。因此，看人不能以"一美遮百丑"。美貌既不等于美德，也不等于知识和能力。而且，外貌的美是易逝的。随着时间的推移、年龄的增长，少女将变成老妪，美貌不复存在。只有把美的外表与美德、良知及能力结合起来，美才会散发出妍丽而恒久的光辉。

外貌丑陋的人，也不必因貌丑而自卑。貌不惊人，但品德、才能和知识惊人，同样是美的。心灵美的人有时像一座冰雪覆盖着的火山，蕴藏着巨大的内在能量。他们往往能够成就那些追求表象者不能成就的大事，在历史上留下美名。

直与曲

即使量着尺子画出的线也有不直的地方，何况人生道路！人生道路不可能平坦笔直，犹如地球上任何一条河流不可能没有弯曲一样。

人生奋斗之路是曲折的、艰苦的，但艰苦中孕育着希望；迎着风浪行进之舟固然危险重重，但只有与风浪搏击，才会有望到达彼岸。征途中荆棘丛生不一定是坏事，一帆风顺也不一定就是好事。荆棘丛生之路能磨砺出一双铁脚掌，坦途中却可能有看不见的陷阱。

梅花香自苦寒来，成功路上无坦途。要想获得事业上的成功，就要作好迎接困难与挫折的思想准备。

勤与懒

人一生成功与否，可能与机遇有关，也可能与天分有关。但这些都并不是最重要，最重要的是你是否努力了，付出了多少劳动和汗水。

由于勤奋的程度不一样，成功的概率也自然不同。多一分耕耘，才多一分收获。付出的多少与成功率的大小是成正比例的。

机遇青睐追梦者，幸运之神为勇者微笑，胜利之花为强者而开。成功的人生无一不是勤奋的人生。要想获得成功，就必须远离懒惰。因为懒惰荒废的不仅是时光，也包括幸福和生命。

高与低

人往高处走，这是人类本能地向上心使然。登高是一种追求，一种境界，无可厚非。登上制高点，可以居高临下，势如破竹。但高有高的风险，古有明训"高处不胜寒"。何况，人不可能总是站在高处。即使登上珠穆朗玛峰，最后也要回到地平线上。规律不可违。人皆由平凡开始，经历高低曲折后，最终又归于平凡。

所以，人站在高峰时，就应当想着下山，"上"是相对的，"下"是必然的，绝对的。

有的人领导岗位上退居二线，或免去职务，总是一肚子委屈。这是需要引起注意的。其实，退到低处也有美丽的风景。当你阅尽了高处的景观后，回头再来感受一下低处的山光水色有什么不好呢？任何人在最初阶段，不也处在低处吗？

长与短

这里的长与短专指长寿与短命。

人生命的长短不能完全由自己驾驭。而且，重要的不在于你能活多少年，而在于怎样去珍惜生命的每一个章节。人生的大文章就是由各个具体的章节构成的。只有写好生命的每一个小章节，才能做好人生的这篇大文章。

其实，文章的长短有时并不重要，关键是文章的内容和质量。有谁能说短文章就一定不如长文章好呢？鸿篇巨制与晨光短笛各有千秋，不分伯仲。同样，古今长寿者不一定都能活得精彩，英年早逝者也不乏闪光的年华。唐朝的王勃死时年仅28岁，却留下了包括《滕王阁序》在内的十六卷诗文作品，贾谊死时32岁，然而他们的风华才俊却流传至今。他们的人生文章不都是千古不朽的名篇吗？

莫兆钦（右）与《求是》杂志《红旗文稿》社长、总编辑马郑刚（左）在北京求是杂志社的合影留念

生与死

人来到这个世界，又要离开这个世界，这是任何人不可抗拒的自然法则。

人生犹如几何图形中的一个圆。圆无论是怎样画出来的，它都毕竟是既有起点也有终点的。而且终点与起点是重合在一起的。

当你经过童年、少年和青年阶段，进入中年以致老年后，死神的阴影一步步向你逼近，谁也避免不了。

人生一世，如草木一秋。太阳每天升起，每天落下。人的生命都是在日出日落的景致中逝去的。上至帝王将相，下至黎民百姓，无一不是这个舞台上的演员和看客。常言浮生若梦，人生到底是一场梦，无论天才还蠢汉，到头来，都摆脱不了毫不例外的结局。有了这样的洞察，人们就会在苍茫的悲凉中，获得某种顿悟。看身外之物看淡，珍惜身边的幸福，过好眼前的每一天。

争与忍

不争的人才能看清实事。遇事不要争，争也白争，何苦呢？普天之下，没有一个真正的赢家。

能退步时即退步，得饶人处且饶人。

小人须放过，切莫与纠缠。

事不三思终有悔，人能百忍自无忧。

忍得一时之气，免受百日之忧。

寒山问拾得：世间有人谤我、欺我、辱我、笑我、轻我、贱我、骗我，如何处置？拾得答道：只要忍他、让他、避他，由他、耐他，不要理他，再过几年，你且看他。

由此看来，真正的勇者、强者，是那些能够忍受最难堪的侮辱的"不争"之人。

我规劝世人，尤其是那些逞一时之气的好胜者，不要轻易与人发生争执，当有人在非原则的问题上同你作无谓的争执时，你就让他赢，因为你并未损失什么。当然，人生不是绝对的不争，有时也要争。争，不是与他人，而是与困苦；忍不是随波逐流，而是知止而后安。该争时不争，该止时不止，总是纠结中衰叹，这是人生之大忌。

附六、莫兆钦诗词、长联集锦

桂平风光赋

浔州古郡，今日桂平[1]，襟三江而带八景，抱名山而控江峡。南疆重镇，数江交汇之滨。物产丰饶，山川竞秀，诸多胜景宜人。古往今来，名流显要[2]，观光创业纷纭。锦绣河山，孕育了仁人志士，际会风云。黄、胡先烈，为地区缔党而献身[3]。

叩名山、访古刹。龙华古寺，有向僧驻锡；名庵洗石，涤除顽石尘根。舍利子出自庵尼，乃世间首闻[4]。因此名居七大佛圣之林。龙欲腾而波涛起，烟光凝而紫气升，贵宾客于上路，访风景于仙山，得高人[5]之圣地，藤台耸翠，上出重霄，飞阁古松，桂殿兰宫，即为鱼米之乡。

西山风物，壮丽多奇。林、泉、茶、石，荣称四绝；古松百木，身披龙甲龙鳞。飞来之石，壮如蹲虎；天设棋盘，让仙人布局，争奇斗胜难分。乳泉甘酣，驰名中外；茶香留颊，饮而格外精神。松涛因风以澎湃，听涛声而每快人心。八景争奇，一塔回澜[6]，诗人畅咏高吟。

举首遥观，双峰直捣玉皇之殿，是洞天白石，一公配以一母，夫妻比翼，应是前世之宿因。有僧人面壁，历千年万劫，方能妙悟禅关。漫步轻车，来逛罗丛岩穴，洞庭广纳千宾。和穴来风，岩巅漏月，水岩似镜，黑岩如漆，奇观怪像迷人。钟乳多姿，似狮象欢跃，似舞似奔。

如此洞天福地，令徐霞客不辞远道，特来访问；周敦偕二程夫子，亦来设帐作西宾[7]。回车西北，又见那无数珍稀植物，珍奇动物，原来是古代森林。大平山，丹霞地貌，层层彩叠，奇巧无伦。新建公园，北回归线，一线能分热与温[8]。

怀古情多，史迹留痕；大藤连岸，让瑶民起义斗争百载，声威远镇。毛泽东亲题"大藤峡"额，以永志功勋。反帝封、扭乾坤，金田起义聚千军。营盘练兵，挥玉斧，跨革囊，伟烈丰功，拜旗高誓灭妖氛。国号太平，众拥天王，誓师东指，首捷大湟江口。

北上雄师连捷，震撼世界，金田起义农民军，定都建业。最伤内江讧，功败垂成留教训！为再现英杰雄姿，塑就天王雕像，供后人景仰。重温史迹，编成演义，供人说唱；编成戏剧，谱入弦琴[9]。

古郡新颜，大展宏图，市民踊跃欢呼。新建快速南广铁路、高速贵梧公路，经由市境，畅通南北，缩短程途。又大藤峡坝，险滩恶水，必定变平湖。水电粤港送，广开财路。工农商贸，发展同步，全市民，奔小康，同致富。

各官员，未辜负，四围香稻，万顷良田，三江圣地，九夏芙蓉。众和谐，谋发展，桂平如日中天。

作者　莫兆钦　杨子江

○注释：

[1] 隋南朝武帝元年（公元502年）设郡，郡址在今功德山庄前下方。

[2] 孙中山、李宗仁、温家宝等政要及诸多学者名流。

[3] 黄日葵为共产党广西籍最早党员，胡福田为共产国际代表，相继牺牲。

[4] 洗石庵住持释宽能法师圆寂火化出舍利子，港报载称是世界上尼姑出舍利子的第一人。

[5] 中国佛教协会副会长巨赞法师和香港佛教联合会会长觉光法师，曾同在龙华寺分别担任住持和当家。

[6] "东塔回澜"是桂平八大景之一，被称为广西第一的砖塔。

[7] 北宋周敦曾建书院于罗丛岩定，招生讲学。

[8] 热带与温带。

[9] 20世纪初，有人编著一部长篇小说《太平天国演义》，抗日战争后期张雪峰等编演太平天国的古装戏剧在桂林公演。

广西南宁那马镇源泉乡村长联（广西第一长联）

二百里尺江[1]奔来眼底，襟水抱泉[2]，喜茫茫田野无边。看：东临横州，西望崇左，北走邕江，南接钦防[3]，高人韵仕，何妨选胜娱游，趁蟹屿螺溪，梳裹就风鬟雾鬓，更有鱼虾龟鳖，寻觅些翠羽丹霞。勿辜负：四围香稻，百姓农夫，九夏瓜果，三春源绿。

数千年往事涌到心头，改朝换代，叹世世耕作为谁？想：远聊唐宋，近说民国。高谈元明，低吟明清，沧海桑田，唯有裕庶强邦，为民族复兴，斗转移岁月乾坤，便教旧貌新颜，都赋予阳春暖日[4]。来欣赏：百叶轻舟，满江游客，几泓湖水，十口清泉。

○注释：

　　[1]人称八尺江，此处简称尺江；

　　[2]那马有江有泉，故日襟水抱泉；

　　[3]钦州和防城港；

　　[4]新中国成立，特别是改革开放以来，逐步结束了农民种田纳粮的历史，现在国家还有相关补贴。

◎广西文友点评《源泉乡村长联》：

此长联为广西源安堂药业创始人、公司董事长、广西民族文化发展研究会主席莫兆钦，经常到那马采风、借鉴中华民族名山古迹之长联所悟，触动灵感，欣笔而题。

长联气势磅礴，情感颇丰。上联写那马风物，似一篇那马游记；下联感叹农民发展历史，似一篇读史随笔。全联180字，如一篇有声、有色、有情的骈文，辞藻华美，诵之朗朗上口。该联想像丰富，感情厚重，一气呵成。

上联突出一个"喜"字，喜溢四方，绘出了一幅颇富那马风物特色的风景画。驻足那马镇，驻足源泉新村，首先映入眼帘的是浩浩的八尺江水，来自十万大山苍茫林海下断裂带的清澈的一口口泉水，还有那茫茫空阔无边的田野。

接着写那马镇源泉新村四面的景观：东面与横县紧密相连，西边与崇左遥相呼应，北边的邕江如长蛇走动，南边接壤迅速发展中的钦州和防城港。高人韵仕、各路达官贵人集聚于此。

中国—东盟博览会定点南宁后，东盟各国政要、国家各级领导人以及文人骚客，无不选择这片胜地娱游一番。那一汪汪游弋着虾蟹的绿湖，还有条条散落着螺贝的清溪，点缀着如少女鬟髻鬈发般摇曳多姿的杨柳。更有农家的袅袅炊烟，江河有丰富的鱼虾龟鳖，寻找那久违的栖息在湖泊的白鹤和各种原生野鸟的踪影，还有那红彤彤的晚霞。

在这里，没有都市的喧嚣，只有"落霞与孤鹜齐飞，秋水共长天一色"的静谧。作者在描绘了眼前那马风光后，由此及彼，慨叹：不要辜负了美好的胜景——那飘香的稻谷，那三三两两荷锄而归的农夫，那山边村庄、不同时节的瓜果，放眼远眺，辽阔的山原充满视野。

作者在描写眼前江河毓秀、泉水甘甜、鱼翔浅底、瓜果飘香、群山苍翠的美景，更是在抒发对辛勤劳作的淳朴农民的深厚情感，呼吁人们时刻不要忘记农民的辛劳，要对农民心存感恩，没有农民的辛劳，没有农民的"汗滴禾下土"，哪有都市人香香喷喷的"盘中餐"？

下联勾勒农民发展的历史，重在一个"叹"字。作者追根溯源，道出了历史发展变化的必然规律，展示出了一幅耐人寻味的历史画卷。作者乘兴欣赏了眼前的景致后，不禁联想起中国改朝换代的历史，激发出了无限的感慨——农民世世代代的劳作，到底是为了谁？

想一想：聊及那遥远的唐宋，说起那近代的民国，高谈那富足的元明，低吟那羸弱的晚清。朝政如沧海桑田的变迁，只有让国家强盛，人民富足，社会安稳，中华民族才能复兴。

斗转星移，岁月朗朗乾坤，新中国成立，特别是改革开放以来，祖国的面貌日新月异，中国广大农村发生了翻天覆地的变化，过去的落后和破旧已经一去不复返，以中国共产党为核心的领导集体如阳春中的暖日一般，让老百姓过上了幸福美好的生活，暖和了老百姓的心窝。

最后作者将笔锋转回那马源泉新村，（四面八方的宾客）一起来欣赏：八尺江上的百叶轻舟，和满江的游客，还有那一泓泓的湖水，那一口口清澈的泉水。以八方游客的和颜悦色衬托出了老百姓对美好生活的追求。

整幅长联，概括面之广，描写事物之多，堪称一绝，气势恢宏却又能动静结合，情与景的结合，水到渠成，抒发了作者对以那马源泉乡村为缩影的新农村建设的高度赞许，更流露出了对我国广大农民朋友生活得到改善的由衷喜悦。

广西日报社农业部主任　谢彩文

附七、莫兆钦书法点评

书法爱好，伴随了莫兆钦几十年峥嵘岁月，更成为他退休生活的一个亮点。

莫兆钦青年时期在村校任教，课余时间和节假日，靠一把二胡、一支毛笔度过。后来工作调动，走到哪里，文房四宝带到哪里，几十年临池不辍。莫兆钦的书法堪称"书无定法"，行草楷隶多有涉猎，尤以行书见长。

观赏他的一些条幅和屏匾，笔势流畅，神采飞扬，富有秀雅灵动的气韵。小楷多俊朗婉约，清新柔逸。书界朋友对莫兆钦书艺赞赏有加，感慨其行草风格文不加点，墨不累赘，不拘一字一句局部，追求整体效果。

莫兆钦常有墨宝赠送朋友，内容多颂扬改革开放的新常态，歌赞世盛年丰，河山壮美，流露出对广西热土的挚爱之情和对人生的感悟。还有不少诗作选自古诗文，唐诗宋词晋文元曲。

近年来，尤其是退休赋闲后，其书法风格渐趋平实稳健，内容多为劝善收心、克己奉人的心灵鸡汤。

《中华英才》杂志社编辑、作家　夏沛永

莫兆钦（左）与时任广西军区司令员刘国裕少将（右）的合影留念

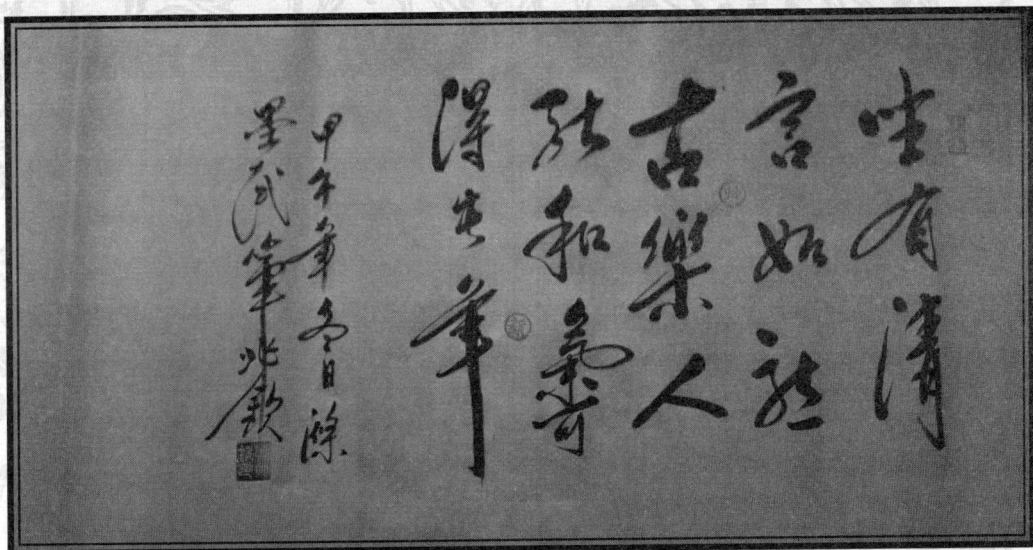

莫兆钦书法（一）

莫兆钦书法（二）

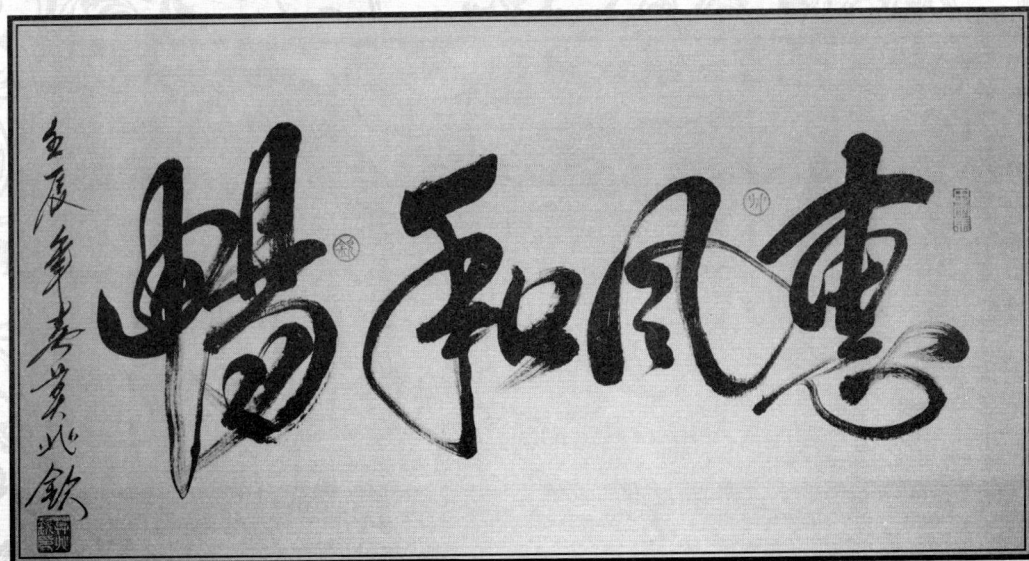

莫兆钦书法（三）

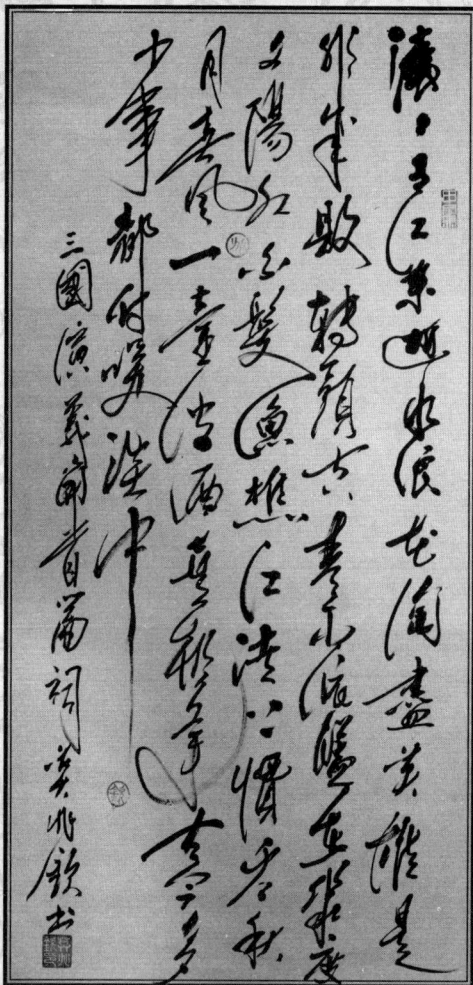

莫兆钦书法（四）

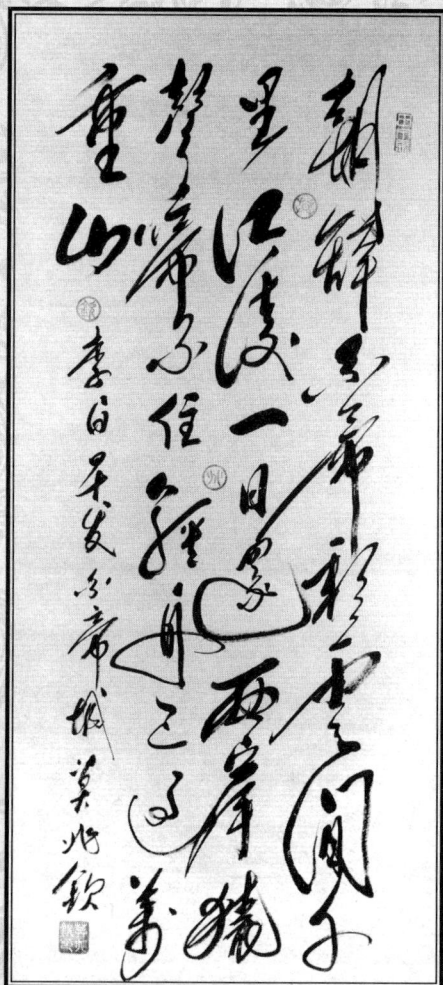

莫兆钦书法（五）

莫兆钦书法（六）

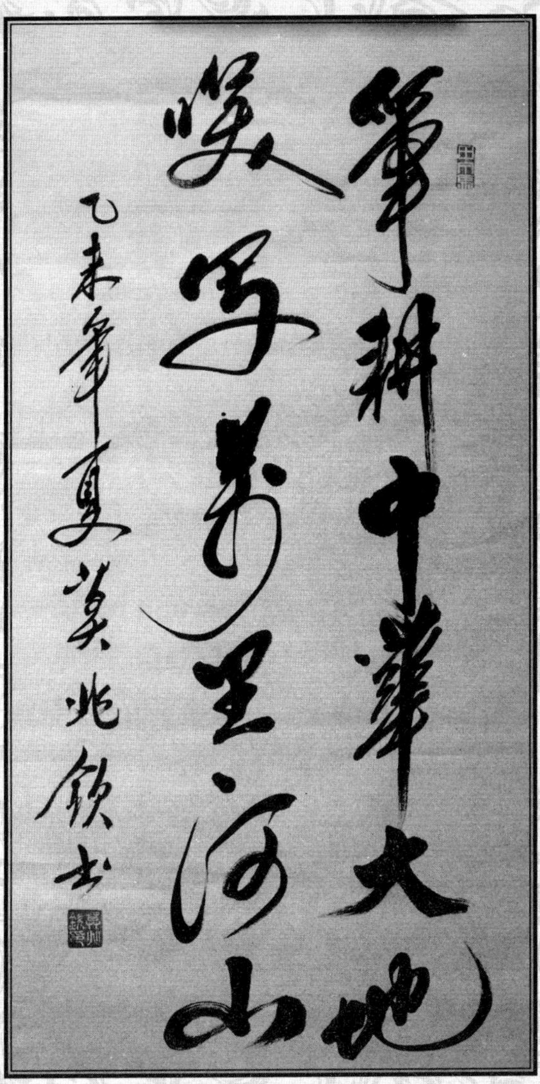

笔耕中华大地

写尽万里河山

乙未年夏莫兆钦书

莫兆钦书法（七）

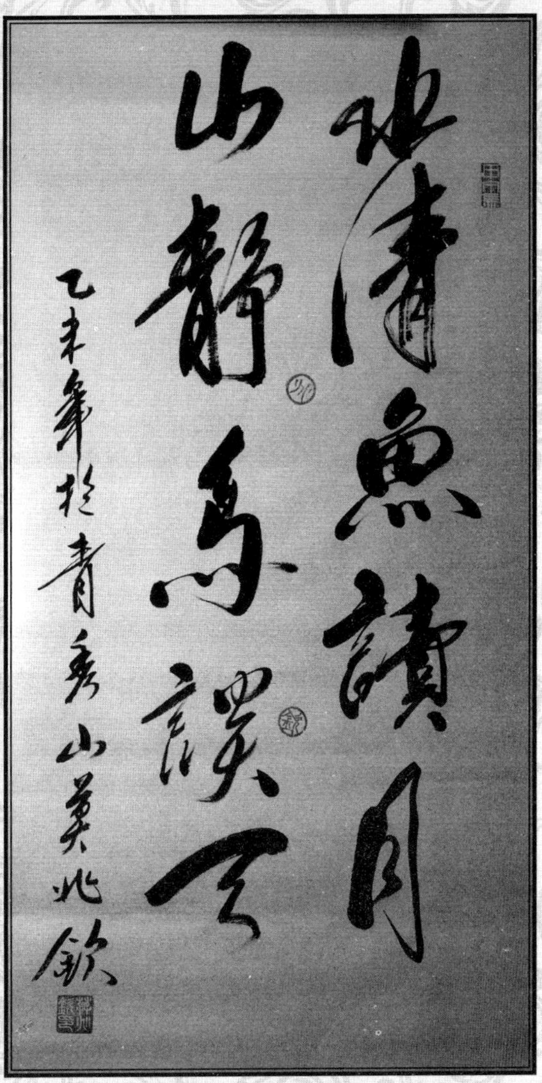

水清鱼读月

山静鸟谈天

乙未年于青秀山莫兆钦

莫兆钦书法（八）

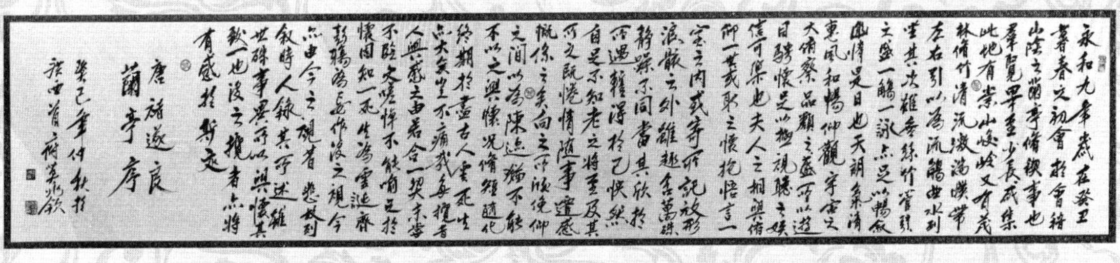

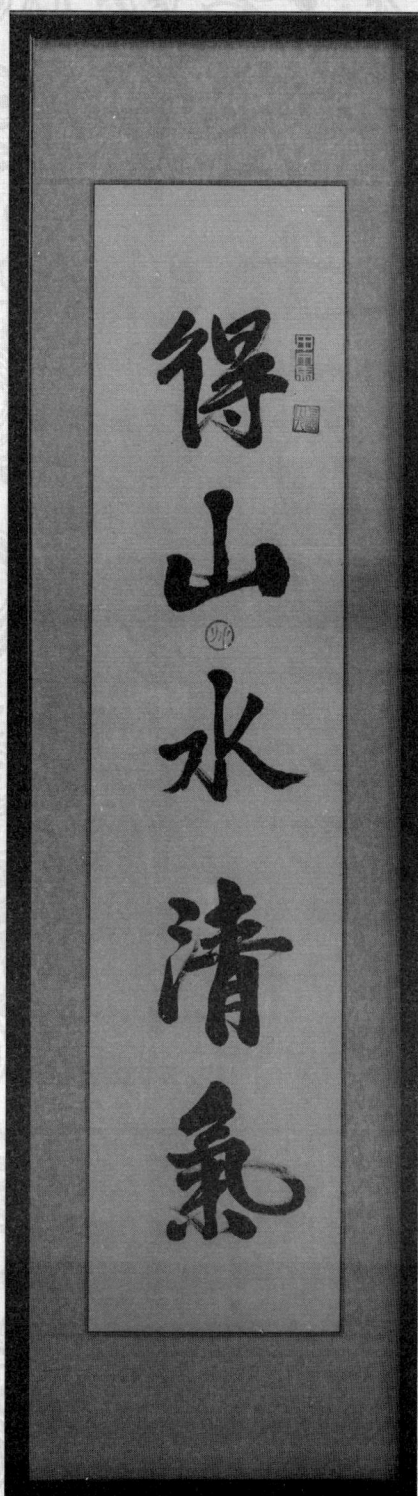

想天地大观

甲午岁秋莫兆钦书

得山水清气

莫兆钦书法（十）　　　莫兆钦书法（十一）

源于草木
安在苍生

——莫兆钦题

★莫兆钦简介

莫兆钦，男，高级经济师，主任药师，执业中医师。1954年2月出生，桂平市中沙镇人，大学本科学历，中共党员。1971年开始成为民办教师，改革开放之初即1983年开始，在家乡带领农民自主创业，先后创办"桂平大容山饮料厂""桂平造纸厂""桂平卫生保健品厂"。1992年创办"广西源安堂制药厂"，2001年4月改制为"广西源安堂药业有限公司"，一直任制药厂厂长、公司董事长、公司荣誉董事长。

莫兆钦历任广西源安堂药业人民武装部部长、桂平市乡镇企业委员会副主任，贵港工商联副主席，广西工商联常委，中国乡镇企业协会副会长，农业部乡镇企业研究员，广西乡镇企业联合会主席，桂平市人民政府市长助理，《求是》《红旗文稿》广西调研基地主任等职。现任广西民族文化发展研究会主席。是广西壮族自治区十届、十一届人大代表，中共广西壮族自治区党委九届党代表。

莫兆钦创办源安堂药业及职业生涯走过了40年。40多年来，莫兆钦曾荣获许多重大省部级、国家级荣誉：荣获贵港市委第二、三、四届科技拔尖人才；被授予"广西十大武装部部长、广西劳动模范、广西五一劳动奖章、广西革命建设功勋人物奖、广西军区拥军爱民模范、广州军区人武之星、全国乡镇企业家、全国星火明星企业家、全国科技创业之星、全国医药精英奖、全国企业经济技术大师、全国百名优秀基础干部时代人物、广西壮族自治区优秀共产党员、自治区民族团结进步模范个人、全国劳动模范、国防人物、新中国成立 60 周年'三农'模范人物、2008 年北京奥运会火炬手"等荣誉称号。

　　莫兆钦长期刻苦钻研，不断创新，将科研成果转化为社会生产力，共荣获 17 项国家发明专利，产生了巨大的社会效益和经济效益。

莫兆钦部分家族成员在广西大容山扫墓时的合影留念